Who decided that I can't do
romantic comedy
in reality?
6
SO HAJIKANO
PRESENTS
ILLUST.=Kuro Shina
初鹿野 創
イラスト=椎名くろ
現実
ラ
と
きない
?

「マジになんのがっ……そんなダセーかよ！
なりふりかまわねーで、やりてーようにやるのが
そんなにバカバカしいかよっ！」
群像劇Ⅱ
ラストバトル

「それってウチらに何か関係あります？」
派生作　序盤戦：
〝主人公〟
日野春幸の戦場

「ここからが現実のラブコメの、総仕上げだ」

「――覚悟はいいか〝メインヒロイン〟?」

いつになく――。
優しく、柔らかく。
可愛らしく、美しく、尊く。
誰よりも魅力的で、
なにものにも代えがたい――。
――一番の、笑顔に、彩って。

romantic comedy in reality?

Who decided that I can't do

CONTENTS

目次

C H A R A C T E R S

長坂耕平
[ながさか こうへい]
ラブコメに全てを捧げた主人公。
現実でラブコメを実現しようとしている。

上野原彩乃
[うえのはら あやの]
耕平の"幼馴染"で"共犯者"。
無表情で理屈屋なイマドキＪＫ。

清里芽衣
[きよさと めい]
耕平の"メインヒロイン"。
二次元キャラのようなスペックの美少女。

勝沼あゆみ
[かつぬま あゆみ]
耕平の"攻略できないヒロイン"で
"ポンコツ後輩キャラ"。
グループでは
マスコットキャラ的ポジション。

日野春幸
[ひのはる さち]
耕平の"先輩ヒロイン"。
元生徒会役員で
現"第二生徒会"の会長。

常葉英治
[ときわ えいじ]
明るいスポーツマン。
バスケ部所属。

鳥沢翔
[とりさわ かける]
クールなバンドマン。
軽音楽部所属。

Who decided that I can't do romantic comedy in reality?

現実でラブコメできないとだれが決めた？ 6

SO HAJIKANO PRESENTS
ILLUST.=Kuro Shina

初鹿野 創
イラスト＝椎名くろ

Who decided that I can't do romantic comedy in reality?

間章　作戦会議

波乱の生徒会選挙と、停滞の勉強合宿を経て、再び集った俺たち。

そして、新たに始動した〝真《シン》・計画《プロジェクト》〟。その最初にして最大の〝イベント〟――〝白虎《びゃっこ》祭イベント〟実現に向け、俺と上野原《うえのはら》は某所へと向かう特急電車に乗っていた。


「――お、やっとトンネル抜けたか」

カッ、と強い日差しが差し込み、明るくなる車内。

上野原家電撃訪問《あの日》から1週間ほどが経った、8月中旬。まだまだ夏の日差しは衰え知らずのようで、容赦なく肌に紫外線を叩《たた》きつけてくる。

俺たちを乗せた特急あずきは、山間の集落に沿うように走っていた。まだ大都会の風情《ふぜい》はないがもう県境を越えているはずだ。

「いやー、初めて一人でこっち来た時はすげー田舎者ムーヴしたなぁ。『駅ナカに書店あるヤバい！』とか『人にぶつからずに歩くのムズい！』みたいな」

「ふーん」

隣の席でポリポリとパッキーを齧《かじ》りながら、窓の外を見やる上野原。

ピンキ・オ・レ
PACKY

ちなみに上野原《うえのはら》はがっつりオフショルダーな夏ファッションだった。

暑いからなのか都会に行くからなのか、いつもよりちょっと露出が多い。具体的には、全体で23%くらい肌色成分が多い（当社比）。

だからなんというか、その、目のやり場とかに困らないでもなかったりするかもしれない。

「……何？」

「ンアッ⁉」

とかなんとか思いつつガン見していると、怪訝《けげん》そうな上野原と目が合ってしまった。

「え、えーっと、し、知ってるか⁉　次に停まる駅ってこっちじゃ僻地《へきち》も僻地だけど峡国駅《きょうごくえき》よりずっと都会なんだぞ！　ピッカメとかあるしな！」

「いや、行ったことくらいあるから。てか都会の定義が家電屋基準なら峡国駅だって都会じゃん。ヨドハシできたし」

上野原は指についたチョコをぺろりと舐《な》めてから、ジロリと睨《にら》んでくる。

「そんなことより会議の途中でしょ。観光目的で来てるんじゃないんだから、浮わつかない」

「はい、すみません……」

まったくもってその通りだったので、俺はしょぼんと肩を落とす。

「えーと……どこまでいったっけ？」

「『白虎祭《びゃっこ》とは何か？』の最後のとこ」

あぁ、そうだったそうだった。

俺は座席テーブルに置いたタブレットに目をやる。

――白虎祭こと、峡国西《きょうごくにし》高校学園祭。

一般に、文化祭とか学校祭とも呼ばれるそのイベントは、例年10月中旬に開催される。日程は土日の2日間で、開催時間は朝8時から19時、うち一般開放が9時から15時だ。

期間中に実施される出し物《プログラム》は多岐にわたり、学年ごとに種目の違うクラス対抗企画、飲食屋台や喫茶店などの模擬店、文化部の発表会、フリーマーケット、巨大壁画アート、後夜祭などなど、おおよそ思いつくものは全部盛り込みましたって感じの『さいきょうの学園祭』である。

峡西《きょうにし》が『お祭り学校』とあだ名されているのは、まさにこの学祭ゆえと言っていいだろう。

「来場者数もうん千人規模だ、って話だからな。もはやちょっとした地域のお祭りレベルだ」

「地元特産品の販売ブースとかあるし、似たようなものかもね」

上野原が紙パックのピンキ・オ・レをこくんと一口飲み込んだ。ちなみにピンキ・オ・レとは、いちご牛乳の桃バージョンみたいなご当地飲料で、言うまでもなく甘々しい。

俺はタブレットをタップして次の画面に進め、『ラブコメにおける学園祭の位置付け』のスライドを表示する。

「そして学園祭は、どんなラブコメ作品でも必ず登場するといっていいほどの〝最重要イベント〟だ。作中で最もドラマティックに盛り上がるシーンは大抵ココだし」

非日常に包まれた学校で起こる〝登場人物〟同士の衝突や和解。同時多発的に起こる群像劇的な青春模様。満を持しての〝ヒロイン〟への告白――。

それこそ挙げればキリがないほど、学園祭における名シーンは多い。世に溢《あふ》れるラブコメ作品の数だけドラマがある、といっても過言じゃないだろう。

「特に重要なのは、学園祭を起点に『キャラたちの人間関係が劇的に変化する』ケースが多いってこと。大抵ここから一気にラブコメが加速するからな」

学園祭とはまさしく非日常の集合体であり、普段は見ることのない〝登場人物〟たちの様々な側面、葛藤、行動、内に秘めた想いなどに触れることになる。

それらの相互作用によってキャラたちの関係性が劇的に変化し、物語はクライマックスへと突入していくのだ。

「だからこそ、白虎《びゃっこ》祭は〝真・計画〟の目的――〝みんなのラブコメ〟を実現するための場としてふさわしい。もうこれ以上条件に合う学校行事なんてない、ってくらいに全てのピースが揃《そろ》ってるんだ」

「なるほどね……」

上野原《うえのはら》は真剣な様子で聞き入っていた。

気をよくした俺は早口で続ける。

「オッホン。えー、であるからして、学園祭とはラブコメ展開の起点となるラブコメーション・ポテンシャルを豊富に含む場、すなわちハイポテンシャル・ラブコメ場であるといえ、活性化されたラブコメ精神ことラブコメンタルは、平時と比べ僅《わず》かな行動提示により主体的ラブコメアクション促進効果を認めるとするラブコメーション活性化理論へと繋《つな》がりうんたらかんたら――」

「はいストップ。全てが理解不能」

「む……用語が専門的すぎたか？」

「いや、なんていうか……まぁ端的に、そういうの一切興味ない」

「興味皆無はひどくない!?」

めっちゃ頑張って考えたのに！　上野原先生は「パワーワードが多すぎて最高」って絶賛してくれたぞ！

プンスコしてる俺をスルーして、上野原はパッキーをポリポリ食べる。

「無意味なうんちくはどうでもいいからさ。〝白虎祭イベント〟って具体的にどういうもので、どうやって実現するのか。そういうのを話してよ。そっちのが大事でしょ」

「これだから現場主義者は……」

俺は憮然《ぶぜん》としながら該当箇所に飛ぶ。

「要するに、〝白虎祭《びゃっこ》イベント〟とは『学祭を丸ごと〝みんなのラブコメ〟を生み出すものに作り替えてやろう』って作戦のことだ。リアルの学園祭を〝ラブコメの学園祭〟に改変する作戦と言い換えてもいい」

「学園祭を作り替える……つまり運営に介入して〝真《シン》・計画《プロジェクト》〟にマッチするものに変える、ってこと？」

「それだけじゃ足りないぞ。運営から、生徒まで、文字通り丸ごと全部だ」

どういう意味かと首を傾《かし》げた上野原《うえのはら》だったが、すぐに俺の言いたいことを理解したのか、驚いたように目を見開く。

「……正気？」

「だから過去最大規模の〝イベント〟だって言ったろ？」

「いや、でも……それって、物理的に可能なの？　作業量的におっつかないと思うんだけど」

「まぁ、今までみたく一つ一つ順番にこなしてくってやり方じゃ到底不可能だ」

言いながら、俺はタブレットを手に持つ。

「だからやるべきことを〝チャプター〟って単位に分けて、同時並行で進めてく」

「チャプター……英語で『章』って意味だっけ」

「単なる呼称だ、意味は気にすんな。で、具体的にはこんな感じになる」

タブレットをスイスイ操作し、エクセルで作った工程表を見せる。

そこには――。

チャプター〝派生作〟：学校環境整備
チャプター〝番外編〟：クラス企画管理および運営進行
チャプター〝本　編〟：全体進行および〝ハッピーエンド〟構築

――と、順番に記載されていた。

「色々細かく書いてはあるが、今は単純に『チャプター単位で〝白虎祭イベント〟が進行してくんだなー』くらいの理解で大丈夫だ。あとは都度説明するから」

上野原は怪訝《けげん》そうな顔のまま尋ねる。

「同時並行はいいけどさ。結局、手が足りないことに変わりなくない？」

「そうだな」

俺はこくりと頷《うなず》いて続ける。

「だから今回は、信頼できる〝協力者《なかま》〟に、チャプターの進行を任せたいと思ってる」

「……ふーん」

「自分の意思で動いてくれて、かつ、全幅の信頼がおける〝協力者《なかま》〟との完全分業体制――それが〝白虎祭イベント〟成功の鍵《かぎ》だ」

そう断言し、俺は工程表の一部分をくるりと指さす。

「ちなみに〝協力者〟に関してはここに詳細を書いておいた。まぁ、ちょい文字が小さくなっちまったから、後で――」

と、俺が言い終わる前に。

「よいしょ、っと」

ふわり、と風が動くのを感じたかと思えば。

上野原《うえのはら》がぐいっと俺の方に体を寄せ、タブレットを覗《のぞ》き込んできた。

「ん、んんっ⁉」

「えーと……『行動主体者を〝主人公《メイン》〟とし、それを個人ないし複数の〝友人《サポーター》〟によって支える〝スピンオフ《サブチーム》〟体制を敷き』……って、また混乱するような固有名詞増やして……」

い、いや、それよか近い！　近いから！

ていうか、露出した肩がちょんと腕に当たったり体の重みが体温とともに伝わってきたり身に纏《まと》った柑橘《かんきつ》系の甘い香りがスッと漂ってきたりしたせいでなんかもうハートが勝手にビートを刻み始めてるんだが⁉

「そそそ、そういうわけで〝協力者《なかま》〟を集めてくのが今回の〝イベント〟のファーストステップってことになりまぁす！」

「……なんで急に敬語？」

あなたのせいですぅ！

怪訝《けげん》な顔で見上げてくる上野原にタブレットをぽいと渡して、気持ち距離を取った。

それから深呼吸で気分を落ち着けて、話を再開する。

「コホン——あー、ちなみにチャプター〝本編〟だけはちょっと特殊で、基本俺が主体として進めつつ、ごくごく一部の役割だけを〝協力者〟に担ってもらうことになる」

言いながら、俺は窓の外を見やった。

「今日はその〝協力者〟を調査するのが目的だ。夏休みで自由に動き回れるうちに、せめて接点くらいは確保しときたい」

「……うん、だいたい察した。だとしたら、時間は多めに取っておくに越したことはないかもね。色々と難儀しそうだし」

上野原も同じく、遠くにうっすら見え始めた高層ビルを眺めている。

「ちなみに調査手法は？」

「ひとまずオーソドックスに聞き込みかな。あと流石《さすが》にないと思うが、万が一〝協力者《ターゲット》〟と接触した場合の対処《アドリブ》は上野原に任せたい。俺はきっとキョドって使い物にならん」

「まぁ、なんとかやってみる」

こくん、と頷《うなず》く上野原。

口ぶりは曖昧《あいまい》だが、その頷きからは自信が見てとれる。まったく頼もしい〝共犯者〟だった。

「さて――」

俺はふつふつと湧き上がる闘志を感じながら、タブレットの画面を消す。

そして上野原《うえのはら》の方へ、体ごと向き直した。

「今示した工程表だけどな。これはあくまで〝白虎《びゃっこ》祭イベント〟を成立させるためだけのもの――いわば、表向きの工程表だ」

「……？」

「今回はこれだけじゃダメなんだ。必ずどこかで、彼女が動くはずだからな」

〝白虎祭イベント〟最大のイレギュラー要因。

同時に、攻略対象である彼女とは――。


「……芽衣、か」

気持ち言葉を硬くして、上野原は呟《つぶや》いた。

――〝メインヒロイン〟清里芽衣《きよさとめい》。

今回は、彼女と。

正面切って、やり合わなければいけないのだ。

「だから――」

そう、だから。

清里さんが動き始めた、そのタイミングをもって――。

「そこからが『チャプター〝舞台裏〟』――上野原の本当の出番になる」

ごくり、と。

唾《つば》を飲み込む音。

「その概要《ミッション》を、今から説明しようと思う。上野原にしかできないし、上野原じゃなきゃ任せられない重要な役目《ポジション》だ」

「……」

「だから――覚悟は、いいか？」

俺はその瞳を真っ直ぐに見て、尋ねる。

「…………」

上野原《うえのはら》は一瞬だけ黙って、目を瞑《つむ》り。

そして——。

「——上等、」

その顔は、いつもと変わらぬ無表情《かお》。

だけど、真っ直ぐに見返してくるその瞳は、強い意思に満ち溢《あふ》れていて。

「私を——だれだと思ってる？」

〝共犯者《じぶん》〟は〝舞台裏《それ》〟だけは負けない、と。

はっきり、宣言したのだった。

「——それでこそ〝共犯者《あいぼう》〟だ」

俺はニッと笑って、軽く握った拳《こぶし》を上野原の方へ向ける。

「頼むぞ、我が片腕」

その拳にちらりと目を向けた上野原は、やれやれといった顔で同じく手を伸ばして。

「片腕だけ？　両手両足プラス頭でしょ？」

「……それじゃ俺のほぼ全部が上野原じゃない？」

まぁ、あながち間違ってないかもな……。

そう苦笑して、俺たちはこつんと拳を合わせた。


——今回の〝イベント〟は表裏一体の、二段構え。

それこそが、清里《げんじつ》さんの壁を打ち砕くための——。

俺たちの、必勝戦術だ。


……。

それと——。

「……ん?」

「あ、いや……なんでもない」

小首を傾《かし》げる上野原《うえのはら》から目を逸《そ》らし、俺は密かに決意する。

──俺は。

俺だけの〝ハッピーエンド〟の。

その形を──。

ハッキリ、させなくちゃ。


──。

──……。


「──あぁ、そういえば。どうでもいいんだけど」

「うん?」

ひとしきり〝舞台裏〟の説明を終えた後のこと。

上野原はふと思いついたって口ぶりで、くるん、と後ろの髪をひと巻きする。

「今日の目的地さ……近くにナイボリッシュ、って名前のカフェがあったはず。うんまぁ、別に調べたわけじゃないけど、地図見てたらたまたま目に入っただけだけど」

「……お、おう？」

「ちょっと予算的には高めだけど、現地まで歩いて10分もかからないし、結構オシャレだし、食いログ評価3・6だし、めっちゃフレンチトーストの種類いっぱいあって味とか比較調査しといた方がいいと思うから、昼はそこで食べるのが効率的だと思う。うん、絶対に効率的」

「…………えっと、観光目的じゃないんですけど？」

そっちのがよっぽど浮わついてない……？

第七章　デジタルで効率化できないとだれが決めた？

Who decided that I can't do 「romantic comedy」 in reality?

上野原《うえのはら》にランチ代という名の甘味税を搾取されつつも、〝本編〟の下調べはまずまずという結果に落ち着いた。

これは引き続きじっくりやっていくとして、次は優先順位の高い〝派生作〟の着手にかかることにする。

——そして翌日。午後3時。

夏真っ盛りの峡国《きょうごく》駅南口。塀輪《へいわ》通りと平行する狭い路地を入ってしばらく歩いた先、鬱蒼《うっそう》と蔦《つた》の茂った建物にひっそり存在する〝真《シン》・密会スポット〟——『七曜館珈琲店《ななようかんコーヒーてん》』にて。

「ごめん耕平《こうへい》君、お待たせー！　……って、あれ？　塩崎《しおざき》君？」

「……日野春《ひのはる》？」

椅子に座して待つ、塩崎生徒会長と。

ちょうど今やってきたばかりの第二生徒会長・幸《さち》さんが顔を見合わせ、同時に首を傾《かし》げた。

◆

――今から30分ほど前。


「よし、ターゲットが来る前に、ざっと今日の動きを整理しておこう」

ちょっと遅めの昼食を食べ終えた俺は、食後のコーヒーをいただきながらそう告げた。

ここ『七曜館珈琲店』は、いかにも純喫茶という店構えの隠れ家カフェだ。

店内はカウンター席とテーブル席が数席だけというこぢんまりした広さで、家具や装飾などがいかにも昭和レトロという感じの硬派な雰囲気に包まれている。なのにランチでおいしい定食が食べられたり、餃子《ぎょうざ》が絶品だったりとちょっと不思議な店だ。

明らかに気軽に入れる外観じゃないため、常連や地元の人じゃなきゃまず来ない。少なくとも、普通の高校生は近寄らないから、数ある〝密会スポット〟の中でもさらに秘匿《ひとく》性の高い〝真・密会スポット〟として〝スポットノート〟に登録した場所だった。

その一番隅のテーブル席に座っていた俺は、コーヒーカップをソーサーに戻してから続ける。

「〝派生作〟ですべきことは『学校環境整備』――すなわち『白虎《びゃっこ》祭の全体運営に介入する』ことだ。丸ごとイベントの基盤に利用するんだし当然だな」

正面に座る上野原《うえのはら》は、黒蜜きな粉に白玉がのっかった晴信公《はるのぶこう》パフェをつんつん突いている。

ちなみ今日はお互い制服だ。

「そして白虎《びゃっこ》祭の運営主体とは言うまでもなく生徒会。つまり、その長である塩崎《しおざき》先輩を〝協力者《なかま》〟に引き入れることが最も効率的かつ最適な方法、ってわけだ」

「じゃあ、生徒会にまるで無関係な日野春《ひのはる》先輩の方は？　あの人になんの役どころがあるの？」

と、俺が説明するより前にそう尋ねてくる上野原。

てかまるで無関係って、なんかトゲのある言い方だな。

「ほら、この前の『第二生徒会ちゃんねる』で白虎祭実行委員長を兼任することになった、って言ってただろ？　外部から運営に口出しする気満々じゃないか」

白虎祭実行委員とは、学祭期間中だけ臨時で生徒会の補助《運営》をする委員会のことだ。各種出し物や模擬店の商品に問題がないかのチェックや、当日の交通誘導とか来場者サポートみたいな仕事を担当する実働部隊である。

要は臨時のイベントスタッフなので、全体の運営には関わらないのが通例となっているが、あの幸《さち》さんがそれで済ませるとは到底思えない。何かしら理由を付けてご意見《いちゃもん》するつもりに違いなかった。

「幸さんの政治力とか突破力は折り紙付きだしな。生徒会と足並みを揃《そろ》えられさえすれば、鬼に金棒だろ？　実績だって十分だ」

「あ、そ。必要性があるならいいんじゃない」

つっけんどんな調子で答えて、ぱくぱくとパフェを口に運ぶ上野原。

なんかやっぱりトゲがある気がするんだが……気のせい？

そこでふと思いついたように上野原が言う。

「てか、そもそもさ。先輩たちって、学祭どうするかで揉《も》めてなかったっけ？」

「あ、うん。まぁ確かに、開催方針を巡って対立してるな」

あれは生徒会選挙前の、オンライン質問会。先輩たちは、白虎祭を1日開催にすべきか2日開催を維持すべきかで激論を交わしていた。

実施プログラムを減らして省エネ化すべき、っていう『1日開催縮小派』の塩崎先輩と、峡西《きょうにし》の代名詞と言える白虎祭は今まで通り盛大に実施すべき、っていう『2日開催堅持派』の幸さん。

結局、議論は平行線のまま終わったから、上野原はそれを危惧《きぐ》してるんだろう。

「そんな二人を同時に味方にすることとかできるの？」

「ああ、もちろん」

俺はハッキリ答え、次いで理由を説明する。

「なぜなら、どっちも根底には『なんとか白虎祭を守りたい』って気持ちがあるからだ。白虎祭が色々問題を抱《かか》えてるのは知ってるよな？」

「やることが多すぎて、めっちゃ準備に時間がかかるようになってる、だっけ？　そのせいで勉強時間が確保できないとか、ルール違反の夜間練習が横行してるとか聞いた気がする」

「それだけじゃないぞ。夜間練習に付随する騒音で近隣住民から苦情が入ったり、練習場所が確保できないせいで公園を占有して文句言われたり、マジで挙げればキリがない」

　特に苦情の類《たぐ》いは、白虎《びゃっこ》祭自体の存続にまで影響を及ぼしかねない爆弾だ。放置していい問題じゃない。

「白虎祭を1日にすべきかどうかってのは、言い換えれば『プログラムを削ってでも問題の解消を優先すべき』か『プログラムは削らずに工夫で乗り切るべき』かの違いにすぎない。お互い、問題を無視するわけにはいかない、ってところでは共通してるんだな」

　そこで俺はピンと人差し指を立てた。

「だからこそ、そこにつけ入る隙がある」

「ん……」

「もしも、だ。問題の解消に繋がる第3の選択肢があるとしたら？　それなら対立する必要なんてなくなると思わないか？」

　上野原《うえのはら》はピタリとパフェを食べる手を止め、考え込む素振りを見せる。

　そして思い至ることがあったか、ハッと顔を上げた。

「もしかして――〝アプリ〟って、そのつもりで？」

「ご名答」

流石《さすが》、いつものごとく鋭いな。

上野原はコクコクと得心したように頷《うなず》きながら、独り言のように呟《つぶや》く。

「……なるほど、確かにそれなら対応可能かも……ああそうか、それでうまく全校生徒に〝アプリ〟をばら撒《ま》ければ、必然的に……」

「ばっちり理解したみたいだな。つーわけで、キッチリ勝算のある〝説得シナリオ〟は考えてあるから心配すんな。上野原は補助を頼む」

「……了解。じゃあ私側としても、今日のとこはイレギュラーにだけ備えとく感じで」

「おう、了解だ」

俺は頷き返してから、ふと思いついたことを口にする。

「そうそう、幸《さち》さんが暴走しないように注視だけよろしく。素《す》っ頓狂《とんきょう》なことをするとしたらあの人だしな」

すると上野原は、ばくんと白玉を一口で平らげて。

「ＯＫ。その時は、問答無用で誅する」

なぜか、目をギラつかせながら答えた。

……なんか、ちょっと言葉のニュアンス違う気がしたんだけど？

◆

——そんなこんなで現在。


「ごめん、幸《さち》さん。急に呼び出しちゃって」

俺は席を立ち、入り口にいる幸さんの元へと歩み寄る。わざわざ学外を指定したからか、私服姿だった。

「ううん、それは別にいいけど——って、上野原《うえのはら》ちゃんもいるんだね。『折り入ってお話が』とか言うから、耕平《こうへい》君だけかと思ってたのに」

「……私がいたら問題ありました？」

と、会話が聞こえたらしい上野原が席の方から塩レベルの高い反応を返してきた。

幸さんは特に気にした風もなく、笑いながら手を横に振る。

「やだなー、そうは言ってないよ。ただ『ウチにだけのナイショ話かなー？』って思ってただけだから」

「……ふぅん。で、なんでワザワザ私服なんですか？　先輩以外みんな制服ですけど」

「んー、それは——ふふふ、なんでだと思う？」

「暑さで頭が沸騰したからだと思います」

お、おぅ……？　やっぱり幸さんに妙にキツくない、上野原さん……？

ここのところ、上野原はやたら素直というか率直で、思ったことなり言いたいことなりバンバン言ってくる。てっきり俺に対してだけなのかと思ったが、他の人にもそうなんだろうか。

「日野春《ひのはる》。その格好じゃ学校には入れないぞ。校則違反だ」

クイ、と眼鏡《めがね》を持ち上げながら苦言を呈する塩崎《しおざき》先輩。

こちらは夏休み前と一切代わり映えなくて、なんか安心。

「どのみち今日は登校の予定ないからいいんですー。てかみんな、普通はもっと他に言うことあると思うんだけどなー」

幸さんはぷくーっと頬《ほお》を膨《ふく》らませ、店主のおばさんにアイスティーを注文する。

……そういや、幸さんの私服って何気に初めて見るな。

風を受けふわりとはためく、夏らしい涼しげな素材の花柄ワンピース。踵の高いサンダルのせいか、いつもよりスラリと背筋が通って見える。

それにしても、一見清楚《せいそ》に見えるワンピースなのに、とあるワンセクションのせいでめっちゃ色っぽく見えるのはさすがの戦闘力といったところ。

俺が淡々とそんなことを思いながら元の席に戻ると、不意にお隣さんのジト流し目が飛んできた。

「……ほら。そんな格好で来るから、馬鹿にめっちゃ視姦《しかん》されてますけど？」

「し、しかっ!?　ちょっとコラッ！　うら若き乙女が、そんな言葉使うんじゃありません！」

「自分の行為が諸悪の根源じゃん。端的に、キモい」

「な、なにもしてませーん！　一切合切、1ミリ秒も見てませーん！」

「まぁまぁ、上野原《うえのはら》ちゃん、ウチは全然気にしてないから大丈夫だよ。ていうか一張羅だから、むしろいっぱい見ていっぱい褒めてほしいな！」

ふん、と胸を張ってドヤ顔する幸《さち》さん。

お、おおぅ……いっぱい、いっぱいね……ぱい……。

ついワンセクションに目を奪われそうになりながらも、感想を述べようとすると。

「いやでも、よく「へー、めっちゃ似合ってますねこれでいいですか?」

「あははっ、心がまるでこもってないなー」

あれっ、俺の発言潰《つぶ》された……?

なんでかウキウキで楽しそうな幸さんと、ずっとピリピリで不快げな上野原さん。やっぱりこの二人、相性めっちゃ悪くない……?

「……親睦会がしたいなら戻っていいか。仕事があるんだが」

「あっ、いや！　ちゃんと真面目な話ですから！　だから待って！」

仏頂面のまま立ち上がろうとする塩崎《しおざき》先輩を慌てて制し、俺はバッグからタブレットを取り出した。

「あーえー、本日はお忙しいところご足労いただきまして、誠にありがとうございます」

半ば強引に切り出してから、用意しておいた資料を配る。

「今日のトピックは『白虎《びゃっこ》祭運営効率化にかかる緊急提言』です。一生徒からの提案ではありますが、ぜひお二人には聞いていただきたく」

「……ふむ」

塩崎《しおざき》先輩は資料を捲《めく》り、もくもくと目を通し始める。

ちなみに塩崎先輩には要件だけ先に伝えておいた。でないとこのクソ忙しい時期に、わざわざ学外にまで赴いてくれないだろうからな。

「──耕平《こうへい》君のことだし、きっと楽しい案なんだろうけどさ」

とすんと塩崎先輩の隣に腰掛け、お仕事モードに入った幸《さち》さんが牽制《けんせい》するかのように言う。

「ちょっと気になるのは、効率化って言葉かな。まさかとは思うけど、実施プログラムを削りましょうとか、そういう話じゃないよね？」

「いやいや、そんなこと言うわけないじゃないですか。先輩と同じ2日開催堅持派ですよ、俺」

「だよね。ごめんね、聞いてみただけ」

俺の答えに満足げに頷《うなず》いて、幸さんはにこりと笑う。

やっぱり「そこは譲れない」ってことだろうな……てか「回答次第じゃ敵対スイッチ入れるぞコラ」ってオーラ醸し出すのやめてください。マジ怖いんで。

俺は先輩の神経を逆撫《さかな》でしないように注意しながら続ける。

「でも幸さんも、塩崎先輩の意見にも一理ある、って思ってるんじゃないですか？　実際、白虎祭に色々問題があるのは事実ですし」

「問題って……苦情とか？」

「まぁ、一番影響が大きいのはそれですね」

「そういえば――」

と、上野原《うえのはら》がさも今思いつきましたというトーンで塩崎先輩に話を振る。

「生徒同士で揉《も》めることも多いんですよね？　機材の貸し出しがバッティングして作業が遅延したり、練習場所の取り合いでトラブったり」

「……間違いない。例年、至る所で仲裁が必要になる」

塩崎先輩は重々しく頷いた。

幸さんはちょうど届いたアイスティーで喉《のど》を潤してから、難しげな顔で口を開く。

「特にクラス対抗絡みは揉めやすいよねー。総合優勝のためには絶対落とせないし、何より同じチームの先輩たちが手を抜かせてくれないから」

「学年混在のチーム戦だからな、白虎祭は」

話に出たように、白虎祭は1~3年の縦割り班によるチーム戦だ。総合優勝は、同じチームの勝利ポイントの合計によって決まる。

ポイントは模擬店やフリーマーケットの売上勝負によっても得られるが、メインイベントである『学年別クラス対抗企画』が最も高得点になるよう設定されていた。

「ちなみに学年対抗って、何やるんですか？」

上野原《うえのはら》がしれっとした顔でそう尋ねる。

「君たち1年生は展示企画だ。2年は創作ダンスパフォーマンス、3年は総合ステージパフォーマンスで、問題が起こるのは大抵上級学年だな」

「どっちも練習量がものを言うし、基本音を出す種目だから練習場所も限られちゃうしね。まあだからこそ、毎年ルール無視で公園とか使っちゃうクラスが出るんだけど」

「昨年はそれで警察沙汰《ざた》になる寸前だったからな……」

「あったねー。ご近所さんのご機嫌取りが大変だったなぁ」

はぁ、と揃《そろ》って息を吐く先輩たち。

俺は頃合いを見て、話を〝シナリオ〟に戻す。

「とまぁ、それだけ問題を抱《かか》えてるってことはみなさんご存知の通りです。それを重くみた塩《しお》崎《ざき》先輩は、実施プログラムの削減——ひいては、学祭の開催日数を1日にすることで負担を減らし、問題を一挙に解消しようとしたわけですが……」

「……」

「その公約が、選挙の足を引っ張ってしまったのも事実だと思います」

無言のまま、肩を竦《すく》める塩崎先輩。

情報《うわさ》にあった「公約が過激すぎる」という先生たちの苦言も一理ある。うちみたく〝集団ラブコメ適性〟の高いクラスは白虎《びゃっこ》祭を楽しみにしている人も多かっただろうし、そこが気に食わず選挙に非協力的になった人も少なくないはずだ。

するとと上野原が、付け加えるように尋ねた。

「ちなみに塩崎先輩。公約の履行を凍結してる、って話は本当ですか？」

「……強行するわけにもいかないだろう。ただでさえ立場が微妙だからな、僕は」

塩崎先輩は苦々しい口調で答える。

軽く調べた感じ、先輩はただでさえ忙しい時期に余計な混乱を招いたということで、生徒会メンバーから恨まれているらしい。

そのせいで会長に当選こそしたものの、主導的に振る舞える状況ではなくなっているようだ。

幸《さち》さんがつんと唇を尖《とが》らせて言う。

「ウチは気にしすぎ、って言ってるんだけどね。やることの中身はさておき、会長が先頭で音頭取らなくてどうするの、って」

「わかってはいるんだが……他の役員の機嫌を損ねるとそれこそ実務に差し障る。そうでなくとも手が足りない現状、それは一番の悪手だろう」

俺は飲み物を一口飲んでから話を進める。

「とはいえ、何もしなきゃ問題はそのまま、自然と改善されることはないです。塩崎《しおざき》先輩も、できることならどうにかしたいですよね？」

「無論だ。会長に任命された以上は、それが僕の責務だと思ってる」

今度は力強い答えが返ってくる。

その意思は決して曲がっていないらしく、安心した。

「それなら……今必要なのは、発想の転換だと思います」

「む……？」


——さて、問題提起はこの辺でいいだろう。

本題は、ここからだ。


「公約がそのまま実行できないなら——別の形で実現すればいい」


「……別の形？」

塩崎先輩が訝《いぶか》しげに眉根《まゆね》を寄せた。

俺はピンと人差し指を立ててから続ける。

「整理しますが、塩崎先輩の公約だった『白虎祭《びゃっこ》の1日化』。これはあくまで、学祭に付随する問題を解決するための手段であって、それ自体が目的じゃない。そうですよね？」

「……予算の節約という目的もあるが、それは副次的なものだからな。その認識で構わない」

「逆に言えば、問題を解決しさえすれば、その方法はなんだっていいはずです」

「む……？」

「だからこそ俺は、解決手段として『白虎祭運営の効率化』を提言しようと思い至りました」

俺はタブレットに提言の表題画面《タイトル》を表示させ、先輩二人の方へ向けて置く。

「実施プログラムを減らす前に、まず無駄を減らす。効率的でスピーディな事務手続き、公平かつ的確な練習場所の配分、ルール違反者に対するペナルティや監視体制の強化——できることはたくさんあります。そうすれば現行のまま、十分に問題に対処できるでしょう？」

「うーん、でもさ」

と、今度は幸《さち》さんが悩ましげな顔で口を挟んできた。

「そういう意味なら塩崎君、結構頑張ってると思うよ？　私も外部監査って名目で色々いちゃも——じゃない、アドバイスしてるけど、これ以上できることないかな、ってくらいには効率化してるもん」

塩崎君って元々そういうの得意だしね、と付け加える。

まぁ、幸さんが言うなら本当にそうなんだろうな。今まで絶対ちくちくネチネチ責めてたんだろうし。

「これ以上うまくやろうとするとさ、やっぱり人手が必要になっちゃうんだよね」

「……そうだな。結局、すべてはそこに帰結することになる」

追随する塩崎《しおざき》先輩。

俺はすかさず問い返した。

「人手が必要って、なんでですか?」

「そりゃー、生徒会が全部の管理をしなきゃいけないからだよ。各種申請の審査に承認、学校機材の使用許可、トラブルの仲裁。それ全部生徒会の担当なんだもん」

「白虎《びゃっこ》祭実行委員は提供する食品や出し物のチェックのような仕事以外、運営に関わることはない。指揮系統を統一する意味でもな」

「ルール違反に対する対処だって、結局見回りとか抜き打ちチェックみたいな動きが必要になるしさ。かといって、そればっかに時間使ってたら事務仕事が終わらないし」

「加えて、不意なトラブルに対する即応体制も用意するとなると、どれだけ時間と人員があっても足りない」

やっぱり事務方の負担って相当なんだな……いつもはバチバチにやり合ってるだろう幸《さち》さんが、思わず擁護《ようご》に回ってしまうレベルで。

「結局、どこかを減らせば何かが足りなくなるんだよね。現実問題、今がギリギリのラインだと思う」

「泣き言を言いたいわけじゃないが……正直、生徒会役員の負担をこれ以上増やすことはできない。働いても働いても、仕事が減るどころか溜まっていく。それが白虎祭期間中の生徒会だ」

「そうそう。塩崎君は死ぬ気でやってもいいけど、他の子たちが無理だよ」

過労死しちゃうよ、と続ける幸さん。


──言いたいことは、全てもっともだ。

だから……。

完全に、想定通りだ。


俺は内心ほくそ笑みながら、パチンと指を鳴らす。

「お二人とも、ちゃんとわかってるじゃないですか」

「……？」

「つまり、問題の起点はそこにあるんですよ」

俺はタブレットの画面を切り替えて、トン、と二人の前に置いて見せる。

「生徒会のリソース不足。運営側の処理能力がボトルネックになって、諸処の問題に発展してるんです」

「ボトルネック……進行の妨げ、ということか?」

「ええ」

塩崎《しおざき》先輩の質問に頷《うなず》いて答え、タブレットの画面をぽんぽん叩《たた》く。

「僕が独自に集めたデータによれば、今お二人が挙げた仕事を完璧《かんぺき》に回すのには、ざっくりあと10人は人手がないと対処できない計算ですね」

「計算って……うんまぁ、耕平《こうへい》君だし、そのくらいはできちゃうのか」

「まぁ、そんなものだろう」

なんともいえない表情で苦笑する幸《さち》さんと、仏頂面のまま頷く塩崎先輩。

「もしかして、他にサポートしてくれる生徒を引っ張ってくるとか? 帰宅部の人とか」

「いえいえ、違います。一般生徒だって自分たちのクラスで精一杯でしょうし」

「じゃあ他にどうやって……?」

見当つかない、という風に眉根《まゆね》を寄せる幸さん。

俺はこほん、と咳払《せきばら》いを一つして、もったいぶった調子でタブレットを手に取る。

そして立ち上がりざま、タブレットのあるアイコンをタップして――。

「古今東西――現代の効率化といえば、I、T、の、活、用でしょ?」

――さぁ、見せてやろう。

〝真・ラブコメ実現兵器〟――そのプロトタイプの、初お披露目だ。

「〝白虎祭公式アプリ〟――？」

目を点にして、表示されたタイトルを読み上げる先輩二人。

その鳩が豆鉄砲を食ったような顔を見て、俺はニヤリと口端を釣り上げた。

――コードネーム〝アプリ〟改め〝白虎《びゃっこ》祭公式アプリ〟。

上野原のお父さん《遼太郎さん》全面協力の下で開発された、我が〝真・計画〟の中核を担う〝真・ラブコメ実現兵器〟、究極の一。

それは、まさしく――。

〝白虎祭イベント〟における全情報《データ》をコントロールすべく作られた、機械仕掛けの神《デウス・エクス・マキナ》である。

「正式名称は『白虎祭運営総合支援アプリ』です。主な機能は、オリジナル申請フォーム作成機能、機材管理機能、利用者情報統括管理機能、オンラインチャットサポート機能――」

「「……」」

「クラス単位のトークルーム機能、DM機能、ついでに話しかければ今日の運勢を教えてくれる占いボット『KOH《コー》ちゃん』なんてオマケ機能も！」

「「…………は？」」

「ちょっと耕平《こうへい》。延々機能の説明だけしても全然イメージ掴《つか》めないから」

「あぁ、これは失敬」

先輩たちの反応が面白すぎて、つい。

やれやれ顔の上野原《うえのはら》を横目に、てへっと頭を叩《たた》いてから続ける。

「えー、塩崎《しおざき》先輩。ちなみに今って、申請書類とか事務書類とか、紙で提出されたものを手打ちでパソコンに入力して管理してる感じですよね？」

「あ、ああ……」

「要はそういうのを全部、一つのアプリで完結できるようにしたものです。データはフルデジタルで管理できて、かつ、手持ちのスマホに入れればだれでも使えるって代物ですね。まぁ個人情報の取り扱いに関わるので、峡西生《きょうにしせい》のみの限定公開になると思いますけど」

「「……」」

「一つ、使い方《ユースケース》の例を出してみましょうか」

　そう言って、俺はサンプル画面を表示した。

「これは『機材貸与申請』の画面ですね。予《あらかじ》め登録しておいた機材リストを元に、現在貸し出し可能な機材の一覧が表示されます。例えばプロジェクター借りたいな、って思った生徒がいたら、アプリで『申請』ボタンをポチ、っとしてやればハイこれで手続きおしまい！　あとは管理ユーザーである生徒会役員が『承認』ボタンをポチっとしてあげれば、保管場所と貸与期限が通知されるって仕組みです」

「「…………」」

「こういった情報は、申請者の名前と学生番号とに紐《ひも》づけて管理します。なので、だれが何を借りてるか、って情報を一瞬で検索することも可能です。いちいち機材一覧表と照らし合わせながらチェックする必要はありません。あ、アプリ上で返却の催促をすることもできますよ」

「「…………」」

「データは全部クラウド上に保存されるので、消失リスクはほぼナシ。もちろん暗号化されてますので、セキュリティ対策もバッチリです。まぁ少なくとも、生徒会室に転がってるUSBメモリに保存しておくよりは遥《はる》かに安全ですね」

「「…………」」

「そして、な、なんと！　これが全部無料で利用できちゃいます!!　今だけですよ、今だけ！」

二人はさっきから、呆《ほう》けたまま何も言わない。

まぁ俺も上野原《うえのはら》も、これが出てきた時は今の二人みたいな顔してたもんな。さもありなんだ。

ちなみに、この辺の機能は既存のプログラムだかソースコードだかの流用らしく、遼太郎《りょうたろう》さんがさくっと実装してくれた。曰く「そこらの大学生でも作れるレベル」と笑っていたが、知識のない身からしたらスーパーハッカーの所業にしか見えない。

俺は昨日作ったばかりの資料《マニュアル》を取り出して先輩たちに配る。

「他の使い方はそちらをご参照ください。必要ならPDFデータも送ります……えー、ちなみに今の時点で何か質問あります？」

「……ちょ、ちょっと待って！」

俺の問いかけで、やっと我に返った幸《さち》さんが慌てて口を開く。

「こ、これどうしたの……？」

「どうしたって、作ったんですってば。あいや、正確にはまだ作ってる最中ですけどね」

特に一番大事な機能は絶賛学習中だったりするしな。

幸さんは信じられない、という風に目をパチパチと瞬《まばた》かせてから、隣に目線を移す。

「う、上野原ちゃん……？」

「気持ちはわかりますけど、全部現実《マジ》です。耕平《こうへい》の妄想の産物とかじゃないです」

「こら、俺がトチくるったみたいに言うんじゃありません」

塩崎《しおざき》先輩はペラペラと資料を捲《めく》りながら深く嘆息した。流石《さすが》にいつもの仏頂面が幾分崩れて見える。

「……驚いた、と、いう言葉で表現しきれないな、これは」

「いや、うん。ちょっとウチにも、流石に予想外すぎた……」

幸さんは乱れた髪を手櫛《てぐし》で整えてから、ぼうっとした調子で呟《つぶや》く。

「でも……本当に、そんなことが実現できるのなら……相当な手数の削減になる、ね」

「……そうだな」

徐々に現実感を取り戻してきたのか、二人は食い入るように資料を読み始めた。

「機材管理に空き教室の予約管理……えっ、模擬店とフリマの売上管理までできるの……!?」

「スケジュール管理、違反行為の通報フォーム……いやまさか、位置情報まで送信できるのか……？」

「これならさ！　管理負担を極端に減らした上で、ミスもなくせるよね!?」

「スマホだけで作業が完結するのなら、生徒会室にカンヅメになる必要もない。その制約がなくなれば、見回りやトラブル対処のような実働作業にリソースを割けるようになる、な」

「ルール違反の取り締まりもしやすくなるし、今までできなかった校外の見回りとかもできるようになるかも！」

二人は鼻息荒くお互い顔を見合わせた。

——ああ、そうだ。

つまり。

「白虎祭にまつわる問題が一気に解消できる。

——これが俺の『白虎《びゃっこ》祭運営効率化にかかる緊急提言』の全容です」

いかがでしょうか、と。

俺は慇懃《いんぎん》な調子で右手を胸に当て、左手を前に差し出し。

まさに敏腕営業マン、って顔でにこやかに笑いながら頭を下げた。

シン、と一瞬、店内を静寂が包み——。

「——すごいっ！　すごいよ、耕平《こうへい》君！」

パシッ。

「……ン？」

伸ばした手のひらに、柔らかな感触。

見れば、テーブルから身を乗り出した幸《さち》さんが、目を輝かせながら俺の手を握っていた。

「さっすがだぁ！　もういつもいつも、楽しいことばっか考えるんだからっ、耕平君は！」

「お、おぉ？」

それからブンブンと、肩が抜ける勢いで上へ下へと振り回された。

「ちょっ、まっ、あんま引っ張らないでっ⁉」

「あはは、すごいすごい！」

ゆっさゆっさ、ゆっさゆっさ。

幸さんの手が上下するのと同時に、その両腕に挟まれるようにして存在感を誇張された胸部の震動が目に入り――。

「はいおしまいすぐに接触しない」

「えええええ⁉」

スパーン！　と鋭いチョップによって俺の腕だけ叩《たた》き落とされ、ズドーン！　とテーブルに衝突する。

「イッタァイ！　ちょっ、何すんの!?」

「すぐに女子の手を触らない握らない、それアウトだって前も言ったじゃんこの馬鹿。あとさっきからどこ見てんのか丸わかりだこの大馬鹿」

「今回は俺から触ったんじゃないでしょ!?」

不当裁判だ！　……いやすいません、後者だけは正当だ！

そんな風にギャースカ言い争ってると、諸悪の根源であるところの幸《さち》さんは、なぜかニヤニヤと笑いながら上野原《うえのはら》を見る。

「そうだよ、上野原ちゃん。暴力はよくないんじゃないかなー」

「先輩の奇行の方が客観的に見て１００％よくないと思いますけど？」

「えー、どこが？　笑顔で握手なんて政治の場じゃ常識だよ？」

「ああつまり政治工作のつもりですか、通りでやり口が汚いと思った」

そんなこんな、わちゃわちゃしている俺たちに。

「ゴホンッ」

……と、塩崎《しおざき》先輩が気持ち強い咳払《せきばら》いをして、その空気を断ち切った。

「……素晴らしい提案をありがとう、長坂《ながさか》君」

「あ、は、はい」

「だが――」

そしてそのトーンを、いつもの重苦しいものへと戻して。

「このアプリを最大限に活用するには——全校生徒に使ってもらわねば意味がない」

……気づいたか。

俺は姿勢を正してから塩崎先輩の方へ向き直す。

「もちろん、使い方のレクチャーは必要です。ただ、そう難しい操作が必要なものはないですし、普段からスマホを使ってれば十分に使いこなせるかと」

「……」

「ただ家庭の事情等でスマホが使えない生徒には、期間中の貸与も考えないといけないとは思います。しかし僕が調べたところによると、その人数はごく僅《わず》かで——」

「そこじゃないだろう」

と、先輩は。

「こんな常識の埒外《らちがい》な代物を、学校側が認めるかどうか。それこそが一番の難関だ」

特に今の峡西ではな、と苦渋の表情で呟《つぶや》いた。

――塩崎《しおざき》先輩の言う通り。

一番の問題は、学校――つまり、先生たちからアプリ利用の承認が得られるかに尽きる。

白虎祭《びゃっこさい》がいくら生徒会主催のイベントだとしても、生徒会が自治を認められているからといっても、学校側の意向を完全に無視することなんてできない。選挙の件もそうだが、問題ありと判断すれば容赦なく介入してくるからだ。

基本的に学校は事なかれ主義だし、〝白虎祭公式アプリ〟のような普通の学園祭運営から外れた飛び道具は煙たがられるに違いない。

……つまり、だ。

「そこで、先輩たちにお願いです」

俺は椅子に座り直し、二人を真っ直ぐに見据える。

「先生たちの説得に――協力、してくれませんか?」

だからこそ、俺は――。

きっとそれを成し遂げられるだろう先輩たちを、頼ることにしたのだ。

「ただの一生徒でしかない僕には、こうしてアイデアを示すことしかできません。だからお二人の力で、このアプリの使用を学校に認めさせてほしいんです」

俺には学校側を説得できるだけの権力も、実績もない。

だからこれは、どうしても〝協力者《なかま》〟の力を借りなければ達成できない工程なんだ。

「生徒会長である塩崎先輩は、もちろん生徒の代表として。学校側と対等な立場で交渉に臨めるのは、塩崎先輩だけですから」

「──」

塩崎先輩は目を瞑《つむ》って黙りこくっている。

「幸《さち》さんも……いや、幸さんにだけは絶対に、力を借りたい」

「……それは、どうして？」

幸さんは真剣な顔で、真っ直ぐにこちらを見据えていた。

その真っ黒な瞳の奥に、どんな感情を秘めているのかはわからない。

だから俺は、せめて自分の本音だけは過《あやま》たず届けるべく、口を開く。

「幸さんには、何より実績がある。中学の時から何度となく学校側と渡り合ってきて、ついこの間も十島《とおしま》先生を相手に論破してみせた実績が」

「……」

「それはきっと、幸《さち》さんだからできたことだと思う。自分の〝楽しい《おもい》〟に正直で、他の何を差し置いても理想を押し通せるだけの力を持つ、幸さんだけが」

「…………」

黙りこくる二人に対し、俺は呼吸を整えてから姿勢を正した。

そしてテーブルに手をついて、深く頭を下げる。

「お願いします。俺に――」

……いや。

視界の端で、同じように頭を下げている上野原《うえのはら》の姿が映って、俺は言い換える。

「俺たちに、力を貸してください。お願いします」

――俺たちの思い描く、理想郷《ラブコメ》の実現のために。

どうか、現実に抗《あらが》うための〝協力者《なかま》〟に、なってほしい。

――。

……。

「――頭を上げてくれ、長坂君《ながさかくん》」

しばらくして、塩崎《しおざき》先輩が大きくため息をつくのが聞こえた。

「その叩頭《こうとう》は筋違いだろう。なぜ君たちが頭を下げている」

「……え？」

「どう考えても逆だ」

俺は顔を上げる。

すると塩崎先輩は、おもむろに立ち上がり――。

深々と、腰を追って。

「――こちらの方こそ、是非お願いしたい。

どうかそのアプリを、我が校の学園祭のため、生徒たちの公益のために、提供してください」

――！

「じゃあ……！」

「議論するまでもない。僕は僕の信念に基づいて、生徒会長としての責務に励んでいる。使えるものはなんだって使うさ」

そうして柔らかく口元を緩《ゆる》めて笑いながら、塩崎《しおざき》先輩は強く頷《うなず》いた。

――やった、やったぞ！

〝派生作〟ファーストステップ、コンプリートだ！

「……はいはい！　ウチももちろんやるよ！　めっちゃ楽しそうだし！」

一拍遅れ、幸《さち》さんがウキウキな様子で手を挙げた。

「ありがとうございます！　めっちゃ頼りにしてます！」

「うんっ、任せて！　ウチがどんな手を使ってでも認めさせてやるから、大船に乗ったつもりでいてよ！」

フンス、と力瘤《ちからこぶ》を作ってみせる幸さん。

うぉおお、なんて頼もしい……けど、手段を選ばずってところがちょっとだけ怖いかもしれないぞ。

塩崎先輩は手帳を取り出してスケジュールを確認しながら言う。

「夏休み中にＰＴＡ、地域の代表の方を集め、今年の白虎祭《びゃっこ》の開催方針について話し合う会議がある。その上で決を採り、最終的な開催可否を決めるのが通例だ」

「ええ、知ってます」

「生徒会からは僕、実行委員会からは日野春《ひのはる》が出ることになると思うが……それまでにアプリの実働サンプルを使えるようにできるか？」

「もちろん、ちゃんと準備しておきます！」

助かる、と塩崎先輩は頷いた。

「生徒会の意見は僕の方でまとめておく。実現できれば我々にはメリットしかない話だ。仕事が楽になるということなら、他のメンバーも喜んで乗ってくるだろう」

「ウチも色々手を回しておくね！　ふふふ、中学の音楽祭以来だなぁ、こういうの……」

興奮を抑えきれない、といった顔でハァハァしている幸さん。うん、あの、ちょっとだけじゃなくていっぱい怖いかも。

……おっと、そうだ。

俺は大事なことを思い出して、塩崎先輩の方を見やる。

「ちなみに交換条件ってわけじゃないですが……一つお願いがあります」

「む……？」

「ん？　なになに？」

「今回の件、俺が発案者ってことはこの場だけの秘密にしといてください。あくまで生徒会と第二生徒会連合による提言、って体《てい》で」

その発言に、先輩二人は驚いた顔を見せた。

「えっ、なんで？」

「だって、一介の生徒が勝手に作って持ってきましたじゃ怪しすぎるでしょ？　ちゃんと組織だって動いてます、ってことにした方が成功確率は上がると思いますし……あとまぁ、こっちにも色々と、そうしなきゃならない事情があるんで」

そう――。

くれぐれも、清里《きよさと》さんには。

彼女にだけは絶対に、俺たちの真意を悟らせてはならないのだ。

だからこそ、今まで一度も使用することのなかった〝真・密会スポット〟を使って、わざわざ二人だけ呼び出して、念には念を重ねながら事を進めているんだ。

『俺の動きにだけは、最後の最後まで気づかれてはならない』

それが〝白虎《びゃっこ》祭イベント〟成功のための、絶対条件だった。

「――では君たちは、いったいなんのためにこんなことをやっているんだ？」

ふと、塩崎《しおざき》先輩が不思議そうに尋ねてくる。

「単に善意で動いているにしては、度が過ぎているように思う。評価が欲しくてやっているわけでもない。日野春《ひのはる》のように学内政治に快楽を覚える性質《たち》でもないだろう」

「ちょっとー、その言い草はあんまりじゃないかな、塩崎君？」

「ここまでするには、何か理由があるはずだ。差し支えなければ教えてほしい」

ぶー、と口を尖《とが》らせる幸《さち》さんをスルーして問うてくる塩崎先輩。

俺は――。

「まぁ自己満足、って言われたらそれまでかもしれないんですが……」

そうだ、俺の目的は。

〝真・計画〟の目的は、ただ一つ。

「――だれにだって〝ラブコメ《最高の青春》〟が手に入ることを証明したい。それだけが、俺の目的です」

◆

それからもう少し細かくアプリの説明をして、密談は終了。

次に、アプリの動作に必要なデータ登録のため、生徒会室に行ってはどうかという話が出る。なんでも今日は他の生徒会役員が出払っているらしく、塩崎《しおざき》先輩一人なのだそうだ。

本当は資料だけ借りて家で作業したかったんだが「関連書類は学外持ち出し厳禁」との塩崎先輩の言により、その手段は取れそうにない。

しかし——。

「この時間、あんまり生徒会室には近づきたくないんだよな……人目が怖い」

レジで会計を済ませた俺と上野原《うえのはら》は、席に戻る前にこっそりと話し合っている。

情報《データ》によれば、清里《きよさと》さんの所属するテニス部は休みの日のはずだ。だが、生徒会室のある芸術棟、そのすぐ隣の体育館ではバスケ部が絶賛練習中である。不運にも、常葉《ときわ》と出くわしでもすれば、俺たちの動きが悟られてしまう危険があった。

常葉と清里さんがどのレベルで協力関係にあるかは未知数だが、今は少しでもリスクのある行動は控えておきたい。

「……じゃあ私が行く」

思考ポーズを取っていた上野原がそう切り出してきた。

「上野原だけでか？　いやでも、俺たちの協力関係はもうバレてるわけだし、結局見つかったら意味ないんじゃ……？」

「家にいつだったかの変装セットがあるから。それ着けてけば見られても問題ないでしょ」

「あぁ、なるほど……」

そういや、ウィッグと伊達メガネと赤色《2年生》ネクタイの一式をそのまま貸しっぱなしだったな。確かに、フル装備で行けば常葉にバレることはないだろう。

俺はそれを踏まえて、もう一度検討する。

……現状、アプリのプロトタイプが使えるのは俺と上野原のスマホだけ。データは早々に手に入れておきたいし、生徒会室で作業できるタイミングもそう多くないだろう。だからここは、提案に乗った方がいい……かな。

「……よし。なら悪い、頼まれてくれるか？」

「ん。家寄ってから行くとなると、終わるまでそれなりに時間かかるかも」

「了解。じゃあ終わったら〝D会議室〟で合流にしよう」

上野原が頷《うなず》き、これからの動きが決まった。

さて、じゃあそれまで俺はどうしよう？　元々打ち合わせだけのつもりだったし、他の作業に必要な装備は持ってきてないんだよな。まぁ他の〝チャプター〟の〝シナリオ〟でも練りながら待てばいいか……。

なんてことを考えながら席に戻り、先輩二人に今決まったことを伝える。

「お待たせしました。この後ですけど、上野原が学校に行ってくれることになりました。データ登録は上野原がやります」

「塩崎《しおざき》先輩、よろしくお願いします」

「うむ、わかった」

先輩は席を立ち、通学カバンを手に持つ。

「……あ！」

ポン、と。

思案げな顔でいた幸《さち》さんが、何やら『いいこと思いついた』って顔で手を叩《たた》く。

それから軽快な足取りで俺の横にやってくると、ニッと八重歯を覗《のぞ》かせて笑った。

「耕平《こうへい》君さ、ちょっとウチに付き合ってくれない？」

「はい？　どこへ？」

「ちょっと地域の人に挨拶《あいさつ》回りしとこうかな、って思ってさ。今年も白虎《びゃっこ》祭へのご協力よろしくお願いしますー、みたいな」

あぁ、なるほど……事前の根回し、ってことか。

近隣住人からの苦情が最も深刻な問題なわけだし、会議までに心証をよくしておこう、って腹なのかもしれない。

ん、でも――。

「ていうか俺、部外者ですけど……？　わざわざ同行する意味ってあります？」

ただ挨拶に回るだけなら、俺が付き添う必要はないように思うんだが。

「あー、んー……ほら、挨拶回りだし、粗品的な手土産を持ってかなきゃいけないでしょ？　ウチだけじゃ手が足りないなって」

どことなく言い淀《よど》む様子を見せつつ、幸さんは頬《ほお》を掻《か》く。

つまりはあれか？

「……荷物持ちがほしい、と？」

「そうとも言う！」

びしっ、とサムズアップしながら言い放つ幸さん。

「あとほら、なかには気難しい人とか、昔気質な人もいるからさ。一応、男の子もいた方が安心かなーって」

む、偏屈オヤジみたいなタイプか……？　近頃の若いモンはー的な。

……いや、ちょっと待った。

「だとしたら、私服で行ったらなおさらマズいのでは……？」

俺は制服だからいいとしても、幸さんは完全にお出かけ用の服装だ。

面倒な相手だ、っていうならちゃんとフォーマルな格好でお願いに行かないと、逆に気分を害してしまう可能性もあるんじゃないか？

――とか、考えていると。

「まぁまぁ、細かいことは気にしない！」

「えっ」

急に腕が引っ張られ、ぎゅっと両腕でロックされた。

「耕平《こうへい》君はデート気分でいてくれればOKだから、ね！」

「はっ？　デッ⁉」

いやっ、そんな気分でいたら余計ダメじゃない⁉

て、ていうか腕！　腕が！　お肌とお肌の接触面積が多いんだけど⁉　なんならあと数センチで柔らかな感触《ラッキースケベ》を感じちゃいそうなんだけど⁉⁉

ズドンッ。

「あだっ」

直後、背中に衝撃を感じて、驚いて振り返る。

見れば、通学カバンを持った上野原《うえのはら》が『ああごめんなさい、当たっちゃいましたか？（威圧）』みたいな顔で冷たい目を向けていた。

「じゃあ私たちは、仕事に、行きましょうか塩崎《しおざき》先輩」

「む……あぁ、うん。よろしく頼む」

戸惑い気味な塩崎先輩を先導し、出口へ向けてスタスタと歩き始める上野原。

俺は慌ててその背に声をかける。

「あ、ま、待った！　終わったら連絡――」

「ごゆっくり、、、」

そしてつっけんどんな調子でそう言い捨てて、さっさと行ってしまった。

……え、も、もしかして。

怒らせちゃった……？

「それじゃあ、ウチらも行こっか！」

そんな上野原に気づかなかったのか、幸《さち》さんはニコニコと楽しげな顔のまま進み始める。

いや……ていうかあれ、絶対怒ってたよな……。

顔はいつもの無表情だったけど、俺にはわかる。あのオーラは『へぇ、こっちに仕事押し付けといてそっちはイチャコラ遊ぶ気満々ですか、いいご身分ですね大馬鹿野郎』ってオーラだ。

くそ、なんとか怒りを鎮めないと……でも単に謝ったところで『は、何が？（沸点上昇）』とか言われて終わりだよなぁ。

とりあえず、マスターに連絡して上野原専用メニュー用意しといてもらって……あと、帰りにシャトレェゼ寄って、あいつの好きなショートケーキに追いチョコ用のホイップクリーム増し増しにして――。

「おーい、耕平君！　おいてっちゃうよー！」

「あ、は、はい！」

知らぬ間に出口にまで辿《たど》り着いていた幸さんの呼び声で、慌ててカバンを背負う。

と、とにかく！　せめてちゃんと働こう！

何かしら〝真・計画〟の役に立つ結果を出せば、きっと許してくれる……よな？

そんなこんなで、俺は落ち着かない気分のまま店を出た。

◆

七曜館《ななようかん》を出た俺たちは、いかにも街中を流れる川ってイメージの愛川《あいかわ》の土手を歩きつつ目的地に向かっている。

夏の太陽はまだまだ高く、コンクリート護岸をジリジリと焼いている。暑さの盛りは過ぎたとはいえ、盆地の底に漂う殺人的熱気は未だ健在のようだった。

俺はシャツにじんわりと滲《にじ》む汗を感じながら、自転車を押し進む。

目的地までそう遠くないはずなんだけど、歩きだと結構時間かかるな……しかも陽を遮《さえぎ》るものが一切ないルートだからか、余計にキツく感じる。

「あーつーいー、だーるーいー」

隣を歩く幸《さち》さんが、うんざりという声を漏らした。

体質なのか、そんなに汗をかいているようには見えないけど、しんどそうにだらりと体を前傾させていた。

そういや、幸さんって体力ない系の文系キャラだったな……そんなの微塵《みじん》も感じさせないくらいバイタリティに溢《あふ》れてるから、すっかり忘れてた。

「幸さんって暑がりなんですね。低血圧ってのは知ってましたけど……」

「うん、苦手ー。寒いのは全然平気なんだけどねー」

はぁ、と熱っぽい息を吐きながらその身を起こす。

「ならなんでまた今日は歩きなんです？　原付か、せめてチャリでくればよかったんじゃ？」

「だってメット被ったら髪乱れちゃうし、このカッコで自転車乗るのもなんか嫌だしさぁ」

言いながら、服の裾《すそ》をふわりと持ち上げる幸さん。

花柄の模様が日の光を受けて透け、その奥にある太ももの輪郭までもがちらりと見えてしまい、慌てて目を逸《そ》らす。

……にしても、似合ってるよな。

そもそもワンピースって、清楚《せいそ》系黒髪キャラとの相性抜群だもんな。中身はともかくとして外見的にはベストマッチだし。

というか、あんまり綺麗《きれい》じゃない川の土手で、ワンピースのよく似合う先輩キャラと一緒ってこの状況は、完全にラブコメシチュエーションだ。まぁ「君とは思いがけず会うからいいんだよ」とか気の利いたこと言うタイプじゃないけど……あ、でも実は子どもっぽいとことかワリと似てるかもしれない。

淡々とそんなことを考えていると、幸《さち》さんがチラリとこちらに流し目を寄越すのに気づいた。

「ていうか、耕平《こうへい》君さ」

「はい？　なんです？」

「なんで耕平君は、さっきからずっと敬語なのかな？」

「ンッ、ゲホッゲホッ！」

想定外の質問に、思わずむせてしまった。

幸さんはジーッとジト目になって睨《にら》んでくる。

「前に敬語《それ》やめて、って言ったじゃん。忘れちゃった？」

「いやっ、その……」

幸さんは自分と俺とを交互に指さしながら言う。

「ウチと耕平君、同い年。立場も対等。そういう話じゃなかったっけ？」

「そう、なん、だ、すけど」

……語尾がダスの人みたいになってしまった。

俺は幸さんの目から逃げるように顔を逸《そ》らす。

うーん、どうもなぁ……実際にタメ口で話そうとすると、もにょっとしちゃうんだよな……。

生徒会選挙でアレコレやってた当時はそんな気にならなかった気もするんだけど。今はこう、なんかコレじゃない感があるというか、ハマりが悪い感じがするというか。

ただラブコメ的には、呼称変更も口調変更も大事な〝イベント〟だ。

二人の関係が変化したことを示す指標《テンプレ》だし、蔑《ないがし》ろにしていいものじゃない。特にそれが〝ヒロインキャラ〟との間で起こったものならなおさらだ。

だったら俺は〝主人公〟として、嬉々としてそれに乗っかるべきで――。

……、いや。

ちょっと待てよ？

ふと思い至ることがあり、俺は足を止める。

「……耕平君？」

なんで俺……嬉々として乗っかってないんだ？

だって、ラブコメの王道《テンプレ》だぞ？　俺がずっと夢見てきた、理想のシチュエーションだぞ？

なのになんで、そう振る舞うことに違和感を覚えてるんだ？

さっきからずっと、淡々と分析なんてしてるんだ……？

「――耕平君ってば！　聞いてる？」

「あ、は、はい？」

ぱちん、と目の前で手を叩《たた》かれて正気に戻る。

慌てて顔を上げると、正面に立ち塞《ふさ》がるように立っていた幸さんが、不機嫌そうにつんと唇を尖《とが》らせる。

「『同輩として、お互い頑張ろうって約束はなくなっちゃったの？』って聞いてるんだけど？」

あ、ま、まずいっ、全然聞いてなかった……！

俺は慌ててフォローする。

「なっ、ナシになんてなってないです！　だ、だって気遣いとかしてたら『先生たちを説き伏せてほしい』なんて無茶なこと頼めないですし！」

「ふーん」

「ほんと、幸《さち》さんにしか頼めないことなんで！　めっちゃ頼りにしてるんで！」

「……ほんとに？」

「ほんとほんと！　お願い助けて！」

俺は両手を合わせ、頭を下げる。

そして当然、支えのなくなったチャリはガシャンと倒れ、それに巻き込まれて自分もこけそうになった。

慌ててチャリを起こしていると、幸さんが小さくため息をつく。

「……まぁならいいけどさ。なんか距離置かれることしたっけなー、とか思っちゃったよ」

「そ、それは絶対ないです！」

俺が力強く否定すると、幸さんは一歩前に足を踏み出す。

それから俺に背を向けたまま、ぽつりと。

「──ちょっと、頑張らなきゃかな」

え……？

どういう意味、と尋ねようとしたところで、幸さんはくるりとこちらを振り向いた。

ふっ、と風が吹き、その長い黒髪がざわりと靡《なび》く。

「……ねぇ耕平君《こうへい》」

「は、はい？」

髪に手を当てながら静かに話す口調がやけに真剣みを帯びて聞こえて、俺は思わず身を縮こませる。

「耕平君はさ。ウチに、どうなってほしいって思ってる？」

「どうなって……って」

言葉の意図を測りかねていると、幸さんは言葉を重ねてきた。

「耕平君は──どういうウチが、一番、魅力的だなって思うかな？」

……え。

戸惑いながら、その顔を見返す。

こちらをじっと見る幸《さち》さんに、いつもの悪戯《いたずら》っぽさはない。その真っ直ぐな瞳には、俺の真意を見定めようとしているような、そんな真剣さが窺《うかが》えた。
少なくとも、誤魔化したり茶化したりはできない雰囲気だ。

——どういう幸さんが、魅力的か。

なんで今、それを尋ねてきたんだろうか？
幸さんは、いったいどんな答えを求めてるんだろうか？
俺は今、どう答えるべきなんだろうか……？

「……」

色々な考えが、思考が、ぐるぐると頭の中を駆け巡る。
そのまま少しの間、黙って考えて——。

「俺は、やっぱり——自分の思う〝楽しさ〟を貫く幸さんが、一番だと思います」

――結局、俺は。

余計なことは考えず、ただ。

今の俺の気持ちをそのまま伝えるしかない、と思った。

「ただ〝楽しい〟ことのために、全力でいる幸さんが。その力でみんなを巻き込みながら、進んでく幸さんが」

「……」

「それこそ――」

そう、それは、つまり。

「自分こそが〝主人公〟なんだ、って。

堂々と胸を張って、自分だけの道を切り拓いていく幸さんこそが、一番、魅力的で――俺は、ずっとそうあってほしいって、思ってます」

――再び、風が吹く。

澱《よど》んだ熱気を散らすように吹くその風は、一瞬、体に清涼感をもたらした。

俺のその答えに、幸《さち》さんは――。

「そっか……」

遠くを見るように、僅《わず》かに目を細め。
なぜか……少しだけ、寂しそうな。
そんな顔で、ふっ、と薄く笑った。

「――うん」

でも、最後には。

「じゃあ――今回も目一杯〝楽しい〟ことにしてあげなくちゃね！」

すっかり、いつもの幸さんらしく。
にっ、と八重歯を覗《のぞ》かせて、楽しげに、笑ったのだった。

舞台裏

そんな時、どう思うんだろう？

Who decided that I can't do romantic comedy in reality?

……あの態度はどうなの、と思った。

私は機材リストのデータをスマホにバシバシ入力しながら、ずり落ちてきた変装用眼鏡《めがね》を持ち上げる。

あの馬鹿、最初から日野春《ひのはる》先輩相手にへらへらへらへらと。失敗したら〝イベント〟が破綻《はたん》するかも、って話の時に浮わついたノリでどうするんだ。

ていうか、日野春先輩《あの人》も日野春先輩《あの人》だ。大前提、今日の要件を伝えてなかった耕平《こうへい》が悪いけど、だとしてもなんであんな気合い入れた格好で来る必要がある？　実際に耕平と二人だったら何するつもりだったんだか。

それに耕平に対する態度、振る舞い。無駄に身体的接触多いし、そんなことする意味も必然性もまるでないし。そんなんで何が楽しいのか、まるで意味がわからない。

端的に、意味わからん。

「——上野原《うえのはら》さん」

ほんと、これでマジで遊んでるだけだったら説教してやるから。

今回は、いや今回も、絶対に私の方が正しいし。絶対あいつのが間違ってるし。

「上野原《うえのはら》さん。その山は入力済みの山だ」

「…………、あ」

――と。

塩崎《しおざき》先輩に言われて初めて、さっき入力したデータを打ち込んでいたことに気づく。

……道理で。なんか見たことある名前だな、と思ったら。

私は急いで手持ちの資料《プリント》を戻して、未チェックの資料束へと手を伸ばす。でも勢い余って崩してしまって、紙がばさばさと机の上に散乱した。

うわ、最悪……。

イライラしながらプリントの山を作り直していると、塩崎先輩がふぅと息を吐いた。

「先ほどから集中力を欠いているように見えるが……大丈夫か？」

「……すいません。ちょっと落ち着かなくて」

「やはりその格好が問題なのでは？　友達に秘密にしたいというのはわかったが、何もそこまでやらずとも――」

「いえ、大丈夫です。ちゃんとやります」

なにやってんだ、もう。これじゃ私の方が、身が入ってないことになってしまう。

任された仕事すらまともにこなせないんじゃ、それこそ〝共犯者〟失格だ。耕平《こうへい》は終始馬鹿だったけど、一応、一番の目的は果たしてるじゃないか。ほんと馬鹿だけど。

私は深呼吸をして気分を落ち着けて、再び資料に挑む。

不意に、視界の端で、塩崎先輩がクイッとメガネのズレを直すのが見えた。

そして――。


「――長坂君が日野春に盗られないか心配か？」

「……、え？」

は――。

「長坂《ながさか》君とは幼馴染《おさななじみ》という話だったが……本当は、恋人じゃないのか？」

「いっ――？」


――とくん、と。


急に、恋人とかいう単語が、耳に飛び込んできて。

心臓が、一つ、大きく脈打った。

……。

いや……。

いや、いや。

「ち……違います。別に、付き合ってる、わけじゃないです」

「む、そうか……」

塩崎《しおざき》先輩はいつもと変わらぬ仏頂面のまま、こちらを見ている。

あ、あぁ、そっか……。

まさか、この先輩の口から出てくるとは思わなかった言葉に驚いたんだな、私……。

「先ほどからの君の反応からして、彼氏が別の女子にちょっかいをかけられて不快に思っているように見えたんだが……」

「……ぅ？」

再び心臓が跳ねて、そのままその強さでドクドクと脈打ち始める。

……。

いや、だから……違う、でしょ。

あれは別に、そういうんじゃ……ないでしょ。

「……全然、違います。ていうか、それセクハラです」

「む……そうだな、すまない。この通り、謝罪する」

「あ、いえ……」

と、仰々《ぎょうぎょう》しく頭を下げられてしまって、逆に申し訳ない気分になる。

私は顔にかかった髪をぐしぐしと整えながら、乱れた呼吸と心拍とを無理やり落ち着ける。

「……すいません。ちょっと、強く言いすぎました」

「いや、間違いなく僕の失態だ。重ね重ねすまない」

塩崎先輩は重々しいトーンで口を開く。

「少しはその手の機微に聡《さと》くなったかと思ったんだが……まだまだのようだ」

「え、その……塩崎先輩、そういうのわかるんですか……？」

そう口にしてから、かなり失礼なことを言ってることに気づいて、慌てて口を噤《つぐ》む。

塩崎先輩は肩を竦《すく》めて。

「まぁ、これでも一応は彼女持ちだからな」

「エッ!?」

バッ、と両手で口を塞《ふさ》ぐ。

……あまりに予想外で、とんでもない声を出してしまった。


「ご、ごめんなさい。ちょっと……いえかなり、びっくりして」

ああもう、あの馬鹿っ……！　そんなのデータになかったじゃん……！

心中で耕平《馬鹿》に対する恨み言を漏らしていると、塩崎《しおざき》先輩はふっと優しく苦笑して首を振った。

「いや、気にしないでほしい。生徒会含め、だれにも話していないことだから当然だ。相手は他校の生徒だしな」

そして「日野春《ひのはる》にでも知られたら何を言われるかわからん」と口をへの字に歪《ゆが》めた。

そ、そうなんだ……他校に、彼女が。

「えっと、その……いつから、お付き合いされてるんですか……？」

「ちょうど一昨年の夏からだから、もうすぐ2年になる」

え、長い……それ中学の頃から、ってことじゃん……。

「僕はこの通り口下手で、お世辞にもコミュニケーションが得意な方ではない。それで彼女を不安にさせたことも少なくない」

「……」

「だからせめて、女性の気持ちくらいは汲《く》み取れるようになろうと考えた。昔はさっぱりだったが、最近は多少身についてきたと思っていたんだ。すまない、自惚《うぬぼ》れだったようだ」

もっと精進しなければ、と、塩崎先輩はいつもと変わらないトーンで言ってから、何事もなかったかのように自分の仕事へと戻る。

……。

………そっか。

そういうの詳しい、のか。

「──その、ちなみに」

ふと、知らぬ間に。

「本当に……そんな風に、見えました？」

私は、そう尋ねていた。

再び顔を上げた塩崎《しおざき》先輩と目が合い、なんだか気恥ずかしくなって言葉を重ねる。

「えっと、その、私としては……そういうんじゃなくて。ただちょっと、おふざけが過ぎるんじゃない、って思ってたというか」

「ふむ」

「だって、そうじゃないですか？　こっちは真面目にやってるのに、茶化すようなマネしたり、言ったりして」

言いながら、なんだか言い訳をしているような気がしてきて、尻すぼみに言葉が出なくなる。

塩崎先輩は少しだけ考え込むように黙ってから口を開いた。

「日野春《ひのはる》がお気楽に思えるのは否定しないが、あれはあれでやるべきことは完璧《かんぺき》にやるタイプだ。傍目《はため》には好き勝手に振る舞っているように見えて、結果だけは期待以上のものを出してくるというか」

「……」

「僕の見立てでは、長坂《ながさか》君も同じタイプじゃないのか？」

「そう……です」

それは、わかる。とてもマトモには思えないことばかりやってるのに、ずっとそれで全てを解決してきたんだから。

塩崎先輩はこくりと頷《うなず》いて。

「それがわかっているのなら、彼らの態度にいちいち腹を立てるのは理に合わないだろう？　結果さえ出してくれるのなら、仕事上は何の問題もないはずだ」

「……」

「上野原《うえのはら》さんは、僕のように理屈を重んじる人だと思う。にもかかわらず、彼らに腹を立てているとしたら、理屈ではない感情——つまり、恋心のような気持ちがあるのではないか、と。そう判断した」

「…………」

恋心——。

私が黙り込んでいると、塩崎先輩はその顔を険しく歪《ゆが》めて。

「……いや、またしてもすまない。こんなことを、分析的に言うべきじゃないな」

これも僕の悪い癖だ、とかぶりを振った。

「これではデリカシーもなにもない。彼女にまた怒られてしまう」

「いえ……聞いたの、私ですから」

そう私が答えると、塩崎先輩は「そうか」と頷いて、時計に目をやった。

「だいぶ横道に逸《そ》れてしまったな。なんにせよ、今は自分たちの仕事を全うしよう」

「……はい」

ぱしん、と両頬《ほお》を張って気合いを入れ直す。

――。

――……。

私は……。

私はあいつの〝共犯者〟でいたいと、そう思ってる。
それは間違いないし、今でもハッキリと断言できる。

――じゃあ。

もし、仮に。
あいつに。

ただ〝共犯者〟だけでいてほしい――と。

そんなことを、言われたとしたら。
その時、私は──。
どう、思うんだろう？

なにかが、動き始めたのかもしれない、と。

私はそう、直感した。


――それは夏休み中の、ある日。

テニス部の練習中のこと。


「おつかれさま、芽衣《めい》！　はいよっと！」

「っとと、ありがとうございますー！」

私は、部の先輩に投げ渡されたドリンクボトルを受け取り、お礼を言う。

それから木陰に置かれたベンチに腰を下ろし、失われた水分を補給する。

カチカチに凍らせておいたはずのスポーツドリンクだけど、今はすっかり液体に戻ってしまっていた。それでも水分というだけで救われた気分になるんだから、盆地の夏はまさに殺人的だ。みんなが口を揃《そろ》えて「峡国《きょうごく》市の夏はエグい」って言うだけのことはあるよね。

昔と比べれば練習の負荷自体は軽いけど、それでも体を動かせば汗は出る。出た分はきちんと補給しないと、熱中症になってしまうかもしれない。

……熱中症《それ》は絶対に避けないと、ね。

そんなことを思いながら、スポーツドリンクを飲んでいると――。


「あっ、そうそう！　ここだけの話、生徒会長がアヤシイ動きしてるらしいよー？」


隣に腰掛けた先輩が、不意にそんなことを言い始めた。

「……怪しい動き？　どういう意味です？」

私は熱で茹《ゆ》だり気味の頭をどうにか巡らせて、会話に注意を向ける。

――今話してる先輩は、噂《うわさ》好きで有名な人だ。

いつもどこからか、学内の噂話やらゴシップネタを仕入れてきては、楽しげに語って聞かせてくれる。

その手の人とは性別や学年問わず親しくするようにしていたので、必然的に、学校の中で何か〝普通〟とは違う動きがあれば耳に入るようになっていた。

先輩はもったいぶった調子で語り始める。

「なんかねー、この前、生徒会で学園祭の話し合いがあったみたいなのね？」

……学園祭。

その単語に、思わず苦いものが喉《のど》に込み上げる感覚を覚えたが、私はそれをスポーツドリンクで押し流す。

「そこで生徒会長が、急に『自分の公約を撤回する』って言い始めたらしくてさ。あの人、あだ名が『岩石君』ってくらいカタブツなのに」

公約っていうと……学園祭を1日にする、って言ってたやつかな。

個人的には、学園祭が1日でも2日でもどっちでもいい。どのみち目立つような何かをするつもりはないし、むしろいつも以上に存在感を消すことに注力するつもりだったから。

不審な点があるとすれば……堅物《かたぶつ》だっていう人が急に意見を翻《ひるがえ》したこと、かな。

私は先を促すことにした。

「確かに、あんまりそういうタイプには見えないですね、今の会長さんって。なんでまた、急にそんなことを?」

「それがねぇ、なんか『代わりにみんなが納得できる画期的な案がある』とか言い始めたらしくてさ。細かいことはわかんないけど、なんか昔の資料とか色々引っ張り出してきて何かしてるみたい」

画期的な案、ね……。

私の中にある塩崎《しおざき》会長のイメージじゃ、奇抜な発想とか、斬新なアイデアとかを出すタイプには思えない。

公約が過激とは言われていたけど、やろうとしてたのはコストカットとか最適化とか、常識の延長線上にある方法論だ。少なくとも、発想の根本からひっくり返すようなことができる人じゃないと思う。

もちろん、本人と直接親交があるわけじゃないし、断言はできない。でもちょくちょく話すとすれば——バックにその手の突飛な発想ができる人がいる、と考えるのが自然だろう。

副会長は「融通が利かなくてダルい」とか愚痴ってたし、そうズレてはいないはずだ。

一番に考えられるのは幸先輩《さち》だ。既に生徒会を退会しているとはいえ、ちょくちょく外部からちょっかいを出しているようだし、その線が濃厚だと思う。

ただ……。

色々な資料、という言葉が、気にかかる。

「……へー、今まで隠してただけで実はすごいアイデアマンだったり？　もしくはだれかに協力してもらったとかですかね？」

「むふふ、それがねぇ……これはナイショの話なんだけど」

ちょいちょい、と手招きされたので、私は先輩の口元に耳を近づけた。

「なんかね——その会議の前に、生徒会室に謎の女子が出入りしてたって目撃情報があってさ」

「……謎の女子？」

どういう意味だろう？　生徒会役員じゃない人、ってこと？

「それを見たっていうのは男バスの2年なんだけどね。なんか、赤いネクタイしてるのに今まで見たことのない子だったんだって！」

「え……？」

赤いネクタイは、2年生の指定カラー。

それはつまり、同学年にもかかわらず知らない生徒がいた、って意味になる。

「単に今まで接点がない人ってだけじゃ……？」

「いやぁ、実はそいつかなりの女好きでさー。1年の時から他クラスの女子にもめっちゃ声かけたりしてんの。そいつが『生徒会に日野春《ひのはる》級の美少女がいるはずない』とか言ってたから信《しん》憑性《ぴょうせい》高いかなーって」

まぁ眼鏡《めがね》はダサかったみたいだけど、と続ける先輩。

私は目を細めて呟《つぶや》く。

「それは……怪しい、ですね」

「ね、怪しいよね！　なんか二人して仕事っぽいことしてたみたいだし、実は他校の生徒会の人とかかもね、って」

「――」

「でもだとしたら、なんでウチの制服着てるのって話じゃん？　だから私は、会長が彼女に変装させて連れ込んだ、って噂《うわさ》の方を推《お》しててさ！　なんか実は他校に彼女いるとかいうハナシも聞くし、そうだとしたらめっちゃヤバくない!?」

きゃー、と興奮気味に語る先輩。

そうして話がゴシップ方面に移り変わるなか、私は笑って相槌《あいづち》を打ちながら、考えを深めていく。

——どこまで信用していい話かは、わからない。

でも仮にその話が本当だとしたら、明らかに〝普通〟の状況じゃない。

その女子が他校の生徒だ、って可能性は低いように思う。外部の人が制服を手に入れるのは難しいだろうし、部外者を勝手に生徒会室に招き入れるなんてバレたら大問題になりそうなこと、生徒会長がするとも思えない。

とすると次に思いつくのは、他学年の女子が変装してその場にいた、という可能性。これなら話は簡単で、ネクタイを2年生用のものに交換した上で、眼鏡をかけるとかウィッグを着けるとかするだけで『見知らぬ女子』になることができるだろう。

そこまでいくと今度は、じゃあなんでわざわざ変装なんてしたんだ、って話になるけど——。

……ううん。

それは、考えるまでもないか。

そんなのは、自分の存在を隠したかったからに決まってる。

「——まさか」

「え？」

「あ……いえ、ごめんなさい、ちょっとお手洗い行ってきます！」

思わず声に出してしまい、慌てて席を立つ。

そのまま足早にテニスコートを出て、お手洗いのある方向へと歩を進める。


——まさか、とは思う。

正直、確証なんてまるでないし、嫌な予感の範疇《はんちゅう》に過ぎない。


「……考えすぎ、だよね」


夏休み前に色々あったせいで、敏感になってるだけだと思う。

〝普通〟じゃない噂話を、勝手に結びつけてるだけだと思う。


「まさか、だよね——長坂くん」

だけど――。

どうしてか。

彼と、彼に協力する彼女の姿が、チラついた。

「……」

喉《のど》に迫《せ》り上がる嫌な感覚を抑えるように、ぎゅっとシャツの首を掴《つか》む。

……念のため。

念のため、だけど。

「――警戒は、しておこう」

私は東の空を見上げる。

山々の向こうには、巨大な積乱雲がもくもくと勢力を広げていた。

第八章　ポンコツにリーダーできないとだれが決めた?

Who decided that I can't do 『romantic comedy in reality?

お盆が過ぎ、夏休みも残り2週間を切ったある日。

俺は〝D会議室〟の駐車場にバイクを停め、運転で固まった体をぐっと伸ばす。

〝白虎《びゃっこ》祭イベント〟に向けた準備は粛々《しゅくしゅく》と進んでいた。

チャプター〝派生作〟も順調なようで、塩崎《しおざき》先輩からは生徒会の合意が取れたって報告を貰《もら》っている。現在は来週に迫った白虎祭準備会議に向け、幸《さち》さんとともに大人たちを説得するための作戦を練っているようだ。

——そういや幸さんは、あれからどうしたかな。

この前、幸さんに誘われた挨拶《あいさつ》回りだが、急に「やっぱり自分一人でなんとかする」と言われてしまい、結局同行することなく終わってしまった。それじゃ荷物持ちはどうするんだって聞いたら、なんでか「むしろ粗品とかない方がいいかも」とか言い出して、話もそこそこにぴゅーっと行ってしまったのだ。

それから特に連絡はないけど、うまくいったんだろうか？　去り際に「バッチリ任せて」って言ってたから、あえて深追いするほどでもないけど……。

ちなみに当時お怒りモードだったはずの上野原《うえのはら》は、再び合流した時にはボルテージが下がっていて、俺の弁解をスルーし「そんなことより仕事の話」といつもの顔で返してきた。尾を引くこともなさそうでホッと一安心である。まぁ用意しておいた接待用甘味料セットはバッチリ吸収されましたけどね。

俺は店内に入り、カウンターでマスターにいつものコーヒーを注文する。

ついでに上野原用のアフォガードも頼んだら、なんでかホッコリ顔でうんうんと頷《うなず》いて「はいはい、喜んで」とか返された。

なんか最近生温《なまあたた》かい視線を感じるんだよなーとか思いつつ、いつもの2階席へ。

「よ、お疲れ」

「ん」

と、先んじて店におり、Makbookと向き合っていたポニテ姿の上野原に声をかけた。

「どうだ、捗《はかど》ってるか?」

「まぁまぁ。文法覚えちゃえばそんな難しくないし」

上野原は画面から視線を外すことなく答える。

なんでも、手隙の時間に〝白虎祭アプリ〟の開発を一部手伝っているのだとか。元々その手の知識があったわけじゃないようだが、そこは流石《さすが》の上野原だ。遼太郎《りょうたろう》さんに教えてもらいつつ、着々とスキルを身につけているらしい。

なお余談だが、遼太郎《しどうしゃ》さんの方は「この年になって娘との共同作業とかパパ冥利《みょうり》に尽きる」って咽《むせ》び泣いてはドン引きされていたとか。ほんと〝父親キャラ〟の約束《テンプレ》を外さない人である。

俺は正面の椅子に腰掛けるなり、単刀直入に切り出した。

「さて、早速だが〝番外編〟の〝協力者《なかま》〟――勝沼の居場所が割れた」

「ん……連絡返ってきたの？」

「いや、2日経っても既読つかないから、あいつのお兄さんにＲＩＮＥ《ライン》して聞いた」

清掃活動の時、勝沼《かつぬま》の身辺調査に協力してくれた市役所勤めの実兄だ。念のため連絡先を聞いておいてよかった。

「そしたらあいつ、ちょうど今スマホ圏外の山奥にいるんだと」

上野原《うえのはら》はキーボードを叩《たた》く手をはたと止め、顔を上げる。

「山奥？　なんで？」

「なんか親戚がやってるバーベキュー施設があるらしくて、繁忙期は泊まり込みで手伝い《バイト》してるんだってさ」

俺はスマホを取り出し、メモアプリに未整理のまま残していた巡回調査のデータを開く。

「そうするとちょっと前に掴《つか》んだ『井出《いで》たちが勝沼のバイト先へサプライズ訪問を企ててる』って情報《ネタ》が生きてくる。そのタイミングに合わせて突撃すれば、清里《きよさと》さんがいない場所で〝番外編〟の関係者と一挙に接触できるからな」

「ふぅん……」

「工程も短縮できるし、かなりのチャンスだと思ってる。だから俺側としちゃ是非行っときたいんだが……〝舞台裏〟的には、どう見る？」

その問いかけに、上野原は顎《あご》に手を置く思考ポーズを取ってしばし黙り込む。

「……ん、いいんじゃない？　特に問題にはならなそう」

「お、そうか」

〝舞台裏《そっち》〟が問題なし、ってことなら安心だ。みんなの説得に集中できるからな。

そうと決まればと、俺はノリノリで地図アプリを開き、現地の場所を確認する。

「えーと、最寄駅は甲斐山都《かいやまと》駅で……あーでも、そこから結構あるな。徒歩で一時間はかかるっぽい。一応路線バスもあるけど、本数がめっちゃ少ないな……」

うーん、実家《うち》から盆地《こっち》に来る道中っちゃ道中だし、俺一人でバイクで行った方がいいか？

俺は上野原にスマホの画面を見せながら尋ねる。

「上野原はどうする？」

画面を一瞥《いちべつ》してから、Ｍａｋのキーボードをカタカタと打つ上野原。

「……うん。タクシー使えば大したことなさそうだし、私も行く」

「無理しなくていいぞ？　〝番外編〟はクラス対抗企画の話がメインだから、他クラスの上野原は会話に入れられないし……」

「ううん、できれば行っておきたい。こっちはこっちであゆみに話しておきたいことあるし」

「そっか。そういうことなら一緒に行くか」

「ん、よろしく」

上野原《うえのはら》は頷《うなず》いてから、はらり、と目にかかった前髪を除《の》ける。

む、あれ……そういやあゆみって、前からそんな気安い感じの呼び方してたっけ？

「で、日程はいつ？」

「あ、おう」

聞き返す前に話が流れてしまった。まぁ関係が良好ってことだろうし、それならそれで構わないか。

「えーと近々で悪いんだが、明後日《あさって》だ。当日の流れとしちゃ、井出《いで》たちの到着よりちょい早く現地に着くように行って、現場の下見と勝沼《かつぬま》への接触を済ませちまって――」

それから一通り予定を伝え、上野原の了承を得る。

「――と、そんな感じか。ちゃんとした〝説得シナリオ〟ができたら共有する」

「了解。あと、無理に私を〝シナリオ〟に絡ませなくていいからね。暇だったらテキトーにそこら辺ぶらついてマイナスイオン摂取してるし」

「まるでブラック企業のＯＬみたいな発言だな……」

とはいえ似たような生活を送らせてる以上、雇用主《しゆはん》としては閉口するばかりである。

…………。

あっ、そうだ！

「なんならさ。ついでに周辺の観光でもしてみるか？」

「え？」

アイスカフェラテを飲もうとしていた上野原が、ピタリ、と動きを止めた。

俺はスマホで現地の観光情報を調べながら呟《つぶや》く。

「ふむふむ、近くに有名な仏閣とか石庭みたいなのもあるみたいだな……お、温泉もみっけ。現地はバーベキュー場の他にも釣り堀とテニス場……あと宿泊用のバンガローもあるな」

「え、温泉……に、宿泊……？」

続けて、スケジュールアプリで進捗《しんちょく》を確認する。

「……うむ。工程の短縮で余裕も生まれそうだし、少しくらいは遊んでも大丈夫そうだ」

決して余裕があるわけじゃないが、たまにはリフレッシュしないと疲れてしまう。滅多に行かない場所だし、イベント準備のついでだからラブコメ予算も使えるしで一石二鳥だ。

それにこの前の調査中も楽しそうだったしな、上野原。女子は大抵旅行好きって何かのラブコメでも言ってたから、上野原も例に漏れずってことなのかもしれん。

自慢じゃないが、俺は旅行のプランニングには自信がある。情報収集は言うまでもなく、よさげなスポットを見つける嗅覚にも覚えがあった。

春日居《かすがい》さんとの縁も修学旅行の計画からスタートしたわけだし、それからさらにスキルを磨いた今の俺が、本気で観光旅行のためのプランを考えたとしたら。〝計画〟ついでの外出ではなく、単純に遊ぶためのプランを組んだとしたら、きっとすごいものができるに違いない。

……そう思ったら、なんだかウキウキしてきたぞ。

「ふふふ、これは下調べが捗《はかど》りそうだ。地元掲示板で穴場チェックして、コース取りのパターニング考えて、ご当地の歴史と特産品調べて――」

俺がノリノリで当日に思いを馳《は》せていると、ふと上野原《うえのはら》が後ろ髪を高速回転させているのが目に入る。

「…………えっと」

やっと口を開いた上野原は、なんでか落ち着きのない様子で目を泳がせていた。

うん？　あれ……？

「え、なんか問題でもあった……？」

「ん……その」

戸惑いがちに眉根《まゆね》を寄せて、珍しく目に見えて困ったような顔。

何かを言いたいが、でも言っていいのかどうなのか迷ってる。そんな表情だ。

その異様な振る舞いに嫌な予感を覚え、サッと血の気が引く。

もしかして――。

旅行は好きでも、俺と一緒なのはちょっと、みたいな……？

「あ、そ、その！　もちろん無理に、とは言わないけど！」

焦って声を張り上げる。

「も、もし忙しいとかだったらさ、ほら全然、仕事手伝ってくれるだけでいいから！　いやほんと！」

仮にそうだとしたら、それはちょっと、口に出してほしくない。

たぶん……というか、かなり。

傷ついちゃいそう。

俺が必死で言い繕っていると、上野原は上目がちにこちらを見上げる。

「……忙しくは、ないけど。その、ちょっとさ」

そして覚悟を決めたように、こほん、と咳払《せきばら》いを一つ。

――ごくん。

「……………………流石《さすが》に、泊まりは……ね」

「……………………アエ？」

――。

――……。

――――……アッ!?

「ひ、日帰り！　もちろん日帰りだって！」

「は……？」

上野原《うえのはら》は目をパチクリとさせる。

「いやだって、バンガローで宿泊がどうとか――」

「タイミング！　話を切るタイミングを甚《はなは》だ間違えました！　申し訳ございません！」

ゴン！　と机に額を打ちつけて謝罪する俺。

「いくら俺だって、いきなりお泊まり旅行しましょなんてデリカシーないこと言わないってば！　ラブコメ拗《こじ》らせすぎじゃん！」

「……」

「そんなの下心丸出しみたいでめっちゃ恥ずかしいヤツだし、恋人でもないのに勘違いすんなよ大馬鹿野郎だし――」

「………」

「つーか常識的に考えればフツーそんな勘違いしな――ってイッタイ!?」

「顔を上げるな首を垂れてろ大馬鹿野郎」

「これ以上は机にめり込むんですけど!?」

ぐりぐりと頭をテーブルに押さえつけられて、俺は悲鳴を上げた。

「おーい、注文のアフォガードできてんだけど聞こえて――って、何してんの君たち。仲直りして早々特殊プレイ？」

「「違います！」」

それから超絶塩対応になってしまった上野原さんを大量の糖分を投入することで中和。

でも観光の方は「仕事はキッチリ手伝ってやる光栄に思え（意訳）」とのお達しでナシとなり、結局〝番外編〟のためだけに出かけることになったとさ。ぐすん。

◆

時は進み、翌々日。

隅々まで晴れ渡った、残暑の一日に――。

俺たちは、渓谷のただ中に存在する目的地『三川渓谷《みかわけいこく》レジャーセンター』にやってきた。

「おおー、めっちゃ清々《すがすが》しいー」

タクシーから降りるなり、川沿い特有の湿り気を帯びた冷気が身を包む。

近くには『そば切り発祥の郷』と書かれた暖簾《のれん》が吊り下げられた店に、岩で囲って作られた人工の釣り堀。川にかかる橋を越えた先には、バーベキュー場らしき東屋の三角屋根が並んでいるのが見えた。

駐車場には何台も車が停まっていて、敷地内に行楽客の姿は多い。流石《さすが》に人で埋め尽くされているといえるほどの密度じゃないが、繁忙期というだけあって活況ではあるようだ。

「思ってたより開けてない？　もっと秘境って感じかと思ってた」

バタン、とドアの閉じる音とともに上野原《うえのはら》がこちらにやってきた。ちなみ今日はワンピースなお姿で、日の光で真っ白に照らされたお肌が眩《まぶ》しい。

にしてもまぁ、毎度毎度、ここまで傾向の違う服装でくるもんだ。変装的な意味合いもあるらしいけど、全部の格好が似合ってるっていうのはすごいことだと思う。

たぶんだけど、スタイルのよさが生きてるんだろう。手足は細くて長くて、背筋はいつだってピンと伸びていて。まるでファッションモデルのような立ち振る舞いだからか、どんな服を着てもサマになるんだ。

「ん、電波もちょっとだけあるな……キャリアの違い……？」

上野原はスマホを持って上下左右にと電波を探すように動かしている。ぴょんと背伸びをしてみたりちょこんと屈んでみたりと、どこか子どもっぽく見える仕草もなんだか絵になって見えるから不思議だ。

きっと普通に友達をやってただけじゃ、こんなに色んな姿なんて見れなかったんだろうな。女子の私服を見る機会なんて、年に一度あるかないかってレベルだろうし。

つまりこれは、〝計画〟があったればこその特典みたいなもので──。

それって『実はすごい役得なのでは？』とか、思ったりしちゃう昨今である。

「ほら──」

「え？」

と、不意に上野原がこちらを向いて、パッチリと目が合う。

「……」

「……」

あ、マスカラつけてる……チークもこの前とちょっと違うっぽい……。

「……ほら見て、電波」

「あ、そ、そうか。俺はまるでダメだから、やっぱキャリアによって違うんだろうナー」

目線を遮《さえぎ》るようにかざされたスマホを一瞥《いちべつ》し、すぐに顔ごと明後日《あさって》の方向を向く。

い、いかん、なんでか数秒見つめ合う感じに……また怒られるぞ、俺のアホ。

とりあえず諸悪の根源である両目を直射日光で戒めてから、周囲をきょろきょろと見回す。

「あー、ひとまず受付で勝沼《かつぬま》がどこにいるか聞いてみるか！　事前に連絡《アポ》は入れといたから、話は通ってるはずだ！」

「……ん」

小声で答えた上野原《うえのはら》の前に出て、俺は管理事務所へ向かって歩く。

◆

受付では好々爺《こうこうや》という感じのオーナーが応対してくれた。聞けば勝沼の大叔父さんとのこと。そして肝心の当人だが、今は橋向こうの坂の上、一番大きいバンガローの掃除をしているらしい。

それで日中の仕事は終わりとのことなので、声かけがてら現地に向かうことにする。

橋を渡り、林間の急坂を山の方へと上っていく。斜面には宿泊用の小さなバンガローがいくつか並んでいて、そのどれもが入り口のドアや窓が開け放たれていた。

時折、掃除機をかける音が漏れ聞こえてくるから、きっと今が一斉清掃の時間なんだろう。

「てかここに泊まり込みで手伝いって大変そう。やることって掃除とか洗い物みたいな肉体労働でしょ？　あんまりそういうの好きそうに見えないけど、彼女」

「まぁ手伝いってより、実態はバイトだと思うがな。峡西《きょうにし》じゃよくある話だ」

峡西は校則でバイトが禁じられている。ただし、お小遣いという扱いならグレーゾーンで黙認されるから、親族や知り合いの手伝いという形でバイト代を稼いでる人も多いのだ。

「あいつん家って親戚やたら多いからな。お兄さんの話じゃ、農家から会社まで手広くやってみるみたいだ」

「ふーん……なのにあえてここでバイトなんだ？」

「お兄さん曰く『家事っぽいこと以外はとてもじゃないが任せられない』とかなんとか」

「……うん、まぁ察した」

「だよな」

俺たちは完璧《かんぺき》に同じイメージ《ぽんこつ》を共有し、深く頷《うなず》き合った。


そのまま坂を上っていくと、左手に一際大きなバンガローが見えてきた。ざっと周囲を見渡しても同じサイズの建物はなさそうだから、あそこが目的の場所だろう。

アプローチの階段に足をかけ、ウッドデッキをギシギシと鳴らしながら進み玄関へ。

俺がドアノブに手をかけようとしたところで――。


――ドタドタドタ、バタン！

「きゃはは、バーカバーカ！」

「おっ、と！」

咄嗟《とっさ》に身を翻《ひるがえ》し、飛び込んできた小さな影を避《よ》ける。

「──おいコラッ！　このっ、クソガキども！」

「わー、逃げろ逃げろ！」

次いで、くぐもった怒鳴り声が響いたかと思うと、さらに怒涛《どとう》の勢いで5人くらいの子どもたちが建物から飛び出し、坂下まで猛ダッシュ。

目をパチパチさせながらその様子を見送って、ほう、と息を吐く。

「おお、びっくりした……なんだ、鬼ごっこでもしてたのか？」

「宿泊客かな。もしくは地元の子か」

俺と上野原《うえのはら》は開け放たれた扉からそろりと顔を覗《のぞ》かせて、中の様子を窺《うかが》う。

木張りの壁の、広々とした畳敷きの和室。窓から差し込む太陽光が、舞い上がった埃《ほこり》をきらきらを輝かせていた。

──と、そんな中で。

奥の壁際、押し入れらしき場所の正面に、土砂崩れを起こしたような布団の山。

もぞり、とその山が盛り上がり──。

「ぷはっ」

すぽん、と。

噴火でもしたかのように、頭だけを山頂に飛び出させ出現した、ボサボサの金髪頭。

もはや言うまでもなく、そいつは——。

「クッソ、押し入れに隠れんじゃねーって何度も言ってんだろっ……って、は？」

「……よう、勝沼《かつぬま》」

「おひさ」

本日の〝協力者《ターゲット》〟——勝沼あゆみが、なんかこう、いかにもだなぁ……って感じに出現したのだった。

◆

「チッ、サイアク……」

微妙に頬《ほお》を赤く染めながら、もぞもぞと山から抜け出した勝沼。

それから乱れた髪を整えつつ振り向き、目の前に広がった惨状を見ると、一際大きなため息を吐《つ》いた。

「ったく、マジであのガキどもは……こっちは遊びじゃねーっつってんのに」

ぱんぱん、と体の埃《ほこり》を叩《はた》きながら愚痴る勝沼《かつぬま》。

その格好はラフな半袖《そで》のTシャツにハーフパンツ、その上から施設名の入ったエプロンをかけた姿だった。ピアスにアクセ、メイクはいつも通りの感じだから、なんつーか、見た目は完全に田舎のヤンキー姉ちゃんである。

勝沼は拳《こぶし》をグーにして、パシンと手のひらに叩きつけた。

「後でゲンコツくれてやるからな、覚悟しとけよ」

「いやお前、子どもに暴力はさぁ……イタズラされたからって大人気《おとなげ》ないぞ」

俺がそう返すと、勝沼は珍しく真面目な顔で否定する。

「イヤ、田舎のガキ舐《な》めんな。アイツら加減っつーもんを知らねーから、甘やかすと調子に乗ってマジであぶねーことすんだよ」

「……マジ危ないこと？」

「アー、屋根から飛び降りたりとか、鉄塔よじ登ったりとか、他人にロケット花火向けてぶっ飛ばしたりとか？」

……それはまた、ワイルドだな。

三川渓谷レジャーセンター

「街中と違って、大人の目の届かねーとこなんてごまんとあっから。だからほんとにヤベーことする前にキッチリわからせとかねーといけねーんだよ。田舎のジョーシキだ」

「はぁ、なるほど……田舎には田舎の理屈があるのか」

勝沼《かつぬま》にしてはそれなりに筋の通った答えが返ってきて、思わず感嘆の声を漏らす。

てか勝沼って、意外と子どもの面倒見いいのかな……それもちょっと驚きだ。やっぱり田舎の姉ちゃんっぽい。

「……で、センパイとアヤノは、ワザワザこんなクソ田舎まで何の用だよ？　なんかお願いがあるとかひろっさん——オーナーから聞いたけど」

腕を組みながら訝《いぶか》しげに尋ねてくる勝沼。

む、早速本題に入ってきたか。話が早くて助かる。

「ああ、実はな。話すと長くなるんだが——」

「アー、長くなんなら、仕事の後にしてくんね？　ホラ、これ片付けちまわねーと」

勝沼は親指を立て、クイッと背後の布団を指さした。

「一応、カネもらってっからさ。やることはやらねーと」

「お、おお……！」

やばい、なんかさっきから勝沼さんがめっちゃデキル人みたいだ……！

俺は言いようのない感覚に身を震わせながら呟《つぶや》く。

「なんだろう、この気持ち……なんか胸がほっこりする感じというか、不意に目頭が熱くなるというか……」

するど、俺と同じように目を丸くしていた上野原《うえのはら》がピンと指を立てた。

「……あれじゃない？　不良が子猫を助けてるのを見た時の気持ち、みたいな」

「それだ！」

「もしくは、生まれたての子鹿が立ち上がった瞬間を目撃した気分？」

「それもだ！」

「あークソッ、アンタらアタシをバカにしにきたのかよ!?　なら帰れっ！」

プンスコと肩を怒らせながら、ずんずん布団の山に向かっていく勝沼。しかし床に転がっている掃除機に気づかなかったのか、がつんと足の小指をぶつけてしまった。

見直したばっかりなのに、結局いつも通りの勝沼《ポンコツ》ムーヴかーい。

痛そうにぷるぷるしてる勝沼に心の中でツッコミを入れてから、俺は靴を脱いだ。

「すまんすまん。俺も手伝うぞ」

「……ハ？　イヤ、別にいーって」

「まぁ、お願い聞いてもらう報酬だと思ってくれ。どのみち待ってるだけじゃ暇だしな」

振り返れば、上野原もやれやれという顔で中に上がり込んできた。

勝沼は憮然《ぶぜん》とした顔で耳のピアスをちょいちょいと触ってから、ハァ、と一つ息を吐く。

「……まぁ、じゃあヨロシク」

「おう。で、どうすりゃいいんだ?」

「布団畳んで、押し入れにしまって。掛け布団と敷布団は別々に」

「あいよ、了解」

「あぁ、敷布団は二つ折りで、折り目が手前に来るように揃《そろ》えて入れるコト。んで掛け布団は三つ折り、ちゃんと空気抜いて嵩《かさ》減らしてからな」

「お、おお」

「あとシーツにシワが寄ってたらキチンと伸ばす。ホコリとかゴミが付いてたらほっとかねーでキッチリ叩《たた》いて落とす。あぁ、もし端っこで糸がほつれてたらそん時は――」

「姉ちゃんっつーか母ちゃんだなもはや!」

◆

それからしばらく後片付けの手伝いをして、お昼を知らせる町内放送のチャイムとともに業務終了。

俺たちは掃除用具を持って管理棟まで戻ってきた。

「――ん、おうあゆみ。なんでぇ、終わるまでやってただけ《のか》?」

「ン、一応ね」

勝沼《かつぬま》はバケツやら箒《ほうき》やらを用具入れに仕舞いながら答えた。管理棟はあまり広くないので、上野原《うえのはら》は外で待機している。

「オーナー、池の方は？　追加の魚入っちゃいん？」

「あぁ、それはオラがやっといたわ。へぇ仕事《もう》はいいらに、昼へ行ってこう」

「ハイハイ。……はぁ、けったりぃ」

ぐるぐると肩を回しながら戻ってくる勝沼。

にしても、掃除に関しちゃめちゃくちゃテキパキしてて驚いた。なんせ、上野原に指示出しする勝沼とかいう珍妙な構図になってたぐらいだからな。

もしかしたら、お兄さんの「家事くらいしか任せられない」っていうのは「家事なら安心して任せられる」って意味もあったのかもしれない。ヤンキー姉ちゃんから、若い頃はヤンチャしてた田舎の母ちゃんに評価を改めよう。

「おぉ、ほーだあゆみ！　さっきまたおまんの友達っちゅうしんとうが来たじゃんけ。3番に案内しといたっつこん」

「……ハァ？　え、センパイら以外に？」

オーナーの言葉にきょとん、と目を丸くする勝沼。

お、勝沼グループの面々が来たかな？

　オーナーはキッチンの方へと引っ込むと、そこから野菜やら肉やらがたんまりのっかった大皿を持ち出してきて勝沼《かつぬま》に手渡した。

「ほれ、これ持って一緒に食ってこう。炭は入れといてやったからよ」

「イヤ、多すぎずら！　ほんねん食えっこねーじゃんけ！」

「おまんの賄《まかな》い《前》と、そこの友達の分も一緒に決まっとるに《だろ》──ほれ坊、これも持ってけし」

「え？　あ、はい」

　続けて持ってきた巨大なザルをドンと手渡される。中にはキャベツに玉ねぎ、ニンジンといった刻み野菜。それから、やきそば用の麺がどっさりと入っていた。

　んー、併設の蕎麦屋でお昼してから合流する予定だったけど、一緒にバーベキューができるならそれのがいいか……甘味がとうもろこしだけなのが心許ない気はするが。

　俺はザルを小脇に抱《かか》えて、ポケットから財布を取り出す。

「えっと、ちなみに二人分でおいくらです？」

「いらんいらん、サービスずら」

「いえいえ、それは」

　勝沼の分はともかく、俺と上野原《うえのはら》は普通の客だ。しかもこの量って、写真で見た一番いいコースよりも多いと思う。

　するとオーナーは、なぜだかものすごく救われたような顔になって手を合わせる。

「このびくっちょ《生意気娘》にこんねんほてっさま《こんなにたくさん》友達ができるたぁなぁ……ありがたやありがたや」

「え、ええ？」

なんか、すごい拝まれてるんだけど……？

それを見た勝沼は、ぎょっとした顔になって怒鳴り声をあげる。

「ちょっ、人様に向かって拝んじょし《むな》！　縁起でもねぇ！」

「ほうはいうけんども《そうはいうが》、おまんと友達になってくれるしんとうなん《人たちなんて》、仏さんみたいなもんずらに。ありがてぇありがてぇ」

「だからやめろっつってるじゃんけ！　もう行くから！」

グイーっと勝沼に押し出されるようにして管理棟から出る。

後ろ手に扉を閉めた勝沼は「ハァ……」と呆《あき》れたようにため息をついた。

「ったく、田舎のジジババはすぐ拝む……」

「……なぁ勝沼。流石《さすが》にタダは悪いから、ちゃんとお金払うぞ」

「ア？　あーまぁ、それは気にすんな。今日は1件キャンセル入ってってっし、食わなきゃ廃棄だから」

「む……でも」

「だからいいっつの。ヘンなとこ律儀《りちぎ》だよな、センパイ」

ムッ、と眉根《まゆね》を寄せて面倒そうに言う勝沼。

ぬぬ、恐縮しすぎるのも逆に悪いか……ならせめて後片付けくらいは手伝おう。

「……どういう状況？」

そんなことをしているうちに、表で待っていた上野原《うえのはら》がやってきて首を傾《かし》げている。

俺は上野原に事情を説明し、勝沼《かつぬま》グループの昼食にお邪魔することを告げた。

「微妙に〝シナリオ〟からズレない？　本題を切り出すタイミング掴《つか》める？」

こそり、と顔を寄せて耳打ちしてくる上野原。

俺も同じくこそりと返す。

「言うてそこまで入りがシビアな話じゃないし、多少強引な流れになっても大丈夫だろ。それよか、上野原だけアウェーな空間でメシって感じになっちまうが、それは大丈夫か？　周りみんな4組だし」

「それは別に。ご飯の間くらいテキトーに合わせられるし」

まぁコミュ力お化けには無用な心配か。

すると上野原は、すっと目を細めて言う。

「……どっかの大馬鹿に私の個人情報を吹聴されてなきゃもっと楽だったんだけど」

「げ、ゲフンゲフン」

俺は誤魔化すように咳払《せきばら》いした。

し、仕方ないじゃん、〝幼馴染《おさななじみ》イベント〟の時はあれが最適解だと思ったんだからさぁ……。

「……いつまでコソコソしてんだよ、アンタら？」

と、傍から俺たちの様子を見ていたらしい勝沼が憮然《ぶぜん》とした顔で言う。

「あぁいや、すまん。昼の予定が変更になったからな。その確認だ」

「そうそう。気にしないで」

俺たちはパッと離れ、揃《そろ》って手を左右に振りながらそう答えた。

「ふーん……」

どこか訝《いぶか》しそうに視線を向けてきてから、わしゃりと髪をかきあげる勝沼。

「つーか、他の連中って、ひびきたちじゃねーよな……まさか、アンタらが呼んだのかよ？」

「いや、それは完全に偶然だ」

「うん、偶然」

再び俺たちは、揃ってふるふると首を横に振る。

勝沼は「あっそ」と答えてから、チッと舌打ちする。

「……ったく、メンドクセ。そっちの相手もしなきゃじゃん」

ぶつぶつと文句を言いながらも、口端が微妙にニヤついてるのが目に入った。

あぁ、なんやかんや嬉しいんだろうな……今までこんな機会なかったんだろうし。

なんだかほろりときそうな気分になっていると、勝沼は見た目ツンとした調子で口を開いた。

「じゃあこっち。案内すっから」

「おう、頼む」

「お邪魔します」

勝沼《かつぬま》は頷《うなず》いてから、先導して歩き出す。

「……あ」

が、すぐに立ち止まって、上野原《うえのはら》の方にチラと顔を動かした。

そしてなぜだか、若干照れたように頬《ほお》を掻《か》いて。

「その……よかったじゃん、アヤノ。その感じじゃ、ちゃんとセンパイと仲な——むぅ!?」

「え、ごめん、なんか言った?」

——ん、あれ!?

突如、俺の横を一陣の風が吹き抜けたかと思えば、あっという間に上野原が勝沼の後ろに移動し、その口を両手で封じていた。

「ムッ、ムゴムゴ、ムム!?」

「あぁなるほど『センパイはなかなかイキっててウザいよね』って言いたいんだねわかる」

「ムンムム!?」

あ、あれ? 今そんな文脈の話じゃなくなかった……?

「まぁとにかく早く行こうほらしゃきしゃき進んで」

「ムー!」

とかなんとか言いながら、勝沼の体を強制的にぐるんと回転させて歩かせる上野原。

俺はポカンと二人の姿を見送りながら、ふと思う。

ていうか君たち、やっぱめっちゃ仲良い感じになってない……？

◆

再び橋を渡り、バーベキュースペースが並ぶエリアへやってきた。雨よけの屋根だけがある開放的なスペースで、各所からもくもくと調理の煙が上がっている。

その中の一つ、水車小屋の横のスペースに、男女混合のグループが座っているのが見える。恐らくあそこが目的地だろう。

一足先に進んでいた勝沼は、慣れた様子でアプローチの階段をとんとん下りていった。

「おっ。よーっす、あゆみ！　遊びに来たぞー！」

「うわっ、めっちゃエプロン似合ってるし。ウケる」

真っ先に気付いた男女二人——井出《いで》と玉幡《たまはた》さんが早速声をかけている。次いで、周囲の面々もわっと声を上げた。

事前情報《データ》通り、勝沼グループの面々が勢揃《せいぞろ》いだ。見たところ一人も欠けることなく参加してるっぽいし、勝沼がいかに愛されてるかが窺《うかが》えるな。

勝沼《かつぬま》は手に持つ食材をテーブルに置いてから、やれやれという調子で口を開く。

「全然ウケねーし。つか来るなら来るって先に言っとけっての。こっちだって色々準備があんだから」

「え、あれ？　あゆみなのにめっちゃ冷静じゃね……？」

「……ほんとだね、もっとキョドるかと思ってたのに。『な、なな、なんでアンタらがいんだよ!?』みたいにさー」

「うっさいひびき。あとマサナリ、ちょっとそこどけ。炭の具合見るから」

勝沼は火の正面に座っていた井出《いで》を押し退《の》けると、炭用のトングでテキパキと火の状態を確認し始めた。

みんなは一様にその姿をぽかん、と呆《ほう》けて見ている。顔には「え、あゆみなのにめっちゃ仕事デキる女やん」とありありと書いてあった。

うんまぁ、そうなるよなー。いつもを知ってると余計に。

俺は苦笑しながら、勝沼の後を追って階段を下りた。

「よっ、井出。偶然だな」

「……は？　え、委員長？」

ぽかんと口を開けたまま、こちらを見上げてくる井出。

ひとまず俺は〝設定《じじょう》〟を説明すべく口を開く。

「あぁ、実は――」

「えっ、マジで委員長!?」

……が。

急に玉幡《たまはた》さんが声を張り上げたかと思えば、いつにない勢いで会話に割って入ってきた。

それから隣の井出をぐいっと押し退け、目をキラキラと輝かせながら――。

「やっぱり二人ってデキてんの!?」

「……ん？」

「ハッ？」

……え？

どうしてそうなった？

咄嗟《とっさ》のことに俺と勝沼が硬直していると、鼻息荒く玉幡さんは続ける。

「だってだって、二人してバイトでしょ!?　しかも泊まり込みなんでしょ!?」

「あっ、そっか、そうい うアレ!?　うーわ、やばっ！　超スキャンダルじゃん!!」

井出《いで》もハッと顔を上げて「ヤベーパネー！」と繰り返している。

え、え、泊まり込み？　スキャンダル？

……。

………。

アッ⁉　そゆこと⁉

「い、いや、待った！　違うそうじゃない！」

「ち、ちち、ちげーから！　誤解すんなバカ！」

そしてさっきまでの余裕はどこへ行ったのか、勝沼《かつぬま》は一瞬でいつものポンコツに。

「ウケる、めっちゃ誤魔化してるし！」

「つか委員長、顔赤くね⁉」

「いや、その！　ほんと偶然！　偶然ね、来ててね！」

そしてこちとら、イレギュラーで完全に頭から〝設定〟がぶっ飛んだ俺。

「うわっ、嘘《うそ》くさー！」「偶然でこんなとこ来るわけないっしょ」「完全に嘘ついてるヤツの反応だわそれー」「あはは、あゆみがめっちゃ照れてるー！」

「だから違くてぇ！」「てっ、照れてなんかねーっつこん！」

ポンコツ二人で一生懸命言い訳に奔走するが、玉幡《たまはた》さんたちの興奮はグループの面々に完全に伝播し、全然話を聞いてくれる気配がない。

く、くそ、この反応は想定外だ！　まさかそんな方向に話が進むなんて！

あ、そ、そうだ！

こんな時はっ、助けて上野は――。


「――ふーん、そうだったんだ」


と、背後を振り返った、その瞬間。

上野原《うえのはら》の顔を見て、思わず俺は「ヒェッ」と声を漏らした。

なぜなら――。


「――」

――とってもにこやかな表情で、佇《たたず》んでいたからだった。


「う、上野原サン……？」

「全然知らなかった。いつの間にかそんな親密な関係になってたんだ、二人って」

「い、いえ、その……」

あ、あれだよね？　対外コミュニケーション用の、営業スマイルだよね？　クラスのみんながいるから、愛想よくしてるだけだよね？

それはわかるんだけど、サ。

でも、その……。

「――」
ニ、ニ、ニコニコ。
その顔のまま微動だにしない、っていうのは……。

ちょっと、違くない？

逆に怖くない？

「あ、あれ？　アチラは……？」

その異様なオーラに気づいたのか、井出《いで》が俺の後ろに目をやって頬《ほお》を引き攣《つ》らせている。

玉幡《たまはた》さんは再び井出を押し退《の》けて目を細め、上野原《うえのはら》の様子に目を凝らす。

そして、何に思い至ったのか――。

キュピンという概念的効果音を鳴らし、俺を見て。

「――委員長」

「な、なに……？」

「二股《ふたまた》とは、なかなかヤルじゃん。めっちゃウケる」

「全然ウケねーしィ！」

◆

――ジュゥウウウ。


目の前の鉄板の上で、食材が焼かれる音が響いている。

なんとかかんとか誤解を解いた俺は、端っこの席でモソモソと椎茸を啄《ついば》んでいた。ちなみに上野原さんは何一つフォローしてくれず、俺があたふたする姿を見て嘲笑《スマイル》しておりましたとさ。実に解せぬ。

勝沼《かつぬま》グループの面々もそれぞれ和気藹々《わきあいあい》とバーベキューを楽しんでいて、周囲は和やかな空気に包まれていた。

「上野原サンさ、前に話したことあるよね？　覚えてる？」

「覚えてる覚えてる。井出君だよね？」

「正解！　やっべ、記憶されてたー！」

「もちろん。私、人の顔と名前覚えるのだけはめっちゃ得意なんだよね」

「ええっ、そんながっつり意識されちゃってた感じ!?」

まいったなー、とデレデレな井出《いで》。周りの面々は「いや、それ眼中にないってことだから」とか「政成《まさなり》ってそういうとこポジティヴだよな……」とか可哀想な子を見るような目でいる。

ちなみに、勝沼《かつぬま》グループとは過去に男たらしとか叩かれた上野原《ちょっとした因縁のある上野原》だが、見ての通りするっと難なく溶け込んでしまった。もはやグループの一員、といってもおかしくないような馴染《なじ》みっぷりである。

まぁ、うっかり個人情報を掘り返したりすると「恥ずかしいから忘れてほしい（それ以上口にしたら処すぞ?）」とかスーパー笑顔で威圧してたけどね。

「おい、マサナリ！　アンタまだそれ生焼けだっつの！」

「え、そう?　別にこんくらい良くね?」

「バカ、豚の生焼けは腹壊すぞ！　あとひびき！　さっきからウインナーばっかとるんじゃねーよ、野菜食え野菜！」

「えー、やだ。てか何そのノリ、奉行じゃん奉行」

「文句言うな！　ほら、焦げる前にコレ食え！」

かぼちゃ、玉ねぎ、ピーマンと、程よく焦げ目のついた野菜をひょいひょい玉幡《たまはた》さんの皿に盛りつける勝沼。

ちなみに今は、半袖《そで》のTシャツを肩口にまで捲《まく》り上げ、右手にはトング、左手にはヘラという両手装備でいる。

似たような格好の幸《さち》さんは七夕まつりの時に見たけど、あっちが『お手伝いに来た近所のお姉さん』とすると、こっちは完全に『屋台《テキ屋》のアネゴ』っていう感じ。つーか、今日だけでだいぶ〝設定〟が増えたなぁ、勝沼さん。

「ほらユカ、ホタテ。アンタ海鮮好きだったろ？」「んー、さんきゅー」「ナルにはイカ。そこの醤油使って」「やっさしー！　ありありー！」「トシキはその焦げかけの肉食っとけ」「いやお前、俺の扱いだけひどくねぇ？」

ハハハ、とみんなが笑う中、額に汗を浮かべながらテキパキと働く勝沼。

足りなさそうな食材にいち早く気づいては追加し、火加減の調整に炭を追加したり動かしたり、ちょいちょい鉄板のコゲを掃除したり。はたまた、みんなの飲み物を追加して回ったりと、終始忙しそうにしている。

……にしても、めっちゃ生き生きしてるよな、勝沼。

マトモに働く勝沼っていう概念が斬新すぎてつい度肝を抜かれてしまっていたが、こうしてマジマジと見ると、しっくりハマっているように感じるから不思議だ。

無論ポンコツなところも勝沼らしい魅力だとは思うけど、ああやって汗水垂らしながら泥臭く働いてる姿もすごくよく似合ってると思う。

幸さんにしてもそうだが、やっぱりその人らしく振る舞ってる時が一番輝いて見える、ってことなんだろう。

「――ちょいちょい、委員長」

とかなんとか考えていたら、ふと頭上から声がかかる。

「玉幡《たまはた》さん？」

見れば、片手に焼き鳥、片手に野菜こんもりのお皿を持った玉幡さんがやってきていた。

「ほら委員長、野菜食え野菜」

と、お皿を押し付けられる。

「え。いや、俺も自分のあるんだけど……？」

「まぁまぁ遠慮せず。日頃の感謝の気持ち、って体《てい》にしといて」

「体にしといて、ってそれ言っちゃダメなヤツだから」

結局そのまま皿ごと押し付けられてしまった。

そんなに野菜嫌いなのかな……いやまぁ、いいけどさ。

とりあえず俺はほどよく焼けたピーマンに齧《かじ》り付く。新鮮だからなのか、苦味よりも甘味が口内に広がって実においしい。

玉幡さんは焼き鳥の最後の一つを口に入れると、隣にすとんと腰を下ろす。

え、まさかここに残るつもりか……？　勝沼《かつぬま》のとこに戻らないなんて珍しいな。

グループで一緒にいる時の玉幡さんは、すっかり勝沼の保護者みたいな立ち位置だ。何かと失敗してはグヌる勝沼をケラケラ笑いながらいじって遊んだり、ポンコツしてる勝沼をおちょくって遊んだり……まぁだいたい勝沼で遊んでる気がしなくはないが、それでも一番の友人であることに違いはない。

噂《うわさ》に聞いた情報《はなし》だと、清掃活動の時に勝沼を止められなかったこと、さらに土壇場で裏切ってしまったことをひどく後悔したようで、罪滅ぼし的な意味でも積極的に勝沼のフォローに回ることにしたんだとか。友達思いのいい子なんだよな、基本的に。からかうのが好きなだけで。

「ところでさー」

からかい上手の玉幡さんは、チラリと遠目に勝沼を見ながらそう呟《つぶや》く。

続けて上野原《うえのはら》の方にも目をやって――。


「――ホントのとこ、委員長はだれが本命なの？」

「ンホっ！」


ぐっ、ぐあああ！　ピーマンが鼻に！　鼻の方に！

俺が涙目で鼻からピーマンしていると、玉幡さんはケラケラ笑いながら言った。

「ウホって、ゴリラじゃん。ウケる」

「だ、だから、そういうのは違うってさっきから……！」

「あー、嘘《うそ》くさい誤魔化しはもういいってば」

手を左右に振って、聞く耳持たぬ、という顔の玉幡《たまはた》さん。

く、くそ、結論ありきで議論の余地がない……まるでどこぞの春日居《だれか》さんみたいだ……。

俺がどうしたもんかと頭を悩ませていると、玉幡さんは手に持っていた焼き鳥用の竹串で、鉄板上のウインナーをぷすりと刺した。

「まぁ委員長がどうかはさておき、上野原《うえのはら》さんだっけ？　あの子の方は絶対意識してるでしょ」

「え、はっ……？」

――どくん。

思わず上野原の方を見てしまい、慌てて目を逸《そ》らす。

「え、う、上野原が、意識してるって、どういう……？」

「だって、そうでもなきゃ男子と二人で仲良くお出かけなんてしなくない？　いくら幼馴染《おさななじみ》だからって、この年になっていつも一緒とかありえないし」

「い、いや……それはその……」

〝真・計画〟のためだから、なんて言えるわけもなく、ドキドキと早鐘を打つ心臓を抑えながら口籠《くちご》る。

玉幡さんはチラリと横目で俺の様子を窺《うかが》うようにして言う。

「もしそういう気持ちが一切なかったとしたらさー。付き合ってるとか誤解されるようなことは避けると思うんだけど」

「……え？」

「だって嫌じゃない？　ただの友達だ、って思ってる人とそういう噂《うわさ》立つの」

言われて、はっとする。

「もし私が、井出《いで》と二人で遊んでて『あいつら実は付き合ってるんじゃん？』とか噂されたりとか思うと……うっわ、考えただけで気分最悪」

嫌そうに顔を歪《ゆが》めてから、ウインナーをパリッと噛《か》みちぎる玉幡さん。

「だから少なくとも、そう誤解されても嫌じゃない、って思ってなきゃ一緒になんて出かけないと思うけどね、絶対」

「――」

ハッキリと断言されてしまい、俺は口を噤《つぐ》む。


いや……。

いや、そんな。

俺たちは、普通じゃない、特殊な関係だから。

だから、そういう一般的な考え方は当てはまらないんじゃないかと、そう思う。

上野原は、そんな風には考えてないと思う。

……。

考えてないと……思うけど。

もし……。

もし、そう思ってくれていたとしたら、俺は。

俺は――。

俺が黙っていると、玉幡《たまはた》さんはウインナーを食べきってふぅと息を吐いた。

「……まぁ正直なとこ、私は二人が友達でも、実は付き合ってるとかでも別にいいんだけど」

そして、ピシッ、と。

不意に竹串をこちらに向けてきたかと思えば。

「でも私は、あゆみが一番大事だからさ。中途半端なのだけはやめてよね」

それが一番アウトだからね、と。

一瞬だけ、真面目な顔になった玉幡さんが、そう鋭く釘を刺してきた。

……。

……中途半端、か。

「──って、おい。ひびき！　アンタなにセンパイに押し付けてんの!?」

玉幡さんの所業に気づいたらしい勝沼《かつぬま》が、遠くでエビを挟んだトングをこちらに向けて糾弾してきた。

玉幡さんはやれやれ、と首を振って立ち上がる。

「まぁ委員長のことだし、そういうことはしないって思ってるけどさ。一応ね、一応」

そこそこ信頼してるよ、と。

そう言いながら、玉幡さんは竹串をゴミ箱に放り捨てて戻っていった。

俺は少しの間、ぼうっとその言葉を反芻《はんすう》しながら、残ったピーマンを口に運ぶ。

焦げ付いたところだったせいか、今度はちょっと苦味を感じた。

◆

──それからしばらく時が経ち。

「はー、食った食った。つーか、あゆみが急にビール持ち出してきた時はビビったわ」

「それねー。めっちゃ自然に封開けるから『え、まさか飲み慣れてる?』とか思っちゃったし」

今時珍しい瓶コーラ片手に話す井出《いで》と玉幡《たまはた》さん。

「やきそばにかけっとほぐしやすいし、味がよくなるんだよ。地元のおっちゃんらが言ってた」

鉄板の焦げをヘラでガシガシ擦《こす》りながら答える勝沼《かつぬま》。

俺たちはシメのやきそばを食べ終えて、今は食後の休憩中。ちなみにみんな泊まりの予定はないらしく、この後しばらく河原で遊んでから帰る予定とのこと。

……そうなると、そろそろ本題に入った方がいいか。

俺が〝シナリオ〟に入るタイミングを見計らっていると、井出がのんびりと口を開く。

「つかさ、こうやって外で食うやきそばって妙に美味くね? 縁日なんかでもそーだけど」

「あー、わかるかも。なんか出店のやきそばってつい食べちゃうよね」

「そーそー……って、あっ!」

と、井出は不意に声を張り上げると。

「そうだ、やきそば! やきそば屋台やろーぜ!」

いいこと思いついた、とばかりにパチンと指を鳴らした。

玉幡さんは、はてな、という顔で首を傾《かし》げる。

「屋台って、何の話?」

「学祭だよ学祭！　クラスで模擬店やるらしーじゃん？」

……お？

「ほら、あゆみを料理長にしてさ！　こんだけ作るの上手いワケだし！」

「は、ハァ？　料理長……？」

急に話を振られた勝沼は、戸惑いがちに眉《まゆ》を顰《ひそ》めた。

すると玉幡さんも合点がいったという顔でポンと手を叩《たた》いた。

「それ賛成！　あゆみもさー、たまにはやればデキる子だってアピールしとかないと！」

「おい、たまにはってなんだよ！　それじゃいつもはダメみてーじゃん！」

「マジか。あれでダメじゃないと思ってるのほんとウケる」

ぐわー、と食いつく勝沼をスルーして、玉幡さんはうんうん頷《うなず》いている。

「でもそれ、普通にアリなんじゃん？」「ただ定番すぎない？」「むしろ凝りすぎない方が逆にわかってる感なくね？」「あー、そういう見方もあるっちゃあるかー」

呼応して、周りのみんなも盛り上がり始めた。

おぉ、ナイスだ井出。〝シナリオ〟に持っていきやすい、いい流れじゃないか。

同じことを思ったのか、上野原《うえのはら》がこちらに目線を送ってきたので、俺は頷いて返す。

それを合図に、上野原が「ちょっとお手洗い行ってくるね」と断りを入れてから立ち上がり、階段を上って去っていった。

よし、頭を切り替えて――。

それじゃあ、今日の本題に入ろうか。

俺は上野原《うえのはら》の後ろ姿が見えなくなったのを確認してから、みんなの話に割って入った。

「いやでも、悪くない案だと思うぞ。他クラスの上野原《スパイ》がいない今だから言うけど、毎年優勝するのは定番商品やったところらしいからな」

「おおっ、委員長がそう言うならがぜん実現しそうじゃね!?　したらさ、ここの機材借りたりして、ガチなお祭り感を意識して――」

井出《いで》が目を輝かせ、みんなしてワイワイ楽しげにこれからの構想を語り始める。

――勝沼《かつぬま》グループは依然、クラス内で最も多数派の集団だ。

かつてトガっていた頃の勝沼によってアンチ・ラブコメなグループと化していたわけだが、元々はいわゆる陽キャ、リア充と呼ばれる派手好きな面々の集まりで、学園祭のようなイベントには積極的な傾向にあった。

一時は空中分解の憂き目にあっていたわけだが、勝沼の魅力の引き出し方に長《た》けた玉幡《たまはた》さんと、ムードメーカーとしての素質に秀でた井出がうまいこと緩衝材になったことで、むしろ以前よりも結束が強固になっているのは見ての通りである。

それこそ今や、クラスで最も〝集団ラブコメ適性〟の高いグループといっても過言じゃないだろう。

ということは、つまり――。

「じゃあ俺も、やきそばを推薦しよう。

もちろん――ここにいるみんなが一致団結して協力してくれるのが前提、だけどな」

今なら勝沼グループを丸ごと味方に引き入れることが可能ということで。

それに成功すれば、クラスでの多数決に大きなアドバンテージを得られることになるのだ。

「いやいや、そんなん当たり前っしょ！」「じゃあ今回こそ総合優勝狙《ねら》っちゃう？　狙ってみちゃう？」「清掃活動《まえ》の時はギリで負けちまったからなー」「いいじゃん、ありだと思う！」「ゴミ拾いと違って汚れねーしな！」

俺の乗り気な答えに、グループの面々は大いにその士気を上げた。

もっとも、我が〝白虎《びゃっこ》祭イベント〟において大事なのは、模擬店を何にするかじゃない。

グループの力が必要になる本命は、別にある。

「まぁ、総合優勝狙うなら他のプログラムも頑張らなきゃだけどな。模擬店ってそんなポイント高くないから」

「あー、そういやクラス対抗のが強いとか先輩に聞いたような気がすんなー」

「そそ。井出《いで》の言う通り、配点が倍は違う。ちなみに俺たち1年は『クラス展示』対決だな」

『クラス展示』とは、自教室を展示場に見立てて何かしらの創作物を製作・展示し、教師や招待客からなる審査員からの評価点の合計で勝敗を決めるプログラムだ。過去の例だと、巨大な恐竜の模型を作ったり、和紙をモチーフにして教室を和室に仕立て上げたりなど、教室内でできるものであればそのバリエーションは多岐にわたる。

俺の解説を受けて、井出は「でもさぁ」と退屈げに続ける。

「正直、展示ってめっちゃ地味じゃね……？」

「わかる。先輩たちのに比べると脇役感すごいっていうか」

追従する玉幡《たまはた》さんに、うんうんと頷《うなず》くみんな。

……まぁやっぱり、それがクラス展示に対する共通見解だよな。

俺は苦笑して肩を竦《すく》める。

みんなの印象通り、クラス展示はとにかく地味だ。

先輩たちの対抗戦はメインプログラムに組み込まれていて、白虎《びゃっこ》祭当日に本番を迎えるものなのに対し、クラス展示は事前の準備だけで終わってしまう。そのためか、当日の盛り上がりにイマイチ欠けるのだ。

白虎祭全体で見てもあまり目立たないことから、例年生徒の士気は低いらしかった。

「なんかチマチマ工作とかすんのめんどくね？」「出店みたいにパァーッとやれるヤツのがいいよな」「じゃあ、そっちもなんかしら派手なことやればよくね？」「でも展示で派手なことって何さ？」「……あんま思い浮かばないな」「美術館とか博物館のイメージしかねーよなー」

それからちょこちょこ案は出るが、どれも派手とは程遠いものばかりで、これといった考えを持っている人はいないようだった。

――よしよし、いいぞ。完璧《かんぺき》に〝シナリオ〟通りの流れだ。

じゃあそろそろ、俺の本命《ネタ》を出すとしようじゃないか。

俺はみんなの方に向き直して、もったいぶった調子で切り出す。

「そうだなぁ……ちょうどいいタイミングだし、一つ提案したいんだが」

「おっ、委員長なんかあんの？」

井出が顔を上げて尋ねてきた。

それから俺は、意味ありげな目を勝沼《かつぬま》の方に向ける。

「……？」

勝沼は意味不明という顔で首を傾《かし》げ、周りの面々も「？」という顔をしているが、俺は構わずに続けた。

「先に約束してほしい。今から話すことは、ここにいるメンバーだけの秘密で。情報が漏れて他クラスにパクられたら嫌だしな」

「おおっ、ガチなヤツじゃん！」

「てかめっちゃ悪そうな顔してるし、委員長」

俺は意味深な笑いを返してから、チョイチョイとみんなを手招きする。

焼き場を囲んで座る輪が狭まって、みんなの顔が近づく。

そしてぐるりとみんなを見回して——。

「展示が地味な〝脇役〟だっていうんなら——派手な〝主役〟の方から奪い撮ってくればいい」

そう——。

それこそが2つ目の〝真・ラブコメ実現兵器〟

クラス展示企画『ドキュメンタリー動画』である。

◆

それから俺は企画の概要を説明し、みんなから賛同を得ることに成功した。

内容的には白虎《びゃっこ》祭史上初の試みだし、みんなの趣味にも合うネタだから乗ってくる可能性は高いと見積もっていたけど、無事に受け入れてくれたようで何よりだ。

俺は気分上々に、空になったトレーとザルとを持って橋を渡る。俺は勝沼《かつぬま》の片付けを手伝い中、みんなは少し離れたところの河原で水遊び中だった。

「――どうだった？」

「お、ばっちりクリアだ」

その帰り道、席を外していた上野原《うえのはら》に行き合ったので、軽くこれまでの状況を共有する。

「みんなが下で遊んでるうちに、今日の主目的である勝沼の説得に移ろうと思う。〝協力者《なかま》〟の中核は勝沼だからな」

上野原はこくりと頷《うなず》いて、それからピンと人差し指を立てる。

「それでさ。一個、私側からお願いなんだけど」

「ん？」

ちょいちょい、と手招きをされたので、顔を寄せる。

上野原の声が届くところまで近づくと、ふっ、とその吐息が耳にかかって――。

――絶対意識してるよ。

「……！」

バッ、と。

思わず、身を逸《そ》らしてしてまった。

「えっ？　急に何……？」

上野原《うえのはら》がびくりと身を竦《すく》ませて驚いている。

……ええい馬鹿、邪念は捨てろ。

俺は素早く深呼吸して気分を落ち着けて、再び耳を寄せる。

「……すまん、くしゃみが出そうになっただけだ。それで？」

上野原はなぜだかハッとした顔になってから髪をくるんと一巻きし、先ほどよりも若干離れた場所で話し始める。

「……耕平《こうへい》の話が終わったら、あゆみと二人で話がしたい。その間、他の人を近寄らせないでほしいんだけど、監視しててもらえる？」

「わかった。じゃあ終わったら呼ぶな」

「ん。それまで私も橋の上から見張ってる。接近連絡はいつもの手法で」

了解、と答えてから続けて尋ねる。

「ちなみに、あいつと何を話すつもりなんだ？」

「機密指定」

「……む」

「必要なら行動の意図を説明しなくてもいい、って話だったでしょ？　今回のはソレ」

……そう言われちまったら、これ以上聞くわけにはいかないな。

「わかった、ならいい。この後すぐ始めるけどいいか？」

「OK。じゃあよろしく」

上野原は頷《うなず》いて、橋の欄干の上で頬杖《ほおづえ》を突き、みんなの様子を監視し始めた。

俺は深呼吸をしてから、バーベキュースペースへと歩いていく。

どこのスペースも片付けが終わり、川の音と木々のざわめきだけが響く中、一人残った勝沼《かつぬま》が焼き場の前に座っていた。

「道具、返してきたぞ」

「……ン。あんがと」

勝沼は燃え残った炭を一か所にまとめ、ぼんやりそれを眺めている。

灰は敷地内にある蕎麦畑に肥料として撒《ま》くらしいのだが、完全燃焼させてからじゃないとよくないとかで、こうやって真っ白になるまで放置しておくのだとか。

俺は時折つんつんと炭を突く勝沼の正面に腰を下ろした。

……さて、と。

念のため周囲に気を配り、人目がないことを確認してから切り出す。

「なぁ勝沼」

「アン？」

ちら、と視線だけこちらに向ける勝沼《かつぬま》。

「さっき話したクラス展示の件なんだが……提案しといてなんだけど、俺はあんまり協力できないかもしれん」

「……ハ？」

素《す》っ頓狂《とんきょう》な声をあげる勝沼。

「え、なんで？」

「いや、ちょっと今回は他にやることが多くてな……ほら、俺が生徒会の手伝いしてるの知ってるだろ？」

これは別に嘘《うそ》じゃない。学祭準備中は〝アプリ〟使用のフォローやサポート態勢を敷かなくちゃいけないからだ。

「もちろん、できることはやるけどさ。ただこの前の清掃活動の時みたく、俺が中心的に動くのは難しくなりそうなんだ」

「で、でも、センパイ以外にだれがまとめんだよ？　副委員長？」

「荊沢《ばらさわ》さんは吹奏楽部でそんな余裕ないだろ」

「うーん……じゃあメイ？」

「……。それは、清里《きよさと》さんがやりたがらないと思うぞ」

それだけは、絶対にな。

むぅ、と難しげな顔になる勝沼。

「えぇ……？　じゃあだれ？　他にそんなことできるヤツいたか……？」

……まったく、察しの悪いヤツだな。

俺はため息をついて、さっくり切り出す。

「だからお前に、クラス対抗企画のまとめ役をやってほしいんだわ」

今日の話ってのはそれだ、と俺は伝えた。

瞬間、勝沼の動きがピタリと止まる。

「……」

「……」

「…………」

「…………」

……沈黙なげーな。

それからたっぷり、十秒近く停止して——。

「——イヤイヤイヤ、無理！　無理だってそんなん！」

ぶんぶんぶん！

両手を思いきり左右に振って嫌がられてしまった。

「なんでだ？」

「い、いや、だって！　アタシそういう柄じゃねーし！」

「そうか？　結構似合ってると思うけど」

「なわけあるか！　アタシはセンパイみたくクソ真面目でもガリ勉でも陰キャでもストーカーでもねーよ！」

「……おい、無駄に俺のことディスってない？」

「つーか、アタシにヒトを引っ張ることとかできるわけねーし！　前にそれでめっちゃ失敗したの、センパイ知ってんだろっ！」

半分戸惑い、半分恐怖という顔で叫ぶ勝沼《かつぬま》。

やれやれ……。

「あのなぁ。だれもお前に、みんなを引っ張れだなんて言ってないだろ」

「ハ……？」

「まとめ役だからって、必ずしも完璧《かんぺき》に場を取り仕切ったり、みんなのお手本になったりする必要なんてないんだからな」

「ど、どういうことだよ……？」

全然わからない、という顔で勝沼が聞き返してくる。

「俺には俺のやり方があるし、お前にはお前のやり方がある。みんながまとまりさえすれば、方法は何だっていいんだよ」

「……？」

いまいち要領を得ない、といった顔の勝沼。

俺はコホン、と咳払《せきばら》いしてから言う。

「いいか、お前は基本ポンコツだ。何をさせても基本ヘタクソだし、だいたい失敗する。とてもじゃないが、あぶなっかしくて放っておけたもんじゃない」

「アンタだってアタシのことバカにしてんじゃねーか！」

「だがな――」

そして俺は、もったいぶった調子で。

「だからこそ。ついみんな、お前を手助けしたくなるんだよ」

「は……？」

グループの面々を見てれば、それがよくわかる。

玉幡《たまはた》さんを筆頭に、ここにいるみんなは、そんなポンコツな勝沼を支えてやりたくて集まっているんだから。

「お前の一番の魅力は、どれだけへっぽこだろうと泥臭かろうと、負けじとひたむきに頑張り続けるところだ。そんなお前のことが好きだから、みんなお前が困ってる時に助けてやりたくなるんだ」

「……っ」

俺はちら、と河原の方に目をやってから続ける。

「それはまさしくお前の人望だろ。つまり勝沼《かつぬま》あゆみは、その人柄でみんなをまとめることができる、って言っていいんじゃないか？」

「……でっ、でも」

「何よりな」

まだビビっているらしい勝沼の言葉を遮《さえぎ》って。

俺は気持ち強い口調で、ハッキリと言う。

「今のクラスで——俺は、お前以上に頼れるヤツはいない、と思ってる」

「……え？」

勝沼が、呆気《あっけ》にとられたような顔をする。

――正直なところ。

俺にはこの先に何が起こるか、予想できない。

予想ができなくちゃ、対策が打てない。

備えて、準備して、万全の態勢で待ち構えることができない。

そしてそれは、予想外の事態に弱い俺にとって、致命的だ。

でも――。

「お前なら、どんな困難な状況でも絶対に諦めない。それを俺はよく知ってるからな」

「あ……」

勝沼は、諦めない。

どれだけうまくいかなかろうが、何度も何度も負けようが、絶対に。

「……さっき言った『ドキュメンタリー動画』は前例がない。口で言うのは簡単だが、実際に形にするまでに乗り越えなきゃいけない課題は多いと思う」

「――」

「全然思うようにいかないかもしれないし、失敗しまくるかもしれない……そんな危なっかしいシロモノ、うちのクラスでお前以外に任せられると思うか？」

炭火を浴び続けたせいか、僅《わず》かに赤くなった顔の勝沼《かつぬま》が、じっと俺を見ている。

その目をしっかりと見返して、俺は——。


「頼む。これはマジで、お前にしか頼めないんだ。

どんな現実《しつぱい》にも決して挫《くじ》けなかった無敵の〝主人公〟として——俺の代わりに、戦ってくれ」


いつになく、いつも以上に。

その言葉に、絶大なる信頼と、期待を込めて。

誠心誠意、頭を下げた。


「……んだよ、それ……」


勝沼は、くしゃっと顔を崩した。

それから右耳のピアスをちょいちょいと触ったり、軍手をはめた手でゴシゴシ目元を擦《こす》ったり、ばふばふ頬《ほお》を張ったりして——。

「――ハッ」

自然となのか、あえてなのか。

かつてのように居丈高に、声を上げてから。

「そこまで、言うなら――やってやるよ」

目元を、頰を、炭で黒く染めながら。

全然かっこなんてつかない、去勢を張ってる感ありありな顔で。

「だから……よーく見とけっ。

センパイが、カンドーしてガチ泣きするくれー、カンペキにやってみせっから!!」

それでも絶対に、期待には応えてみせる――と。

はにかみながら笑って、答えてくれたのだった。

間章　そして戦いへ

Who decided that I can't do
romantic comedy
in reality?

——こうして、夏休みは終わりに向かう。

俺は一人、自室でパソコンを見つめながら、思索にふける。

ここまでは、予定通りに進捗《しんちょく》している。

〝アプリ〟の開発は完了しつつあり、あとはバグ取りや実運用に準じたテストなど、精度を高める段階にまできてる。肝となる〝真・友達ノート〟とのデータベース接続も完了した。

〝派生作〟も〝番外編〟も心強い〝協力者《なかま》〟を得て、走り出しは良好といっていい。周到に取り計らったためか、想定外のトラブルも生じていない。

端的に言えば、かなり順調だ。

少なくとも、俺側は。

「……だから余計に、そっちにばっか気を取られちまうのかな」

そう一人ごちてから立ち上がり、カーテンを開け、夜闇《よるやみ》に沈んだ景色をぼんやりと眺める。

「……意識、か」

玉幡《たまはた》さんからそう聞いた時、そんなわけがない、って思った。

だってあいつは、すごい理屈屋だから。俺のことを〝主犯《あいぼう》〟と認めてくれてはいても、〝共犯者〟をやりたいんだと思ってくれていても、「それはそれ、これはこれ」って風にハッキリ区別してるに違いないって、そう思ってたから。

その辺をごっちゃにして、わけもわからずあたふたしてるのは、俺だけかと思ってたから。

「でも……」

でも、もし。

仮に、仮に、上野原《うえのはら》の方も。

俺とおんなじように、思ってるのだとしたら……。

「――」

それは……単純に。

すげー嬉しいな、って。

そう、思う。

……。

……ああ、つまり。

それは、もう――。

「……いかんいかん、落ち着け」

自然と鼓動を速める心臓を宥《なだ》めるように頬《ほお》を張る。

――とにかく、だ。

全ては〝白虎祭《びやっこ》イベント〟を成功させてから。

この現実における〝完全無欠のハッピーエンド〟を、作り上げてからだ。

俺は、西の空を見上げながら。

決意を新たにする。

◆

——こうして、夏休みは終わりに向かう。

私は一人、自分の部屋のベッドに横たわりながら、思索にふける。

たぶん……ここから本格的に、私の出番になる。

それはかつてないほど大役で、私の失敗はすなわちイベントの失敗、ひいては〝真・計画〟の破綻《はたん》にまで繋《つな》がりかねない。

だからなのか……正直、柄にもなく緊張してる。

本当にうまくいくのか、私にできるのか、失敗したらどうしよう——って。
気を抜けば、そんな不安ばかりがぐるぐる回り始める。
……だってもし。
うまくできなかったとしたら。
それはつまり、私の方があいつをわかってない、ってことになっちゃうから。

「……それは、すごい嫌だ」

そう——。

すごい嫌、なんだ。

私はおもむろに立ち上がって、窓の外に広がった夜の街並みを眺める。

——塩崎《しおざき》先輩に不自然を指摘されてから、どうも色々と落ち着かなくて。
あいつの観光しようって提案を無駄に深読みしちゃったり、急な接近に硬直しちゃったり、
あゆみのネタばらしに焦って反応しちゃったり。

……。

クラスの人たちに囃《はや》し立てられる二人を。

照れながら言い訳してるように見えた二人を……。

なんだかイラッと感じたり、だとか。

……。

……ああ、もう。

そういうのを全部ひっくるめて、冷静に、分析的に考えたら。

それって、つまり——。

「……馬鹿。何を、余計なこと考えてるんだか」

ぴしゃりと両頬《ほお》を張って、気合いを入れ直す。

——とにかく。

今は〝白虎祭《びやっこ》イベント〟を成功させること、それだけを考えよう。

それがきっと、耕平《こうへい》流で言う〝完全無欠のハッピーエンド〟に繋《つな》がるんだって、そう信じて。

私は、東の空を見上げながら。

決意を新たにする。

◆

そして、いよいよ——。

この現実《ドラマ》は、白虎祭の準備期間へと、突入する。

『――って感じで、たまたま遊びに来てた委員長と5組の上野原《うえのはら》さんが合流してさー。最初はちょい気まずかったけど、なんだかんだ楽しかったなー』

「……そう、なんだね」

ぎゅっ、と。

耳に当てたスマホを、握りしめる。

『でー、あゆみがめっちゃエプロン似合ってるのが笑えて――髪にケムリの臭いついちゃったのは最悪――上野原さんってイークラなのにめっちゃ話しやすくて――』

自室で一人、私はあゆみグループのユカちゃんが口早に語る思い出話を聞き流しながら、歯を噛《か》み締める。

……ねえ、長坂《ながさか》くん。

なんで君は、偶然、彩乃《あやの》と一緒に、そんなところにいたのかな……？

『てか、この年になっても幼馴染《おさななじみ》と仲良しとかありえなくない？　上野原さんもめっちゃオシャレな格好してたしー、アレってもう絶対に付き合――』

「そんなことよりも。長坂くんは、どんな話をしてたの？」

『えっ……？』

無意識に語気が強くなってしまい、私はすぐに自制した。

「……ごめんね、なんかそっちが先に気になっちゃって。何か面白いこと言ってのかな、って」

『あ、あぁ、そっか。まぁ、でも別に、大したこと話してないよ？　学祭の屋台をやきそばにしたら勝てるかもとか、そういう話がメインだし』

「……学、園祭」

ズキン、と。

胸が、痛む。

「それだけ……かな」

『あー……』

電話の向こうで、言い淀《よど》む気配を感じた。

「どうしたの……？」

『んー、なんかさ。クラス企画の話もしたけど、そっちはバレたらマズいから他の人には内緒って言われてて』

他の人には内緒、ね。

私は直感的に、その言葉に秘められた真意に気づいた。

……違うよね、長坂《ながさか》くん。

それは、絶対――。

私には知られたくないって、意味だよね？

「……同じクラスの私に、内緒にする意味はないんじゃない？　他クラスの人にバレちゃまずい、って話だよね？」

『あー、どうなんだろ……？』

「どうしても秘密、っていうなら無理には聞かないけど……仲間外れは寂しいなぁ」

『あっ、ううん！　そういうのじゃないから！』

ユカちゃんは焦ったように声を上げてから続けた。

『まぁ……芽衣《めい》だし、別にいっかー。絶対に他のクラスの子には内緒だよ？』

「もちろん……〝みんな〟のためにならないことなんて、するわけないよ」

『そかそかー。じゃあ、えっとね――』


――そうして私は、長坂くんの企みを聞き出した。

それがいったい、どういう意図で提案されたものなのかは、わからない。

ただ……一つだけ。

はっきりと、直感したことがある。

彼は、きっと――。

諦めてなんか、いない。

『――っとと、ごめん！　夕飯に呼ばれたから切るね！　またガッコでー！』

「……うん。ばいばい」

その言葉を最後に、ブツリ、と通話が切れた。

――ツー、ツー、ツー。

電話の切れた音が、ただ響く。

「……どうして、なんだよ」

私の呟《つぶや》きだけが、虚しく響く。

あれだけ……。

あれだけ、ちゃんと伝えたのに。あれだけ、きちんと教えたのに。

なんで、君は……。

まだ、諦めようとしないんだよ。

……。

……本当に。

本当に、さぁ……っ。

「なんで、君って人は……っ。そうまでして〝最善の結末《バッドエンド》〟に向かおうとするんだよ……っ！」

しかも、よりにもよって。

よりにもよって、また。

また——。

学園祭で。

「……うっ」

ぎゅっ、と胸元のシャツを握りしめて、込み上げる吐き気を必死に止める。

「落ち着け、落ち着け、落ち着け……」

ドクドクと騒ぎ立てる心臓を抑えつけて、必死に呼吸を整える。
目がチカチカとして、頭がくらくらして、思わず膝を抱《かか》えて蹲《うずくま》ってしまう。
『ホントは、ただ自分が好かれたいだけの、弱っちぃ、普通のヤツなんだよ……』
『俺はそこまで異常者じゃない。……異常者には、なれなかったからね』

ダメだ、ダメだ、ダメだ――。

考えちゃダメだ。
見ちゃダメだ。

あれは、終わったことなんだから。

もう、取り返せないものなんだから。

だから――。

『芽衣《めい》は……芽衣だけが、普通じゃないんだよっ！』

――せめて、もう。

もう二度と、あんな最悪だけは繰り返さないって、決めたんだから。

「――」

しばらく蹲ったまま、気分を落ち着けて――。

「――そうだ」

そして、再び。

立ち上がる。

「許して……いいわけがない」

ふつふつと、体の奥底から湧き上がってくる、身悶《みもだ》えするような感覚。

それがなんなのかはわからない。たぶん闘志とか使命感とか、そういうものだと思う。

……なんでもいい。

ただそれが、前に進むための燃料になるのなら。

「好きにさせていい、わけがない」

もう、嫌なんだ。

私は、もう、あんな想いを――。

「……違う」

私、じゃない。

〝みんな〟に。

〝みんな〟にもう、あんな想いを、させてしまうことだけは。

笑えなく、してまうことだけは。

それだけは……許さない。


「〝普通〟は、壊させない」


……そうだ。

だから、私は。

入学してから、ずっと、こういう時のために備えてきた。

〝普通〟じゃない何かを察知するために、〝みんな〟の『目と耳』を借りられるようにして。

〝普通〟を逸脱しようとする人が、絶対に立ち向かわなきゃいけない『壁』を補強して。

〝普通〟の人たちが何よりも重んじる『正論』と『噂《うわさ》』の力を培って。

「長坂《ながさか》くんが、そうまでして、自分《わがまま》を突き通すんだっていうのなら――」

――そして。

それでも、足りない分は。

「そんな理想《げんじつ》――私は、絶対に、認めない」

私が、直接、打ち砕く。

派生作

序盤戦：〝主人公〟日野春幸の戦場

——ウチの戦いが、今、始まろうとしていた。


夏休み終了が目前に迫った学校。

白虎《びゃっこ》祭準備会議、当日。

ウチと塩崎《しおざき》君は、白虎会館へと延びる廊下を歩いている。


「……本当にそのやり方でいく気か、日野春《ひのはる》」


隣の塩崎君は、心配そうな目でこっちを見る。

まったく、もうずっと前からウチの作戦は伝えてたっていうのに、いざ本番前になったらこの調子だ。意外と小心者なところあるよね、塩崎君。

「やはり失敗した時のリスクが大きすぎる。下手をすると、白虎祭が丸ごと潰れかねない」

「もう、しつこいなぁ」

ウチはうんざりという顔で唇を尖《とが》らせた。

「だってもう挨拶《あいさつ》回りとかで仕込み入れちゃったもん。いまさらやめられないよ」

「だが――」

「第一、そのくらい強烈にいかないと、学校《オトナ》っていうのは動かないいんだよ」

ウチはぴしゃりと言い放った。

大前提、先生たちはウチたちのことを所詮は生徒だってナメている。

こちらが何を言おうが、結局は子どもの考えることだって思い込みがあるから、ハナから対等な議論の相手とは見ていないんだ。

だから制度上《ルール》、独立した自治組織とされている生徒会でも、都合の悪いことがあれば「教育的に間違っている」とか「社会じゃそれは通用しない」みたいなルール外の理屈を持ち出してきて黙らせようとする。自分たちは教え導く側だ、って立場を免罪符に、道理を捻《ね》じ曲げる。

しかもなかには、ただ保身のために〝社会の常識《オトナのふつう》〟を振りかざす輩もいるから性質《タチ》が悪い。

そういう理不尽ばかりに満ち溢《あふ》れてるのが政治の場、ってヤツで。

そういう全部をわかった上でうまく利用するのが優秀な政治家だって、市議会議員をやってた頃のおじいちゃんがよく言っていた。

だから、ウチは――。

「――と、到着しちゃったか」

気づけば、もう白虎《びゃっこ》会館の前。

ウチは昂《たかぶ》る気持ちを落ち着けるように、ぐっと両手を頭上に持ち上げて背を伸ばす。

そしてふと、この状況を作り出した、彼のことを思った。

——本当に、耕平《こうへい》君は〝楽しい〟ことを考えるのがうまい人だな、と思う。

今回はもちろん、第二生徒会の時だってそうだ。どっちもウチが思いもしなかった革新的なアイデアで、しかもただ奇抜なだけじゃなくてきちんと理が通ってて、実現の目処《めど》までバッチリついている。

そして何より、どれも全部、ウチ好みの〝楽しそう〟なことばかりなのだ。

その辺が、彼とウチのちょっと違うところ、だよね。

ウチが自分が〝楽しい〟と思うことを突き通すのが得意なのだとしたら、耕平君はきっと他の人が〝楽しい〟と思うことを見つけるのが上手なんだ。

そして最後には、みんなの〝楽しい〟を自分の〝楽しい〟と重ね合わせてしまうんだ。

みんなの〝楽しい〟を束ねて〝めっちゃ楽しい〟を作ろうとする欲張りな耕平君だからこそ、ウチがずっとやられっぱなしになっちゃうんだろう。

そんなことを思いながら、くすりと笑う。

……上野原《うえのはら》ちゃんもきっと、ウチと同じクチなんだろうな。

やっぱり上野原ちゃんは、耕平君の〝楽しい〟を手伝うのが何より楽しいんだろう。

彼の〝めっちゃ楽しい〟に巻き込まれてることが楽しくて仕方がないんだろう。

だからこそ『この場所は絶対譲らない』って顔でツンツンしてるんだ。まぁ、そのツンツンっぷりがなんか可愛《かわい》くて、ついからかいたくなっちゃうんだけど。

なんにせよ、合宿の時のわだかまりみたいなのはすっかりなくなったみたいで、本当によかったと思う。

……。

……うん。

よかったのは、間違いないんだけど。

「――なんか、入れなくなった感じ、あるよね」

「む……？」

「ううんごめん、独り言」

怪訝《けげん》な顔をする塩崎《しおざき》君に、ウチは手を振りながら答える。

――もしかしたら、思ってた以上にガチガチの関係になっちゃったのかもなぁ。

そりゃウチが自分で決めてやったことだし、実際間違ってたとも思わないから、それはいいんだけど……。

でもなんで、こっちは元に戻った感じになっちゃうかなぁ？

耕平《こうへい》君、すっかり敬語だし。ウチといる時だってずっと上の空、って感じだったし。

『俺は、やっぱり――自分の思う〝楽しさ〟を貫く幸《さち》さんが、一番だと思います』

それに――。

耕平君にとって、魅力的なウチっていうのは。

『自分こそが〝主人公〟なんだ、って。

堂々と胸を張って、自分だけの道を切り拓いていく幸さんこそが、一番、魅力的で――俺は、ずっとそうあってほしいって、思ってます』

つまり、それは。

彼と関わりのないところで頑張るウチなんだな、って。

そう思ったら……。

なんだかすごく、気分が沈む。

ふと、目前のガラス扉に映る自分の姿が目に入った。

……。

……おめかし、頑張ったんだけどな。

そういうのは、ちゃんとさ……。

口に出して、褒めてほしかったな。

「――いよいよ、か」

……と。

その塩崎《しおざき》君の呟《つぶや》きで、目の前の扉が白虎《びやっこ》会館のものだということに気づいた。

……いけないいけない、ついぼーっとしてた。

流石《さすが》にウチも、緊張してるのかもしれない。

ふぅ、と肺に溜まった空気を一息に吐き出して、塩崎君の方を見上げる。

「とにかく作戦通りにお願いね、塩崎君。あくまで主体は生徒会なんだから」

「……いい加減、諦めて覚悟を決めるべきだな。毒を食らわば皿までだ」

いつも以上にカチコチだった顔を少しだけ緩《ゆる》めて、塩崎君はふっと笑う。

だからウチも、にっと笑って返した。

――なんにせよ、だ。

ウチは、ウチにしかできないことを、全力でやり遂げるのみ。

ただ自分の〝楽しい〟を貫いて、貫いて、貫き通す。

そうしてその〝楽しい〟に周りを巻き込んで、もっと大きな〝楽しい〟を作り出す。

それが日野春幸《ひのはるさち》のやり方で、日野春幸の戦い方だ。

だから――。

「それじゃあ、きっとガッチガチに違いない、学校《オトナ》って壁を――全力で、ぶち抜いてやろう!!」

彼が言った通り、これは。

ウチが〝主人公〟の、戦いだった。

◆

ウチたちが白虎《びゃっこ》会館に入ると、すでに他の参加者は揃《そろ》っていた。

室内は会議用に整えられ、長机が「口」の字になるように配置されている。壇上には『第42回白虎祭準備会議』の横断幕が掲げられ、プロジェクター投影用の白幕も下ろされていた。

向かって右手のテーブルには、近隣住民の代表として町内会長、特産品ブースの管理者である商工会の会長。左手にはPTA会長と副会長。手前のテーブルには校長先生、教頭先生、そして生徒会顧問の十島《とおしま》先生が並んで座っている。

そして一番奥、ステージ前のノートパソコンが置かれた席が、今日の主役である塩崎《しおざき》君とウチの席だ。


「——いやいや、勘弁してよ」


……と。

塩崎君の後ろをついて歩いていた時、急にそんな言葉が飛んできた。

発言主は町内会長。名前は確か毛無《けなし》さん。

……いや、見た目のことじゃないよ？　たぶん南の県境にある山の名前が由来だと思う。

毛無さんはあからさまにゲンナリとした顔で言う。

「ああいう子を役員になんかしてるの、今の峡西《きょうにし》は」

「は。と、仰《おっしゃ》いますと……？」

急に話を振られた校長先生が、ぎょっとした顔になって聞き返している。

「礼儀とか態度とかさ、そういうのが全然なってないんだよ。ちゃんと教育してるの？」

「えー、はは……汗顔の至りでして、ええ」

「な、なにか本校の生徒が失礼でも致しましたでしょうか……？」

愛想笑いを浮かべて誤魔化そうとする校長先生と、眼鏡《めがね》をクイクイと直しながらお伺いを立てる教頭先生。


――今日倒すべき相手は、あの二人。

校長先生は筋金入りの弱腰で、なんでもかんでも事なかれ主義。

教頭先生は安定・安全がモットーで、変化とか改革が大嫌いなガチガチの保守派。

二人とも、よくも悪くもハデなことをしでかす峡西を抑えるため、教育委員会が送り込んできた刺客って話だ。

とにかく何を提案しても「認めません」「許しません」のオンパレードで、リスクのある変化を嫌うだけじゃなくて、やった方がいい改革までしたがらない。

いつか耕平《こうへい》君に指摘されたように、今の生徒会が過去の踏襲しかできなくなってしまったのも、彼らの影響によるところが大きかったりする。

そのせいで緩《ゆる》やかに進学実績が悪化していたり、色んな問題が棚上げのまま燻《くすぶ》り続けたりしているんだけど、当人たちは「早急な改革はリスクが大きい」とか「ご時世や環境の影響の方が大きい」とかなんとか、知らぬ存ぜぬを通して任期まで逃げ切るつもりらしい。

……まぁこの際だからハッキリ言っちゃうと。

二人とも、保身第一のダメ大人、ってことだ。

内心でそんなことを考えながら、ウチは素知らぬ顔をして席に着いた。

毛無《けなし》さんは、ウチに聞こえることなんてお構いなしにお小言を言い続けている。

「いや、失礼なんてもんじゃないよ。事前連絡もなしにいきなり挨拶《あいさつ》に来たかと思えばまぁ、制服も着ずにチャラチャラした格好でさ」

うん、案の定だ。よっぽどあの時のウチに腹を据えかねてるらしい。

まぁそりゃアポも手土産もなしに突然やってくるなり「とりあえず今年もよろしくでーす」みたいな感じのかるーいノリで話されたら、だれでも怒るだろうけどねー。

「そういうこと教えるのが学校じゃないの、ねぇ教頭先生？」

「は、はぁ……それはまた失礼を」

教頭先生が実に不本意そうに謝罪している。

ここまでの態度からわかるように、地域住民サイドの難敵は毛無さんだ。峡西《きょうにし》の元々、このあたりの地主だとかで、土地やアパートをいくつか持っているらしい。

土地の一部も元は毛無家の畑だったとかなんとか。

白虎《びやっこ》祭に関連することだと、私有地を勝手に練習に使われたとか、当日の路上駐車で車庫を塞《ふさ》がれたりとか色々と実害を被っている。そんなこんなで毎年、生徒会に何かしらのクレームを入れてくることで有名な人だった。

ちなみに峡西のOBでもあって、共学になった時の1期生みたい。ということもあって、その口癖は「最近の峡西は」です。

「そうでなくても最近の峡西はね、緩みすぎなの。私らの頃は、今なんかよりよっぽど風当たりの強い時代で、そりゃもう世間様に変な目で見られないように必死で――」

「まぁまぁ、毛無さん。その辺で」

「……フゥ」

昔語りを始めようとした毛無さんを商工会長が抑え、その様子を見ていたPTA会長が聞こえないようにため息をついている。

おっとりとした顔の商工会長は穏健派。PTA会長は3年の元生徒会役員のお母さんで、立場的に断れず仕方なく就いたってタイプの人。副会長も似たようなものだ。

いずれも大人《あっち》よりの中立、って感じ。明確な敵じゃないけど、状況次第じゃいくらでも立場を変えてくるだろうな。

ひとしきり戦力分析をしてから、よし、と気合いを入れる。

——それじゃあ、まぁ。

会議が始まる前に一発、いっとこうかな?

ウチは軽く呼吸を整えて、毛無《けなし》さんの方へ向き直した。

それから、へらっと笑いながら口を開き——。

「あー、そんなヤバい怒らせちゃったみたいです? なんかすいませーん」

——ざわり、と。

ウチのその、あからさまに悪い意味でのイマドキっぽい態度に、周囲がざわついた。

毛無さんは、白髪交じりの眉《まゆ》をぐにぃと歪《ゆが》めて声を荒らげる。

「そうそれだよ、その態度! 君ねぇ、何なのその口の利き方は! 全くだらしない!」

「えー、どこがです？　ていうか、今そういう発言って普通にアウトですよ？　たぶんセクハラとかでー」

「なにぃ……!?」

ウチが髪をいじりながら煽《あお》るように答えると、ますます場の空気が悪くなった。

「き、君！　やめなさい、失礼ですよ！」

「そ、そうですよ。とにかく、みなさん落ち着きましょう、まぁまぁ」

教頭先生が焦って声を上げ、校長先生は戸惑い混じりに場を収めようとしている。

見れば、商工会長もやれやれって顔でいて、ＰＴＡ勢も眉を顰《ひそ》めていた。

落ち着いて見えるのは、仏頂面に定評のある塩崎《しおざき》君と――。


「――ご、静、粛、に」


ぴしゃり、と。

白虎《びゃっこ》会館中に響くような強さのダミ声。

「開始時間となりましたのでぇ、白虎祭準備会議を開催させていただきまぁす」

司会進行の、十島《とおしま》先生だ。

その言葉を最後に、シンと部屋の中が静まり返る。

……おぉ、相変わらずすごい圧。マイクもなしに、一瞬でみんなを黙らせちゃったよ。

十島《とおしま》先生は峡西《きようにし》歴10年。校長教頭よりもキャリアの長い、ベテランの現場教諭だ。業務実績がピカイチなのと、その持ち前の貫禄というかオーラもあって発言権は強い立場にある。また、昔からずっと生徒会顧問でもあり、何度となくトラブルに対処してきた歴戦の猛《も》者《さ》だった。

たぶんだけど、今のも場の空気がヒートアップする前に、強制的に話を切り上げさせたんだろう。ここで燃えすぎちゃっても問題だから、ナイス援護って感じ。

ウチが「さすが先生!」という顔でそちらを見ると――。

「――――――」

……なんか、鬼も逃げ出しそうな目で睨《にら》まれてしまった。

うん……あんまり、いい気分じゃなさそうだね!

ウチは「てへ」という顔で笑って誤魔化してから、大人しく黙り込んだ。

一応、このメンバーの中じゃ生徒側《こつち》の人ではあるけど、その前に色々と厳しい人だ。たぶん、ウチのやり口が気に入らないんだろう。

まぁ元々助けてもらうつもりもなかったし、別にいいけどね。表立って何も言わないってことは、ウチのことを止めるつもりもない、ってことでもあるし。それだけで十分だ。

「それでは、まずは本校校長より開会挨拶《あいさつ》をお願いしまぁす」

「あ、あぁ。はいはい――」

それから校長先生の無難な挨拶を皮切りに、議事が進行した。

◆

『――と、今年は峡国市《きょうごくし》の秋の味覚を重点的に展示させていただく予定となっております。えー、どうぞよろしくお願いいたします』

パチパチ、と拍手が響き、商工会長が席に着いた。

さて、お次はいよいよウチら主催側の番だ。

いつもの流れだと、まず生徒会長が白虎祭《びゃっこさい》の実施プログラムに関する説明をして、参加者からの質疑応答に意見交換。それらを踏まえて実施可否の議決、という感じ。

白虎祭実行委員長であるウチの役目は、開催日当日の交通誘導に関する説明をするだけ。それも毎年同じ説明を繰り返すだけなので、まぁ完全にお飾りみたいなものだ。

もちろんあくまでいつも通りなら、だけどね。

「続いて、本校生徒会長より、実施プログラムの説明を致しまぁす。生徒会長、お願い――」

「はいはーい！　今回は事前に実行委員会から提案がありまーす！」

十島《とおしま》先生の進行を遮《さえぎ》るように、ウチが割って入った。

ざわ、と再び周囲がどよめく。掟《おきて》破りな進行妨害に、十島先生はビキリと眉間《みけん》に皺《しわ》を寄せている。

ウチは何かを言われてしまう前に塩崎《しおざき》君からマイクをひったくり、勝手に話し始めた。

『今回の白虎《びゃっこ》祭では、事前に大々的にネット、ト、広告を打ちたい、と思って、い、ます、!』

場が、呆気《あっけ》に取られたように静まり返る。

「は、はぁ……?」

「君、突然何を言い出すんだ!」

校長先生と教頭先生は泡を食ったような顔をしてる。

学校側の動揺を見て、他の参加者もこれがウチの独断専行《どくだんせんこう》であるという認識を持ったらしい。毛無《けなし》さんに至っては、露骨に不快げに顔を歪《ゆが》めていた。

『それでいつも以上に集客してー。売り上げ倍増とか狙《ねら》っちゃおうかなって』

「な……」

『それで当日はネットでライブ配信とかして、めっちゃ盛り上げようと思ってまーす』

「は、配信……?」

そんな感じに、ウチは好き勝手に次々とやりたいことを語っていく。当然、実現性とか社会的な問題とか、そういうのは全部スルーだ。

……と、そのうちに。

――バシン！

４つ目のアイデアを発表したところで、テーブルに紙を叩《たた》きつける音が響いた。

「まったく、大人しく聞いていれば勝手なことばかり……！　恥を知れ恥を！」

我慢できない、とばかりに声を上げたのは、やっぱり毛無さんだった。

「君ねぇ……！　あれをやりたいこれをやりたいと、そんなわがままばかりが通用すると思ってるの！」

ウチは「えー？」と首を傾《かし》げる。

『いや、わがままとかじゃないですけど。実行委員ってイベント盛り上げる役だし』

「そもそも、インターネットなんぞで公開してどうするんだ！」

『いやインターネットなんぞ、って……それはちょっと古くないです？　休み時間に教室でＴｉｋＴｏｒｋ《ティックトーク》とか当たり前の時代ですけど』

「な、なんだとぉ……！」

ウチの発言に、毛無《けなし》さんはどんどん怒りのボルテージを上げていく。

「……それに！　今以上に宣伝なんかして、交通誘導はどうする！　そうでなくとも最近は迷惑行為が横行しているんだ！　うちの空き地なんて毎年何台も無断駐車されているんだぞ！」

『え、それってウチらに何か関係あります？』

「はっ……？」

発言の意味がわからない、という顔で毛無さんがその顔を驚き一色に染める。

ウチはその理由をわかった上で、あえて無視して。

『だって、それって来場者のマナーが悪いって話じゃないですかー？　ウチらは別に悪くないですよね？』

「な、な……！」

『そんな嫌なら、空き地に入れないようにすべきじゃないですかー。そっちの怠慢を押しつけないでほしいですねー』

ちなみに件の空き地というのは路地の行き止まりにあり、地域のごみ収集業者が転回場として使えるようにと好意で開放してるらしい。

でも当然、そういう事情は完全にスルー。

なぜなら今のウチは、明らかに態度の悪いイマドキの学生だから。

「――っまったく！　これだから今の学生はっ！」

バシンッ、と先より強くテーブルを叩《たた》いて、声を張り上げる毛無さん。

「口を開けば、自分たちの都合ばかり！　地域への負担は知らんぷり、問題はそのまま放置！」

『はぁ』

「そんなのはねぇ、学校が許しても社会は許さないよ！」

バシン、バシン。

威嚇《いかく》するように音を立てているが、当然そんな脅しには屈せずに、むしろ逆に「この人何言ってるの？」的な顔で冷たくそちらを見る。

……そろそろいいかな。

あんまり挑発しすぎても、収めどころがなくなるだろうし。

「そもそもねぇ！　白虎《びゃっこ》祭というのは――」

『ていうか』

ウチはそのセリフを遮《さえぎ》るように、言葉を重ねて。

予《あらかじ》め考えていた、トドメの一言を打ち込んだ。

『気に食わないとか嫌だっていうなら――地域の人は参加しなきゃよくないです？』

――ダァンッ！

「――いい加減にしろっ!!」

それだけは耐えかねる、とばかりに。

毛無《けなし》さんが、紙ではなく手のひらで机を叩《たた》いたところで、やっとウチは黙った。

「もう限界だっ！　校長先生、私はもう何年もずぅぅぅぅっと我慢してきたけどね、もう堪忍袋の尾が切れたよ！」

「なっ、そ、そんな……！」

校長先生はサッと血の気が失《う》せたような顔になる。

「ええ、ええ、そこまで言われたらね！　彼女の言う通り、地域としては一切協力しませんよ！　だから当然、後夜祭も禁止だ！」

『……はぁ？　なんでそうなるんですかぁ？』

ウチは寝耳に水、という顔で反応するが、その理由は簡単。

「キャンプファイヤーの防火態勢に協力してるのは地域の消防団だ！　我々の協力が必要ないというのなら、当然やれるわけもないっ！」

……と、そういう事情だった。

後夜祭、フォークダンスの時に行われるキャンプファイヤーは大きな火を扱うから、事前に消防署に申請を出して許可をもらう必要がある。

峡西《きょうにし》は住宅地の中に位置することもあって、その制限は厳しい。当日の天候や風向きで周辺に被害が出ないよう、即座に消化できるようにするための消防車の手配が求められていた。

そしてその消防車を配車してくれているのが他でもない、地域の消防団ということである。

「無論、騒音があれば容赦なく警察に連絡する！　運動場も例外だと思うなっ！」

『ちょ、ちょっとそれは……』

ウチはぎょっとしたように言う。

地域が管理している運動場設備の利用に関しても、今まではお目溢《めこぼ》しをもらっていた側面が強い。地域住人から断固利用を認めないと言われてしまえば、一部のスペースを間借りすることすら難しくなってしまうだろう。

そうでなくても練習場所が不足している現状、これは手痛いダメージだ。

「そして――」

さらに、毛無さんは。

最終手段、という風に。

「――今までの苦情は、すべて教育委員会にも伝えさせていただく！　穏便に済むとは思わないことだ！」

「お、お待ちください！　それはどうかっ……！」

弾かれたように声を上げ、頭を下げる校長先生。

そう――。

今までは、何かがあっても全て学校にクレームが入っていた。だからこそ、まだ内々でどうにかできる問題で済んでいたんだ。

それを教育委員会に通報されてしまったら、問題が公に出ることになる。学校側の対応の不備が露呈する。

引いては、学校長の進退問題にも繋《つな》がりかねず、校長先生にとってそれは何より避けたいことだろう。

何よりも――。

「――それで今年の白虎祭が開催できなくなろうが、知ったことではない！」

教育委員会に問題あり、と見なされれば。

白虎《びやっこ》祭自体を開催禁止とされる可能性が、あるんだ。

「お、落ち着いてください。どうか、どうか冷静に……！」

「き、君！　謝りなさい、早くっ！」

校長、教頭が二人して大慌てて場を取り繕おうとしている。

だが、今度は。

「……でしたら、ＰＴＡ側も意見があります」

今まで黙っていたＰＴＡ会長が、うんざりという顔で口を開いた。

「受験前の最後の息抜きと許容してきましたが……保護者としては、問題を大きくしてまでやってほしくはありません。浮いた予算を勉学に充てていただきたいですね」

「いやいや……困ったねぇ」

敵側に転じるＰＴＡと、困ったように額に手を当てる商工会長。

――こうして、今まで燻《くすぶ》っていた問題が、盛大に爆発した。

語気荒く苦情を並べ立てる毛無《けなし》さんに、すっかり態度を硬化させたＰＴＡ。
学校側がどれだけ抑えにかかっても、その勢いは止められない。
ウチは悔しそうに歯噛《が》みしながら、俯《うつむ》く。

――このままじゃ白虎《びゃっこ》祭は。
過去数十年の歴史に、幕を下ろすことになるだろう。

白虎祭がどうやって成立したのか、今までどうやって成り立っていたのか。
そんなことを何一つ考えない、馬鹿な一介の生徒《ウチ》の横行によって。
今まで積み重ねてきた歴史が、伝統が、全て台無しになってしまうだろう。

……そして。
それを、食い止められるのは。

生徒の暴走を糺せる人物は、一人しかいないよね？

「──いい加減にしないか、日野春さん」


──そこで。

ずっと腕を組んで黙っていた塩崎《しおざき》君が、その重い口を開いた。

「先ほどから、君の独断専行は目に余る。それが本校の生徒の態度か」


──ベストタイミングだよ、塩崎君。

ウチは内心ほくそ笑みながら、表面上は不満げに口を尖《とが》らせる。

「……ウチは間違ったこと言ってないでしょ、塩崎君？」

「私に、生徒会長だろう。言葉をきちんと使うべきだ」

重々しいトーンで、ぴしゃりと断じる塩崎君。

普段をよく知るウチにとってはいつも通りのガチガチボイスだけど、お気楽フワフワなウチの話しぶりと比較すると際立ってマトモに思えるはずだ。

しんと時が止まったかのような場で、塩崎《しおざき》君は椅子から立ち上がると、おもむろに毛無《けなし》さんの方へと向き直す。

「……自治会長さん。本校の生徒が、先ほどから大変失礼しました。生徒を代表する者として、謝罪致します」

「ぬっ……」

そして、キッチリ90度でお辞儀。

塩崎君の年齢不相応に落ち着いた物腰と、ウチとは打って変わって完璧《かんぺき》な応対作法に、毛無さんが若干怯《ひる》む。

そして同時に、生徒側の代表者がいったいだれか、ということを再認識したようだ。

「彼女は、この場にいるには些《いささ》か不適格なようです。生徒会長として、しかるべき対応を取りたいと考えます」

「……然《しか》るべき対応だとぉ？」

「生徒会規則5条第4項の規定に則り、私は――」

言いながら、ちら、とウチを見て。

「――彼女の白虎祭実行委員長の解任を命じます」

ざわり、と。

周囲がざわめいた。

「か、解任……？」

「ちょっと、何それ！」

毛無さんの戸惑い混じりの声に重ねるように、ウチはすかさず非難の声を上げた。

「横暴じゃん、そんなの！」

「君に意見は求めていない。これは生徒会長の職権だ」

「だからって……！」

「異論があるならば、君も僕の解任請求《リコール》をするといい。全生徒の3分の2の合意が取れるのならば」

「……っ」

ウチは唇を噛《か》んで黙り、憮然《ぶぜん》と椅子に腰掛けた。

唐突に始まった仲間割れに、場は騒然とする。

PTA代表の二人は顔を見合わせ、商工会長はやれやれと頭を撫《な》でている。校長教頭は魂が抜けたような顔で思考放棄。

毛無さんは、怒りのやり場を失ったことで我に返った様子だった。かといって、言ってしまったことを引っ込めるわけにもいかない、という感じでムッツリ口を結んでる。

そして白虎会館《びゃっこかいかん》には、この場をどう収めるんだ、というムードが漂い始めた。

――よし。

ここまでは、概ね作戦通り。

ウチの役目は、これでおしまいだ。

そしてここからは――。

完全に、塩崎《しおざき》君の手腕にかかってるからね？

ウチはそんな意図を込めた目線を送る。

それに気づいたのか、塩崎君は重々しく息を吐いてから、話を切り出した。

「……自治会長さん。それで矛を収めていただくわけにはいきませんか。生徒一同、みな白虎祭を楽しみに思っています。彼女一人の行動でそれが失われてしまうのは、あまりに厳しい」

「……」

「白虎祭を始めたのは、共学化1期生の生徒たちだと聞きます。それから連綿と受け継がれてきた歴史を、ここで途切れさせてしまうのはいかがなものでしょうか」

「ぬ……」

ぐっ、と言葉を詰まらせて、毛無《けなし》さんが気まずそうに顔を背けた。

そう――。

第1回の白虎祭が開催されたのは、他でもない。

毛無さんたち、共学1期生の代だ。

峡西《きょうにし》の魂とも言える白虎祭は、その開催に至るまでに様々な苦労があったらしい。

今よりも遥《はる》かに厳しく凝り固まった価値観の社会情勢。共学化に伴う苦労に偏見。地域住人との度重なる軋轢《あつれき》――。

そういう苦労を乗り越えて――いや。

乗り越えるために作り上げたのが白虎祭だったんだ。

「……しかし！　謝罪されただけでは、問題が解決したことにはならない！」

毛無さんは一瞬躊躇《ちゅうちょ》する素振りを見せたが、再び語気を強めて続ける。

「私が言いたいのはだね！　とにかく今の君たちは、自分たちが遊ぶことばかりにうつつを抜かし、本来の目的をまるで無視していることだよ！」

「……」

「そもそも白虎祭は、地域との融和のために始めたものだ！　峡西とはどんな学校かを示すため、どんな場所なのかを伝え認めてもらうために始めたものだ！　だからこそ一般公開時間を設定し、開かれた学園祭にしたんだ！」

白虎《びやっこ》祭の本来の目的。その開催理念。

それはまさしく『地域ぐるみのお祭り』というものだった。

スマホどころかパソコンすらない当時、娯楽と呼べるものは極端に少なく、人々の暮らしも今以上に地域に密着したものだった。だからこそ、お祭りの御神輿《おみこし》や、夏の盆踊りというイベントが一大娯楽だったんだ。

だからこそ、地域の人にいち早く受け入れてもらうには、お祭りという形をとるのが一番だった。だからこそ白虎祭は、地域に開かれたお祭りとしての側面を強調したイベントとして成立した。

そしてその理念は、現在の峡西《きようにし》の『お祭り学校』という評判に繋《つな》がる伝統として、受け継がれている。

「なのに最近はどうかね！　地域に負担ばかりを押し付け、勝手なことばかり！」

毛無《けなし》さんはきっと、その理念をだれよりも知っている。だから今まで迷惑を被りながらも、苦言を呈しながらも、本格的に止めようとはしなかったんだと思う。

そして同時に、ただの学生のお遊び行事としての性質ばかり強調された、昨今の白虎祭を許しがたいと思うのも理解できる話だった。

「地域を蔑《ないがし》ろにしたままの開催など、到底許せるものじゃない！　問題が解消されない限りは、私は反対の姿勢を崩さないぞ！」

「……お言葉、ごもっともだと思います」

黙って耳を傾けていた塩崎《しおざき》君は、重々しく頷《うなず》いた。

「ですが」

それから力強く、繋ぎの言葉を口にして。


「私は、元々――。

その問題を解消するために、生徒会長に立候補したんです」


堂々と。

胸を張って、宣言した。


「校長先生、教頭先生はご存知ですよね。私の公約を」

「む、むぅっ……？」

「公約――」

ハッ、とした顔になる教頭先生。

「そ、そうだ！　塩崎生徒会長、確か君は、白虎祭を縮減して問題を解決したいと――」

「ええ、しかし」

が、藁《わら》にも縋《すが》るような心持ちで発せられた言葉を否定して。

「先日、学校側から『そういった改革は控えるように』とのご意見をいただき、撤回することになりました」

「ぐっ……！」

……へぇ、そう繋《つな》げるんだ。

それはいい話の運び方だよ、塩崎《しおざき》君。

狙《ねら》い通りというべきか、今度は学校側に、他の参加者からのじとりとした視線が向かう。これできっと「なんで学校が問題解決を妨害しようとしてるんだ」って印象になったことだろう。

校長教頭はたじろいで「い、いや、それは……なんというか……」とかなんとかごにょついてから黙り込む。

「恐らく先生方は『白虎《びやっこ》祭は我が校の伝統行事。その規模を縮小するなど言語道断である』と仰《おつしや》りたかったのだと思っています。今思えば、ごもっともなお話だと痛感しております」

「ぐ、むぅ……！」

おぉっ、ナイス！　フォローをする形で、ちゃっかり学校側の逃げ道を封じてる。

これで「前の発言は撤回するのでどうか教育委員会《上役》への連絡《チクリ》だけはお許しを」みたいな落とし所には持っていけなくなった。やるじゃん、塩崎君！

「……結局、何が言いたいんだね、君は」

と、そこで、いまいち意図が読めないという顔の毛無《けなし》さんが尋ねた。

塩崎君は一つ頷《うなず》いてから、配られた資料とは別の資料を取り出す。

「生徒会としては、地域の方々、並びに保護者の方々、先生方——みなさまのご意見を重く受け止めております」

そして、それを掲げるようにして示すと。

「ですので——全てのご懸念を解消できる白虎祭を考えました」

「「「——！」」」

そうして場が三度《みたび》ざわめく。

その反応を見て、ウチは俯《うつむ》きながら密かにほくそ笑んだ。

——あぁ、これは。

通ったな、と。

◆

『――このように、白虎祭《びゃっこ》はこの『公式アプリ』を通して我々生徒会が監督します』


シン、と。

場が静まり返る。

目だけで反応を窺《うかが》うと、みんな一様に口を半分開け、新しく配った資料を凝視していた。

……うん。あの時のウチたちと全く同じ反応だなぁ。

『練習時間帯、使用場所等の情報は自治会の回覧板をお借りしての情報連携、並びに、当校ホームページ上に設けた白虎祭特設ページにて、リアルタイムの情報公開を予定しております』

「「「………」」」

『このように、公式アプリを活用することにより、諸問題への対処は格段に容易となり、改善が見込めるものと思っております――方針説明は以上です。ご静聴ありがとうございました』

塩崎《しおざき》君が礼をしてマイクを置いたけど、みんなまだ理解が追いついていないのか、拍手の音は響かなかった。

「君たちは……どうやってこんな、ご大層なものを」

毛無《けなし》さんは、怒気をすっかりどこかへ飛ばしてしまった顔で呆然《ぼうぜん》と呟《つぶや》く。

「保護者の方に、ＩＴの専門家がおります。本件のご相談に伺ったところ、『よりよい学校作りに協力できるなら』と快くご協力いただきました」

ちなみにこれは、耕平《こうへい》君に「製作者の人に挨拶《あいさつ》くらいさせてほしい」とお願いして会わせてもらった時の話だ。

まぁまさか、上野原《うえのはら》ちゃんのお父さんが出てくるとは思わなかったけどね……ほんと彼女にそっくりって感じで、理知的でダンディなおじさんだったなぁ。

続いて塩崎君は、校長教頭の方へ顔を向けた。

「いかがでしょうか。校長先生、教頭先生」

「ぬ、ぬぅ……」

「……い、いや、しかし！」

クイクイ、と眼鏡《めがね》を持ち上げながら、教頭先生が声を上げた。

「スマートフォンアプリなんて代物、前代未聞でしょう！　学校現場で使用するのはあまりにリスクが大きい！　そもそもこんな勝手な試みが上に知られたら、また目をつけ――」

そこまで言いかけて、はっと黙り込む教頭先生。つい口を滑らせ保身《ほんね》を喋《しゃべ》っちゃうあたり、だいぶ動揺してるらしい。

一方、塩崎君は淡々と答える。

「いえ、他県にはなりますが、似たような事例があります。一例をあげますと『文化祭アプリによるインタラクティブ体験の提供』や『地域に開かれた学校祭運営のためのナビゲーションアプリの導入』など。いずれも来場者向け施作ではありますが」

「そ、そんな事例が……いや、コホン、無論のこと、存じてはいましたよ！　しかしね、それは君たちの出してきたものとはまったく性質が違うじゃないですか」

「ええ、我々のアプリはごく内部的なもので、事務処理の円滑化が主な用途となっております」

「ならば――」

「ですので、先行事例よりもさらに使用リスクは低い、と判断しております」

「ん、んん……っ」

……うん、流石《さすが》に微動だにもしないね。

そりゃ、ウチが第二生徒会で散々難癖つけてきたからねー。この程度のツッコミじゃビクともしないはずだよ。

「それに、導入の理念としては先の事例と食い違いません。いずれも目的は『地域社会との融和』であり『開かれた学校祭』を推進するためのものです」

「ぐ……っ」

「――」

「その理念こそまさに、今まで連綿と積み重ねてきた白虎祭《びゃっこ》そのもの。だからこそ生徒会は、ＩＴを活用することで諸問題への対処を試みると同時に、伝統的な我が校の歩みを最大限尊重したいと、そう考えております」

「………っ」

「――」

ついに教頭先生は沈黙し、毛無《けなし》さんは腕を組んで目を瞑《つむ》った。

そうして、みんなが再び黙ったところで、塩崎《しおざき》君は――。

「以上が我々、第42期生徒会執行部による『白虎祭』の提案となります。ご理解の上、ご協力いただきたく、お願い申し上げます」

最後にもう一度、深々と腰を負って頭を下げたのだった。

――。

――……。

沈黙が、白虎会館を包む。

そして――すぐに。

その静寂を、切り拓くように。

……ぱち。

ぱち、ぱち――。

「……いやぁ、これはすごい」

拍手とともに、最初に口火を切ったのは、商工会長さんだった。

「毛無《けなし》さん、こりゃすごい代物だよ。今年の峡西《きょうにし》はすごいねぇ」

「――」

「峡日新聞の一面ものだ。いやはや、これは話題になるぞぉ」

うきうきと楽しげに笑いながら資料を置いて、商工会長さんが塩崎《しおざき》君の方を見る。

「商工会は全面的に応援しますよ。このアプリなんて、ぜひウチにも一枚噛《か》ませてほしいくらいだ」

「……ありがとうございます」

続けて逆サイドから「ふぅ……」と息を漏らす音。

「――PTAとしては、問題が解消されるのでしたら開催に異論はありません。活動状況の情報公開はこちらとしても助かりますし」

「ご理解、感謝します」

そして、少しだけ時間を置いて――。

「――塩崎生徒会長」

「はい」

毛無さんがゆっくりと腕を解《ほど》いて目を見開き、静かに語り始め。

「……君が生徒会長であることを、峡西ＯＢとして誇りに思う」

そして、うむ、と。

深く、頷《うなず》いて。

「先ほどの発言は撤回する。

――君たちが誠意を見せてくれるのなら、自治会は協力を約束しましょう」

――その言葉を聞いて、ウチは。

完全勝利を、確信した。

「き、教頭先生……」

「ぐ、ぬ、むぅ……！」

最後に残ったのは、やっぱりダメな大人二人。

一同の視線が、学校側《そちら》に注がれたタイミングで——。

「——では、議決とさせていただきまぁす」

十島先生《さいばんちょう》の、審判が下る。

「第42期白虎祭《びゃっこ》——生徒会案での開催に賛成の方は、拍手をお願いします」

パチ、パチ。

パチパチパチパチ——！

「——というわけで。よろしいですかぁ？　校長、教頭？」

「「――……」」

その拍手の波に、押されるように。

校長は背に腹は代えられぬといった顔で、絞り出すように、言った。

――それでは、生徒会の方針を、全面的に採用ということで――。

◆

白虎会館を出たウチたちは、足早に生徒会室に戻る。

がらら、と懐かしのドアの音を響かせながら部屋に入り、やっとそこで人心地だ。

「いやー、うまくいったうまくいった！　お疲れさま、塩崎《しおざき》君！」

「……本当に、肝が冷えた。寿命が縮まる思いだったぞ、僕は」

会長用の椅子に腰かけるなり、溜まりに溜まったストレスを吐き出すように大きく息を吐く塩崎君。

「そう？　全然そんな風には見えなかったけど」

「……今日ばかりはこの顔に感謝だな……」

違いないね、とウチは笑って返した。

塩崎《しおざき》君は背もたれから身を起こしてから言う。

「しかし……先生方の態度の落差がなんとも、という感じだったな」

「校長、教頭の手のひら返しすごかったからなぁ」

アプリが他の参加者から好評だったのもあるんだろうけど、塩崎君を「近年稀《まれ》に見る優秀な生徒会長」とか「我が校の誇り」とか褒めちぎってたし。その上で「全面的にサポートする」ってところまで振り切ってくれたのは、こっちとしてもラッキーだったけどね。

ウチは笑いながら、冗談半分で言い返す。

「反面、ウチに対してはとんでもなく冷たい視線を飛ばしてきてたけどねー」

「……本当に、日野春《ひのはる》が悪役を買って出る必要はあったのか?」

が、冗談に聞こえなかったのか、塩崎君は声のトーンを落として言う。

「あえて自治会長さんを挑発して問題を大きくしなくとも……正面から理を説けば、みな納得してくれたんじゃないか」

「あぁ、ダメダメ。それじゃ受け入れてなんてくれないよ」

「なぜだ?」

ウチはすぐに否定する。

「んー、それはね——」

「逃げ道がそれしかない状況でしか確実に案を通す方法はない――とでも考えたんでしょう、まったく小賢しい」

突然、背後から聞き慣れたダミ声が響いて、ウチは思わず「ひぇっ」と声を漏らした。

「……十島《とおしま》先生？」

「あ、お、おつかれさまでーす！」

塩崎君の言葉と同時に振り向くと、見るからに不機嫌そうな顔の十島先生《さいばんちょう》がプリント束を抱《かか》えて立っていた。

そのままツカツカと中へ入ってくると、束の中から学校長の承認印の入った提案書を一枚取り出して塩崎君に渡す。

「まず前提として、学校側はどんな改革案も認めるつもりはありませんでした。なぜなら、生徒会の提案をそのまま受け入れて失敗した場合、その責任は全て学校側に降りかかるからです」

「む……」

「会議で何を言われても生徒側のワガママという形に落ち着け、列席の方々には変化に伴うリスクだけを強調し、うやむやのまま終わらせる。それが学校長の方針です」

不機嫌顔のまま、朗々と語る十島先生。

「しかし、ああまで問題を大きくされてしまっては、現状維持など叶《かな》うはずもない。どうにか事を穏便に収める方法を考えざるを得ない」

「……」

「そこへ、全てを丸く収められる案を持ちかけられれば、受け入れを考慮する他ありません。幸い、生徒会長の提案は受けもよく、列席者を納得させる意味でも学校側への批判を躱《かわ》す意味でも、採用には益がある。なら保身に長《た》けた今の本校上層部は、必ず掌《てのひら》を返してくるに違いない——と、違いますかぁ、日野春《ひのはる》ぅ？」

ぎょろり、蛇のような目で睨《にら》まれた。

あー、やっぱりバッチリ見抜かれてたかぁ……まぁ、でなきゃ黙ってウチに好き放題させたりしないよね。

ウチはパチンと額を叩《たた》き、てへへーと笑いながら塩崎《しおざき》君に言う。

「……と、いうわけでした。ま、中学《まえ》の時よりはうまくできたかなー」

「調子に乗るんじゃありません。全く褒めてなんていませんからねぇ？」

横から十島《とおしま》先生にそうハッキリ断じられ、厳しい口調のまま告げられる。

「あなた、内申点に期待はしないことですねぇ。校内推薦なんて絶ぇっ対に出しませんから」

「あはは……」

まぁ、それは当然そうだろうなぁ……。

ウチが「いやぁ、受験勉強頑張らなきゃなー」とかなんとか言っていると、抱《かか》えていたプリント束がズドンと目の前に落とされた。

「うおっと……え、なんですこれ？」

「会議を荒らしたペナルティに決まってるでしょう。白虎祭《びゃっこ》までにやって提出しなさぁい」

「え、ええー……」

なんか『現代文・過去問題集10年分』とか書いてあるんだけど……。

ウチがペラペラとページを捲《めく》りながらげんなりしてると、十島先生はふんと鼻を鳴らして振り返る。

「実行委員じゃなくなって暇でしょうからねぇ。せいぜい受験に失敗しないよう勉強しときなさぁい」

「……そういう愛情はいらないんだけどなぁ」

「なんですかぁ？　まだ足りないんですかぁ？」

「いいえ結構です！　はいお疲れさまでしたー！」

背中を押して部屋からピシャリと締め出して、ウチはハァとため息をついた。

一連のやりとりを眺めていた塩崎君が、呆《あき》れたように「ふっ」と吹き出した。

「笑い事じゃないよもー」

「いや、すまない。なかなか僕が勝てないわけだ、と思ってな。度胸も経験も違いすぎる」

「ふふん、すごいでしょ！　せめていっぱい褒めて！」
「将来は政治家になるべきだ。間違いなく日野春《ひのはる》の天職だろう」
「わーい……って、ん？　政治家が天職って、褒められてる気がしないのはウチだけ……？」
そう言って、ウチたちは二人して笑った。

——こうして、ウチの戦いは終わった。

学校側に目をつけられちゃったり、課題地獄になっちゃったりはしたけど……。

気分はすごい、晴れやかだ。

だってこれが、ウチだから。
これがウチにできることを、ウチがやりたいようにやり切った、その結果だから。

だから——。

「……これでいいんだよね、耕平《こうへい》君？」

――君の期待通り。
バッチリやってやったよ、耕平君。
これで、ちょっとくらいは――。
ウチのことも、見てくれるよね？

本編　始動

Who decided that I can't do romantic comedy in reality?

「——失礼しました」

がらら、ぴしゃん。

私は一人、職員室を出るなり、重苦しい息を吐いた。

夏休み、最終日。

最後の静けさに包まれた無人の廊下を歩きながら、私は考える。

テニス部の先生《じょうほうげん》に探りを入れたところによると、先日、白虎《びゃっこ》会館で行われた会議で大立ち回りが繰り広げられ、生徒会側の改革案が通ることになったとか。

その当時の状況を聞いて私は、準備しておいた『壁』が、幸《さち》先輩の力を借りた長坂《ながさか》くんに突き破られたのだ、と理解した。

——学校の中で〝普通〟じゃないことが起こった場合。

真っ先にそれを正そうとするのは学校であり、先生だ。

基本的に先生たちは、生徒の言うことを真に受けない。生徒は子どもで、よく間違う存在であり、教師とはそれを導く者だという前提があるから。

だから何かを判断する時は、必ず教育者としての〝常識〟というフィルターを通してから判断する。

例えば「いじめは問答無用で悪いこと」とか「被害者の生徒の味方にならなくてはならない」とか。あとは「生徒の起こした問題には毅然《きぜん》と対応するのが正しい教育」みたいな、教育理念も含まれる。

たとえ〝みんな〟は悪くないのだと必死に説明しても、悪いのはただ一人だけだとひたすらに説いても、すべて〝常識《それ》〟を通して判断するせいで「無理やり言わされてるに違いない」とかとんちんかんな発想になってしまう。

そして学校の中にいる限り、その〝常識《ぜんてい》〟が覆《くつがえ》ることはない。どころか、疑う機会すらない。

そうやって、固定化した〝常識《ふつう》〟によってのみ動くのが先生たちである、と。

私は、中学の経験《かこ》から、知っていた。

だから私は——。

先生たちの〝常識《ふつう》〟を利用して、〝普通〟じゃない動きへの『壁』にしようと考えた。

特定の個人に対する働きかけはともかく、学校全体や行事に働きかけをしようとした時には、必ず集団や組織の力が必要になる。

そして、生徒の立場で学校とやり合える組織が生徒会。つまり学校規模で〝普通〟じゃない働きかけをするには、生徒会に頼る必要があるってことだ。

だから私は、先んじて『今の生徒会は風紀を乱す行動をとる』という情報を広め、先生たちの警戒心を高めておいた。幸《さち》先輩と最初に接点を持った、初期の初期から。

もちろん私が直接意見したって先生たちには響かない。だから、その情報を、出どころのわからない『噂』という形に加工して、知らず知らずのうちに耳に入るようにしたんだ。

顧問の先生のように生徒に近い立ち位置の先生から順に、日々の雑談の中に織り交ぜて少しずつ少しずつ。おしゃべり好きな生徒たちの力も借りながら、多方面で同時に。

そうしていくうちに、それは職員室のお昼の話題に上り、果てには校長先生や教頭先生といった最終決定権を持つトップ層にも届く。

そして作られた土台の上に、生徒会長の急進的な公約、幸先輩の破天荒な行動など〝常識《ふつう》〟に反した行動が重なったことで『噂《うわさ》』の信憑性《しんぴょうせい》は増していき――。

結果、生徒会選挙の時にはもう『生徒会を野放しにしては学校運営に支障が出る』という共通認識を作ることに成功していた。

特に、元来〝常識〟との親和性が高い校長先生や教頭先生は、生徒会《かれら》に対して一際強硬な姿勢を取るようになっていたはずだ。

……。

……でも。

「……幸《さち》先輩が、そこまで無茶をするなんて」

まさか、学校の外から力を呼び込んできて〝常識《ふつう》〟を打ち砕くなんてやり方でくるとは思わなかった。しかも自分をスケープゴート《わるもの》にして問題を炎上させて、その余波を学校側にぶつけようだとか……無茶苦茶に過ぎる。

方法自体は、長坂《ながさか》くんが清掃活動《あゆみ》の時にやったやり方と似ていた。

ただ今回のは賭《かけ》の要素が大きすぎるし、失敗した時の実害は桁《けた》違いに大きい。それこそ、うまくいかなきゃ何もかも再起不能になるくらいハイリスクなやり方だ。

私なら絶対にそんなリスクは冒せないし、万全を期すタイプの長坂くんだって無理だろう。

そもそも、こんなやり方じゃ――。

幸先輩《じぶん》が一人だけ、救われずに終わってしまうじゃないか。

「本当に……馬鹿ですよ、先輩は」


ギリ、と。

歯を噛《か》み締める。


……言うなれば、これは捨て身の自爆技だ。

その立ち回りのせいで、幸先輩に対する先生たちの評価はガクンと下がった。きっと素行不良の生徒として、内申点にも影響するだろう。

来年には大学受験もあるっていうのに、本当にそれで大丈夫なんだろうか。

後になって「馬鹿なことをした」って、後悔することになるんじゃないだろうか。

……それに、きっと。

他のだれよりも頑張ったに違いない、幸先輩が——。

一人だけ、笑えなくなってしまうんじゃないだろうか。


「そんなのは、間違ってて——」

――はた、と。
不意に漏れた自分の言葉で。
足が、止まる。
――。
――……。
それを、否定していいんだろうか？
私が、それを、否定していいんだろうか？
「――」
……。
……いや、違う。
そのやり方は、間違って……ない。
先輩は、きっと――。

自分のことより、長坂《ながさか》くんのことを考えたんだ。
彼に笑ってもらうために、自分を犠牲にしたんだ。

他の人の笑顔のために、やったことなのだとしたら――。
それが間違っている、はずがない。

「……つまり、だ」

今回はリスクを取って、一か八かの賭《かけ》に出た幸《さち》先輩が、その賭に勝った。
〝常識《わたし》〟はただ、それを予想しきれずに、突き破られた。
それが結論だ。

……。

………。

でも。

「先輩が、大立ち回りをしてくれたおかげで——見えてきました」

私は、最初から。

先輩を止めるつもりなんて、ない。

長坂《ながさか》くんの側に幸《さち》先輩がいる時点で、半端な防御は意味がないだろうと思っていた。全力を出した幸先輩は長坂くんよりも突破力が強いし、学校側とやり合うのなら、彼女以上の適任者はいないだろうから。

だから先生たちの『壁』だけで押し止《とど》められるなんて、最初から思ってなくて。

私の目的は、終始たった一つだけ。

先輩たちの行動を通して、長坂くんの目的を読み取ること。それだけだ。

「学校をまるごと巻き込んで〝理想《さいこう》〟の学園祭を作り上げてやろう——それが君の目的だよね、長坂くん?」

かつてなく大胆で大規模な介入、特異な飛び道具、異質な彼のやり口——。

総合的に見て、それこそが最終目的と見て間違いないだろう。

「『白虎《びゃっこ》祭公式アプリ』っていうのは、土台を盤石にするための礎、ってところかな……」

私は自分に語りかけるように呟《つぶや》きながら、思考を深めていく。

……何事も、準備を万端に整えてから動くのが長坂くんのやり方。

元々、学園祭にまつわる問題は多かったらしいから、万が一にも開催自体できなくなってしまうって状況を予《あらかじ》め防止しようとした。そのための一手として考えたのが『公式アプリ』って飛び道具だったんだろう。

相変わらず〝普通〟じゃない発想だけど、彩乃《あやの》が協力してるのならわからない話でもない。彼女の親御さんが凄腕《すごうで》のSEだ、ってことは以前聞いて知っていたし。

彩乃経由でお願いして作ってもらったものを、生徒会長と幸先輩の力で押し通した、っていうのが事の真相と見て間違いないだろう。

いずれにせよ、学校に公認されてしまった以上、アプリをどうこうすることはできない。

それよりも場を整えた長坂くんが、次に何をするか、だ。

「──クラス企画、だな」

手持ちの情報から、私はそう直感する。

予めあゆみグループに根回しして味方につけたのは、きっとその人数ゆえだろう。大方、多数決にもつれ込んだりした時に、その数の利を生かして企画を通そうとでも考えたんだ。

なら――。

叩《たた》くとしたら、その時だ。

「長坂《ながさか》くんの弱点は……突発的なトラブル」

それは今までの彼を見ていれば自ずとわかることだ。

だからこそ私は、いつだって彼の思考の裏をかくように動いてきたし、予想外の選挙結果で不安定になっていた彼に真相《かこ》を話して、その意思を折ろうと考えた。

今回もまた、同じように。

彼が予想だにしない動きでもって、攻めるべき。

「そして何より……今回は、彼の外側に大きな弱点がある」

これまでの長坂くんは、何かの準備をする時、ひっそりと独自に動くことが多かった。

それに協力するのは彩乃《あやの》くらいなもので、他の人に何かをすることはあっても、他の人と何かをすることはなかったはずだ。

なのに今回は、縁のある人に手当たり次第協力を呼びかけている。

生徒会長と幸《さち》先輩は言うまでもなく、あゆみと、あゆみグループのクラスメイト――たぶんだけど、鳥沢《とりさわ》くんや常葉《ときわ》くんにも声がかかる、ないしは、もうかけているはず。

その異質なやり口を選んだ理由は、いったいなぜか？

「わかりきってる。今回は彼の独力じゃどうにもならないから、協力者を集めてるんだ」

自分だけじゃ絶対に実現できない規模の介入。だからこそ仲間を集めて、適材適所に配置して、準備を整えているに違いないのだから。

つまり、翻《ひるがえ》って考えれば——。

「協力者たちのだれかが、諦めてしまえば——彼の目論見は崩れ去る」

彼を止めなければ止まらなかった、これまでと違って。

彼以外のだれかを止めればそれでおしまい、ということだ。

「だとしたら……難しいことじゃないよね」

彼一人を抑えることよりも、他の〝みんな〟を抑えることの方が。

きっとずっと、簡単な話だろう。

だって——。

「彼以外の〝みんな〟は——〝普通〟の人だから」

〝みんな〟彼に唆《そそのか》されて、勘違いしているだけで。

だれもかれも〝普通〟の高校生なんだから。


「なら、やることは一つだ」


ただ、目を覚まさせてあげるだけでいい。

その先に、どれだけの苦難が待っているのか、どれだけの最悪が待っているのか。

その現実を、教えてあげるだけでいい。

そう――。

〝普通〟の人はみんな、辛いことから目を背けたがるものだから。

〝普通〟の人はみんな、嫌なことを我慢するより諦めた方がいいと思うから。

〝普通〟の人はみんな、そこそこの結果が得られるのであれば、それで満足なのだから。


そして、それが。

そうすることだけが。

〝普通〟の〝みんな〟が、笑うことのできる――。

唯一の方法、なのだから。

「なら……」

――そうしない理由は、ないよね？

群像劇Ⅰ　アンブッシュVSアンブッシュ

Who decided that I can't do romantic comedy in reality?

【長坂耕平《ながさかこうへい》】

長きにわたる酷暑が終わり、なんとか普通の夏くらいの暑さになった、9月。
久々のホームルームでみんなとの挨拶《あいさつ》を終え、体育館に集まっての始業式。
そこで早々、生徒会による白虎祭《びゃっこ》の説明が行われた。

『──以上が本年度の白虎祭の運営方針です。公式アプリについては後々生徒会にて各クラスに詳細の説明に伺いますので、それまでに手元資料からダウンロードを──』

壇上では塩崎《しおざき》先輩が方針説明を行っている。
なんとなくだが、夏休み前よりも迫力があるというか、堂々とした振る舞いに見えた。
説明が庶務連絡に移ったのを確認してから、俺はここまでの状況を整理する。

──先輩たちは、見事に信頼に応えてくれた。

それどころか、学校側の全面バックアップまで得られたというのだから、予想以上の成果といっていいだろう。

話によると、幸《さち》さんがかなり盛大にぶちかましたみたいで、そっちの後処理の方が大変だったらしい。「因果応報天罰覿面《いんがおうほうてんばつてきめん》！」なんてメッセージとともに、小脇に問題集の束を抱《かか》えテヘペロする幸さんの自撮りが届いた時にお察しした。今度全力でお詫びします。合掌。

アプリの方も、なんとか今日までにリリースが間に合った。バグ取りやコアモジュールの学習は継続中だが、一応みんなが使っても大丈夫なレベルにはあるらしい。

まぁそれでも終盤の上野原《うえのはら》父娘は、眠眠突破やらモンエネやらを無限投入して乗り切ったらしいけどな……。差し入れとして『極《きわみ》・晴信餅』を箱でお送りしておきました。合掌。

塩崎先輩が降壇し、閉会となった体育館は、どこか浮き足立ったざわつきに包まれている。

退館は出口付近の3年生から順番なので、俺たち1年はしばらくその場で待機だ。ざっと見た感じ、みんな一様に自分のスマホに目を落としているようだった。

「はー……いや、峡西《きょうにし》ってやっぱスゴイんすねぇ。学祭のためにアプリまで作るなんて、流石《さすが》すぎますわ」

隣に座っていた穴山《あなやま》も、早速アプリをダウンロードして使っているらしい。

「……どんな感じ？　ちゃんと動く？」

つい気になって画面を覗《のぞ》き込む俺。

もちろんちゃんと実機テストもしてるけど一応ね、一応。

「てか下手なアプリよりもよっぽど軽いっすよこれ。UIもシンプルで使いやすいし」

「おぉ、それはよかった！」

「よかったって、なんで師匠が喜んでるんすか……？」

ちなみに、UI《そこ》は上野原《うえのはら》が全面的に担当したらしい。もちろん俺の手柄じゃないが「ふふん、うちの〝共犯者《子》〟ってすごいでしょう？」って誇りたい気分。

「へぇ、予《あらかじ》めクラス単位のグループチャットなんてのも用意されてるんすね？　打ち合わせとかここでやれ、みたいな？」

「各種予約システムとも連携できるからな。スケジュールとかリマインダーの設定もできるし、いちいち色んなアプリ使わなくていいからすげー楽だぞ」

「ふ、ふぅん……」

「ボイチャ機能もついてるしなぁ。あ、ちなみに、ボイス入力で『ハロー、KOH《コー》ちゃん！今日の運勢教えて！』とか話しかけると占いボットが答えてくれるぞ」

「……あの、師匠、やけに詳しくない？　なんでそんな色々知ってるんすか……？」

「なんでもは知らないよ。知ってることだけ」

「うわ、めっちゃ自然に名言挟んでくるやん」

オタクなら絶対反応しちゃうワードでさりげなく誤魔化しながら、周囲を見回す。

「確かに申請とかアプリでできるとめっちゃ便利だよなー」「わかる。書類とか書くのめんどいもんな」「うわっ、この占いめっちゃ当たるし！」「そういやナル、占いめっちゃ好きだったっけ？」「スケジュール機能って練習時間の割り振りまで見れちゃうの!?」「……ほんとだ。吹部の練習場所まで細かく登録されてる……」「あはは、コレ見れば荊沢《ばらさわ》ちゃんがいつどこにいるか全部わかっちゃうねー」

うん……ざっと見た感じ、トラブルとか不評の声は出てなさそうかな。ほっと一安心だ。

「つーかバスケ部、キワッキワまで練習入ってね？」「うわー、学祭中でも容赦ねーなー」

「そーなんだよなー。こんなんでクラスの仕事とかできるのかなー……」

……と。

少し離れたところにいる常葉《ときわ》が目に入った。

周囲のクラスメイトと談笑するその姿は、一見いつも通りに見える。


——あの合宿の日から。

俺たちの間には、透明な壁のようなものができてしまったように思う。

会話できないほどじゃないけど、やっぱりどこかぎこちなくて。お互いがお互い気を遣い合っているような、そんな距離感だ。

……今回の〝イベント〟がうまくいきさえすれば、これまでのように。

いや、きっとこれまで以上に、仲良くやれるはずだ。

それを信じて、今はただできることを、できる限り頑張ろう。


俺は決意を新たにして、密かに拳《こぶし》を握り締める。

とにかく今日は、なんとしてもクラス企画を通さないとな……。

鳥沢《とりさわ》には事前に企画趣旨を伝えて協力をお願いしてあるし、あとは勝沼《かつぬま》グループが事前合意通りに盛り上げてくれれば、過半数は確保できる。

余裕を見るのであればもう少し味方を作っておきたかったが、これ以上おおっぴらに動くと清里《きよさと》さんに勘付かれる確率が上がる。上野原《うえのはら》も「これがギリのライン」って言ってたし、多少のリスクは許容せざるをえない。

と、ちょうどそんなことを思っていた時——。


「——」


ふと。

本人と、目が合った。

「……清里さん」

「うん？　芽衣《めい》ちゃんさん？」

俺の呟《つぶや》きに穴山《あなやま》が反応し、顔を上げる。

そして同じく清里さんと目が合ったらしく、ぺこりと頭を下げた。

清里さんは、いつもの顔で笑って小さく手を振って返し、すぐに正面を向き直す。

「うーん、相変わらずの反則的美少女……彼女見てると『実は二次元ってリアルにも存在するのでは？』とか勘違いしちゃいそうになりますよね」

頬《ほお》を緩《ゆる》める穴山を横目に、俺は考える。


――清里さん。

今、君がどういう気持ちでいるのかは、わからないけど。

でも、俺は、必ず――。


「……」

「師匠？　聞いてます？」

「あぁ、うん。まぁ、世界はラブコメに満ちているからな」

「いや、そこまでは言ってないっす。そう思うのは師匠がラブコメばっか読んでるからっす」

「確かに今のノルマは一日最低5ラブコメだし、無理からぬ話だなぁ……」

「いや、おかしい。ラブコメにノルマとかない。てかもうラブコメと名のつくもの全部読む勢いで草」

草しながらも若干引き気味な穴山《あなやま》をよそに、俺はこれからの〝シナリオ〟に思いを馳《は》せた。

◆

教室に戻った後はＬＨＲ。本格的な授業の開始は明日からで、今日の残りの時間は全て後期のクラス運営に充てられることになっていた。

席替えやクラス委員の選出もしなくちゃならないが、主眼はもちろん、白虎《びやっこ》祭の模擬店、クラス企画の出し物をどうするかの会議である。


──ザワザワ！　ザワザワ！

十島《トシキヨー》先生が事務連絡を終え、俺に仕切りを任せて去った後の教室は、いつも以上にざわめいていた。

「えー、みなさんいいですかー！　まず聞いてくださーい！」

そう声を張りあげて注意を促すが、みんななかなか黙ってくれない。

「夏休みどうだった？」「んー、まぁ普通？」「もう明日から授業かよーだるー」「てか白虎祭って何やんの？」「てか準備で放課後潰《つぶ》れるってマジ？」「課題まだ終わってねー」「トシキョーに殺されるぞそれ」「授業と同時に学祭準備ってキツすぎでしょー」

「えー、お静かに！　お静かにー！」

「それよかさぁ、マジメにやんねーと先輩らにめっちゃキレられるらしいよ？」「えー、怖くない？」「そうやって強制されると萎《な》えるよなぁ」「噂《うわさ》だけど、今年の学祭って監視がキビシくなるみたいよ」「監視ってなんの？」「生徒会が先生と結託してルール違反の見回りするんだって」「しかも見つかるとペナルティで減点とかあるんだってなー」「ってことは夜練ムリって感じ？　部活やってるヤツが参加すんの無理じゃねー？」

「傾注、傾注ー！」

パン、パン！

強く手を叩《たた》き、それでやっと黙ってくれた。

はぁ……みんなやけに落ち着きがないな。

夏休みボケもあるだろうし、何より今さっき白虎祭の話を派手派手しくされたばかりだ。ある程度浮き足立つことは想定してたけど……。

若干の違和感を感じつつも、ひとまず俺は〝シナリオ〟通りに話を進めることにする。

「えー……みなさん、白虎祭《びゃっこ》について色々思うところあるでしょうが、その前に後期の学級委員について決めなくちゃいけません」

言ってから、ぐるりと周りを見回した。

「というわけで、だれか立候補する人はいますか？」

「えー？　委員長がそのまま委員長でよくない？」

と、玉幡《たまはた》さんがさらっと言う。

「そうそう、ぴったりだし！」「ぶっちゃけメンドイし」「いや正直か」「委員長じゃない委員長とかだれって感じ？」「いいから早く進めろよー」

やいのやいのと、みんな続々と賛成を表明してくれる。

念のため、目だけで教室全体を見回す。

いつも通り目立つ気はないらしい清里《きよさと》さん、同じく黙って成り行きを見守っている鳥沢《とりさわ》、若干気まずげな顔の常葉《ときわ》、落ち着かなそうに足を組み目を泳がせる勝沼《かつぬま》——。

ふむ……。

なら、先に進めるか。

俺は頷《うなず》いてから口を開く。

「えー、じゃあこのまま——」

「んじゃさ！　白虎祭の出し物決めちまわね!?」

と、ハイテンションな井出《いで》がハイハイ手を挙げながら割り込んできた。

……ちょい食い気味なスタートだけど、まぁいいか。

「とりあえず模擬店はやきそば屋台がいいと思うわ！　儲《もう》かるらしいし！」

「さんせー！」「いいと思うー！」「屋台のやきそばってうまいよなー」

すかさずそれに乗っかる勝沼グループの面々。

よし、よかった。ちゃんとみんな事前合意通りに動いてくれそうだ。

俺はしばらく待ってから、他の意見が出ないかを観察する。

「やきそばって地味じゃね……？」「変に凝ったヤツよりはよくない？」「まぁ楽そうではあるよな」「イズミ的には？　どう思う？」「あたしは別になんでも」「まぁ食に関しちゃ質より量だもんなぁ、小泉《こいずみ》」「おい何か言ったか？」

ちょいちょい懐疑的な意見はありつつも、全体的に印象は悪くなさそうだな……。

それから表立って反対を表明する人はおらず、他の案を出してくる人もいなかった。

ならサクッと議決通しちゃおう。本命はこの後だし。

「じゃあ模擬店はやきそば屋台でＯＫって人――」

「んで、クラス企画の方はさ『ドキュメンタリー動画』とかどうよ!?」

って、うぉい井出！　さっきから先走って提案すんな！

微妙に〝シナリオ〟からズレて戸惑う俺をよそに、事情を知らないクラスメイトたちが不思議そうに首を傾《かし》げている。

「おい井出《いで》。何その『ドキュメンタリー動画』って」

小泉《こいずみ》さんが訝《いぶか》しそうな顔でそう尋ねた。

「ほらなんつーかさ、展示ってそもそも地味じゃん？　だからせめて派手なことやりたいってか、そのためには今までにないことやった方が盛り上がるっつーか。だからみんなで『ドキュメンタリー動画』撮ってそれを展示にしたらどうか、って話！」

「いや、全然わかんないっつの。あんた説明下手すぎ」

と、あまりに要領を得ない説明に顔を顰《しか》めている。

ま、まぁいいや……ここから〝シナリオ〟に話を戻そう。

「あー、小泉さん。俺から説明するよ」

「……委員長？　あんた内容知ってんの？」

俺は頷《うなず》いてから続ける。

「『ドキュメンタリー動画』って言うとわかりにくいかもだけど、言い換えるならメ、メイキ、キ、ング、動画が近いかな」

「メイキング……？　映画のＤＶＤについてるような？」

「それそれ」

そう――。

「白虎祭の準備過程そのものを映像に撮って展示物として上映する――それが『ドキュメンタリー動画』って企画の趣旨だよ」

それは、すなわち。

普通なら決して表に出ることのない、舞台裏の人間ドラマにスポットを当てるための〝真・ラブコメ実現兵器〟であった。

「白虎《びゃっこ》祭の準備ってさ。毎年、何かしらのドラマが生まれるらしいんだよね」

曰く『留学生との別れを目前に控えた、最後のダンスステージ』とか『クラス派閥同士の激突、汗と涙の末の一致団結』とか『叶《かな》わなかった恋、再び』とか。

そんな〝サブタイトル〟が付くような物語《ストーリー》が、密かに繰り広げられているのだ。

「そういうのをスマホで撮って、ノンフィクションのドキュメンタリー作品に編集して展示物にしちゃおう、ってそういう話」

テレビ番組でいえば『プロフェッショナル仕事の流儀』とか『情熱大陸』のイメージが近いだろう。人間ドラマを主眼にした動画作品、ってことだ。

「それって自分たちを撮んの？」

フラットな表情の小泉《こいずみ》さんが再び尋ねてくる。

今のところ賛否どっちでもない、って感じだな。

「やるからには他クラスとか、いっそ他学年にも潜入してみたいよね。当然撮影許可はいるだろうけど」

ちなみに、同じ縦割りチームの先輩クラスには非公式ながら了解をもらっている。俺たちの成績が総合優勝に関わるわけだから、積極的に手伝ってくれるはずだ。

「まぁ、そういうのに映りたくないって人もいるだろうし、編集作業は必須だけど。だから企画の準備っていうのは、撮影班と動画編集班とに分かれて作業してく感じになると思う」

「撮った動画は？　まさかネットにアップ？」

「流石《さすが》にそれは問題あるだろうから、白虎祭《びやっこ》の当日、教室に上映ブース作って流すだけにしとくといいかな」

それなら新聞部がやっていることと大して変わらない。外部公開ナシ、って扱いなら撮影に同意してくれる人も増えるだろうしな。

質問を繰り返してた小泉さんも納得できたのか、周りの面々と「まぁ……なら悪くないか」「あんま手間かからなそうだしね」なんて風に話している。

ざわざわと、クラスも再び騒がしくなってきた。

ひとまずここまでは〝シナリオ〟通り。模擬店と同じく、他に意見が出そうな感じでもないけど……このまま議決に入って大丈夫か？

俺はみんなの反応に耳をすませ、様子を窺《うかが》うことにする。

「なっ、面白そうじゃね!?」「まぁ確かに……」「元々クラス展示ってなにやればいいのって思ってたしね」「代案出せ、って言われても特にないしなぁ」「もうそれでよくね？」「動画編集とかちょい楽しそうだよな」「まぁわかる。ＹｕｕＴｕｂｅｒ《ユウツーバー》気分よな」「……でもさぁ、学祭ってあんま無茶しない方がいいみたいだよ」「うん？　どうして？」「なんか悪い噂聞いたんだよね」

……む？

概ね好感触な反応の中に、気になる発言が紛れ込んでいることに気づく。

発言者は女子バスケ部の徳行《とくぎょう》さんだ。

「ちょっと待った。……徳行さん、悪い噂《うわさ》って？」

徳行さんは肩を竦《すく》めてから、答える。

「学祭で変わったことすると先生に目を付けられる――って、そういう『噂』」

は……？

全く聞き覚えのない情報《はつげん》に、俺は目を丸くした。

「そ、そんな話どこで……？」

「部活の先輩」

……部活？　バスケ部ってことか？

「……そういや俺も聞いたかも」「あれでしょ？　ステージパフォーマンスのライブ配信したらめっちゃ怒られたっていう『噂《うわさ》』」「練習風景じゃなかったっけ？　学内映ってたのがアウトとかいう『噂』じゃ」「TikTork《ティックトーク》にアップしただけで停学になったって『噂』もあるよね」「えっ、あれ学祭のことなんだ？」「そのせいで校内推薦落ちちゃった先輩がいたとかいう『噂』も……」

「え、ま、マジで……？」

どんどん湧いてくる発言に戸惑いを深める。

嘘《うそ》だろ？　過去そんなトラブルがあったなんて、俺の情報《データ》にないぞ……？

もし白虎《びやっこ》祭絡みでそんな問題が起こってたとしたら、必ずどこかのタイミングで掴《つか》んでたはずだ。そもそも、その手の情報を一番把握してるはずの塩崎《しおざき》先輩と幸《さち》さんが何も言っていなかった時点で、信憑性《しんぴょうせい》の怪しい噂に過ぎないと思う。

くそ、もっと早くに掴めてたら裏取りできたのに……。

ここのところ〝真・友達ノート〟の最終更新と〝アプリ〟の準備に注力していたせいで、通常の調査は滞っていた。そのせいでいつもより感度が低くなっていたのがよくなかった。

それに見たところ、今の発言は運動部が中心のようだ。部内での雑談中に出るような噂話は、部外者にはなかなか掴みにくいという事情もある。

「流石《さすが》に停学はちょっとな……」「でもそれって、ネットにアップしたのがいけなかったんじゃ？」「ううんそれが、トラブル起こさせないように学祭の撮影自体禁止にさせようって話が出てるとかいう『噂』でさ」「えー、マジかー。じゃあ企画自体アウトになる可能性あるってこと？」「それなら最初から無難なのにしといた方がよくない？」「でもそれで優勝狙《ねら》えんの？」「そもそもうちのチームの先輩らにやる気があんまないとか『噂』に聞いたぜ」「あー、それは萎《な》えるな……」

徳行《とくぎょう》さんの発言を呼び水にして、徐々にネガティブなざわめきが広まり始める。

……まずいな、空気が悪くなってきた。

さっきからみんな妙に弱気の虫にやられている気がするし、このまま放っておくとどんどん好ましくない方に話が進んでしまいそうだ。

それでも勝沼《かつぬま》グループの協力があれば乗り切れるだろうけど……多数決の前にもう少しポジティブな方向へ舵を切った方がいいかもな。

「それ、怖いよね」

……。

…………、え？

わずか、一瞬。
みんなのざわめきが弱くなった、その時に。
鋭く、差し込むように発せられた、言葉。
「だってもし、その『噂《うわさ》』が本当だったらさ——」
俺を含め、みんなの意識が、吸い寄せられるように発言主へと注がれる。
高く、よく通る。
その声の、主は——。

「——せっかくの楽しい学園祭が、嫌な思い出になっちゃうもん」

——清里さん、だった。

「——」

その事実の、衝撃に。
俺の思考は、真っ白になる。
だって……。
今まで、決して。
こういう議論の場で、自分の意見を、言うことなんてなくて。
自分が目立つことだけは徹底的に避けてきた、清里《きよさと》さんが。

よりにもよってこのタイミングで、急にそのスタンスを崩したんだぞ――？

「え、っと……」

俺は呆然《ぼうぜん》と呟《つぶや》いて、半ば自動的に、ルーチーンである深呼吸を試みて――。

「俺も……そう思うかな」

「――っ⁉」

その呼吸《リズム》を、乱すように。

間髪容れずに、清里《きよさと》さんの二つ隣の席から、呼応する声が届いた。

清里さんの、二つ隣――。

それはすなわち、俺の真横、ってことで。

視線を外したまま、ぼやくように、呟いた、その人物は。

「やっぱさー……あんま、そういう常識はずれなことをするのは、危ないよなー」

常葉、だった。

……。

あ、あぁ……。

まさか。

俺はそこで、ようやく。
最悪の可能性に、思い至る。

「――」

鋭く光を放つ、琥珀《こはく》色の瞳。

その奥に、射殺すように引き絞られた、強固な意思を感じて。

清里《きよさと》さんは——。

もうとっくに、俺の動きを掴《つか》んでいて。

俺が、こういうイレギュラーに弱いことまで、理解した上で。

冷静になる隙を、一切与えることなく。

不意打ちの一撃で仕留め切るつもりなんだ——と。

【清里芽衣《めい》】

私は——。

この一撃だけで彼の意図を挫《くじ》くのだと、決めていた。

「え、ええっ？　常葉《ときわ》も反対!?」

「……うん」

戸惑う井出《いで》くんの言葉に、静かに頷《うなず》く常葉くん。

あぁ、よかった。

常葉くんは、ちゃんと私の方のアドバイスを聞いてくれたらしい。

聞けば、彩乃《あやの》経由で長坂《ながさか》くんへの協力を打診されたらしいけど……それを見越して、事前に念押ししておいた甲斐があった。

私は再び、壇上で黙り込む長坂くんを見る。

その混乱を顔に出さないようにしているようだけど、私にはわかる。明らかに目が泳いでるし、呼吸も荒い。

やっぱり、この手の予想外の一撃は、彼に最も効果的らしかった。

――たぶん今、長坂くんは。

このタイミングで、私たちが揃《そろ》って反対の意向を示したことの意味と、その効果を予想していることだろう。その上で、これからどう動くべきか、どうクラスをコントロールすべきか、って必死に考えているはずだ。

でもね――。

いちいち考えてたんじゃ、間に合わないよ。

「……清里《きよさと》さんが、反対って珍しくない？」「そんだけヤバいってこと……？」「じゃあやっぱ『噂《うわさ》』ってマジなのか」「常葉《ときわ》もフォローできないとなるとなぁ」「リスクを考えたら無難にやった方がいいんじゃ……？」

……〝みんな〟は、さ。

弁解の言葉が見つかるまで、待ってなんてくれないんだから。

「くっ……！」

再びざわつき始めるクラスメイトたちを見て、悔しげに歯を噛《か》む長坂《ながさか》くん。

それを見て私は、自分の推測が的を射ていたことと、この行動が的確だったことを理解する。

私と常葉くんは、クラスでの発言権は強い方だ。お互いにだれとでも仲良くしているし、だれからも一定の信頼を得ている立ち位置にいた。

そして普段、こうやって表立って反対することがないのもよく知られている。

そんな二人が揃《そろ》って反対に回るという状況は、それだけで異様な状況だと認識されるんだ。

「み、みんな、ちょっとま――」「てか井出《いで》も賛成してたけど、動画編集とかやったことあんの？」「え？　あー、いや」「パソコンはだれが用意すんだよ？」「それはまぁ、視聴覚室とかので……」「いや、めっちゃスペックいいやつじゃなきゃ編集なんて無理だってば」「ＹｕｕＴｕｂｅｒ《ユウツーバー》とか１００万円とかするの買ってるし」「ま、待った！　それは俺から――」「そもそも、撮影協力してくれるかどうかもわかんないしねー」「動画とかめんどいって思われそうだもんなぁ」

ただ焦って声を上げるだけの長坂くんの言葉は、喧騒《けんそう》に打ち消される。

……それじゃあさ、〝みんな〟は聞いてなんてくれないよ？

こういう時は――。

私は、喧騒の途切れそうなタイミングを、感覚的に予測して。

「折衷案になるんだけどさ」

——シン、と。

一瞬の沈黙を、見計らって。

差し込むように、〝普通〟の人が好みそうな現実的な言葉で注目を集める。

さて……これでひとまず、発言権は得た。

とはいえ、だ。私は私で、これまでみんなを引っ張るようなことはしてこなかったから、意見を出すことはできても、それを押し通すには足りない。

だからその不足は『噂《うわさ》』と『正論』を土台にして、補おう。

「挑戦的な企画が危ないっていうなら——似たような企画で、過去に実績のある『学園祭写真展』っていうのはどうかな？」

「——っ！」

長坂《ながさか》くんが息を呑む。

その様子だと、企画の存在は知ってたみたいだね……。まぁ、長坂くんならそのくらい当たり前か。

「えっ、そんなんあったの……？」

「みたいだよ？　学園祭の決定的瞬間、みたいな写真をたくさん撮って展示したんだって」

知らなかった、という顔をありありと浮かべる井出《いで》くんに笑って答えた。

さらに私は、間髪容れずに論の補強にかかる。

「しかもそれが、その年の優勝企画だったみたいだからさ。評価は高いんじゃないかな？」

私の言葉に、クラスメイトたちがほっと肩の力を抜いたのが伝わってきた。それに反して、長坂くんはきゅっと唇を結ぶ。

――私は、何も嘘《うそ》はついていない。

ただその企画が、今から20年前のものだった、という事実を伏せているだけだ。

それはガラケーにカメラが付き始め、だれでも手軽に写真が撮れるようになったという時代背景ありきの話で、当時にしては先進的だったからと評価されたもの。スマホが当たり前、動画が当たり前になった今、同じことをやったとして、その意義は全く違うものになるだろう。

でも――。

件の『噂』によって不安を覚えている〝みんな〟は、前例があるという安心感に、抗《あらが》えない。

「へぇ！　それならいいんじゃん？」「前に学校がＯＫしたことなら安心だわな」「あえてリスク取る必要はないよね」「そもそも動画でも写真でもやることはそんな変わんなくね？」「むしろ編集が楽な分タイパ高いかも？」「言えてるー！」「まぁ展示の方は手堅くやっておきゃいいだろ」「他にもやること大量だしなぁ」

ほら、ね？

〝普通〟の人っていうのは、必ず楽な方に転ぶんだよ。

「え、えーと……委員長？」

「っ……」

井出《いで》くんは困ったように長坂《ながさか》くんの方を見ている。

長坂くんは何かを言おうと思ったのか、口を開きかけ――。

でも、すんでのところで、それが悪手だと気づいたらしく、口を噤《つぐ》んで黙り込んだ。

……うん、賢明だよ。

たぶん、私が黙っている事実を明かそうと思ったんだろうけどさ。どれだけ私の提案の弱点を突いたところで、君の企画の弱点を埋めたことにはならないもんね。

それに、反論に必死になればなるほど――。

そうまでして自分の企画を通したい理由は何か、って疑われることになっちゃうもんね？

「……どうする？」「まぁ、動画に拘《こだわ》らなくてもいい気はする」「それでも面白そうっちゃ面白そうだしな」「え、えー？　みんなマジで……？」「マサナリは女子に密着取材したかっただけだろ」「はっ？　いやっ、ちげーし！」

そして私の作った空気は、ついにあゆみグループにも波及し始めた。

――長坂くんの提案の、根本的な弱点。

それは『なぜその企画じゃなきゃいけないのか』という理由が、明かされていないことだ。

この前ユカちゃんから企画の話を聞いた時、私は真っ先にその理由を尋ねた。長坂くんなら、論に説得力を持たせるのに必要な理屈くらいつけてるに違いないと思ったから。

でも彼女は「やっぱ時代は動画でしょ」というふわっとした理由しか知らされていなかった。あゆみグループの賛同というのも「なんとなく面白そうだから」「派手そうだから」というレベルのものに留まり、企画それ自体に強い魅力を感じているわけじゃないようだった。

つまり、どうしても『ドキュメンタリー動画』をやりたいという強い動機を持つ人はいない、ということ。なら似たような企画で、そっちの方が低リスクだってことならそれでもOK、という結論に流れるのは至って自然なことだ。

しかしどうして、万全に万全を期すタイプの長坂《ながさか》くんが、そんなリスクを残すような真似をしたんだろうか？

どうして〝みんな〟に、きちんとした理由を説明しなかったんだろうか？

――答えは一つ。

その理由の中に、彼の真の目的が隠れているから。

理由を語ると本当の目論見がバレてしまうから、隠すしかなかったのだ。

「み、みんな！　一旦待った！」

パンパン、と。

急に手を叩《たた》き、無理やりに注目を集める長坂くん。

「え、えーと！　まだ、企画の最終決定まで時間があるから、もう少し考えて――」

……仕切り直しを図るつもりだな。

そうはさせないよ。

「じゃあ長坂くん。先にさ、考え方の方針だけ決めるっていうのはどう？」

「は……な、なんの……？」

　私は和やかなトーンで続ける。

「もちろん、何をやるかまでは決めなくてもいいと思うよ。ただ、リスクを取るべきかどうか、って方針くらい決めておいた方がいいんじゃない？」

「……ぐ……！」

「でなきゃ、効率が悪いもんね？」

　忘れずに『正論』も付け加えておく。

　ここでの肝は、長坂くんの企画か私の企画かの二択を迫らない、ということだ。

　どっちの意見がいいか、と問えばきっと判断に尻込みをする人も出るだろう。特にあゆみグループの面々は、長坂くんに協力するって約束をしてる負い目がある。

　でも、リスクを減らすべきかどうかという選択なら、どう選んでも約束を破ったことにはならない。仮にリスクを取らない方を選んだとして、長坂くんの企画を修正することで対応してもいいわけだから。

　——。

　そして易きに流れる〝普通〟の人たちは、みなリスクを取らない方を選ぶはずだ。

　——さて、と。

「おかしなこと言ってるかな？」

「……っ……っ……」

長坂《ながさか》くんは、答えない。答えられない。

その顔は真っ青で、額には脂汗のようなものが浮かんで見える。


それも当然だ。

だってもう、彼は詰んでいるんだから。


長坂くんは『ドキュメンタリー動画』の企画を、そのまま通すことに拘《こだわ》っている。でなければ、どこかで妥協する姿勢くらいは見せてもいいからだ。

翻《ひるがえ》ってそれは『企画に少しでも改変があったら目的は果たせない』ということ。

リスクを減ずるために企画の形が変わってしまえば、それでもう彼の目論見は頓挫《とんざ》する。

つまり――。

私の提案を止められなかった時点で、詰みが確定した。


「――長坂くん」

彼は、彼の企画がなんのために重要かを、ひた隠しにしている。
だから私にも、この企画が彼の目的にどう関わっているのかはわからない。
……でもね。
わからないままでも、壊すことはできるんだよ。

「さぁ――〝みんな〟の意見に、耳を傾けよう?」

――だから。
もう、これで。
おしまい、だよ。

「――っぁ」

がくり、と。

長坂《ながさか》くんは教卓に手をついて、力なく俯《うつむ》いた。

その姿を見て、ズキリと胸が痛む。


だから……言ったのに。

君がどれだけ頑張って準備してきたのかは、知らないけどさ。

たったこれだけのことで、おしまいになっちゃうんだよ。

「……とりあえず芽衣《めい》ちゃんの言う通りにしとく？」「まぁ、いいんじゃん？」「委員長、決採ろうよー」「聞いてるのかよ、長坂？」「おーい、スネるなー」「ちょいダサいぞー」


だってさ……。

〝みんな〟は、君の〝理想〟に、賛同してるわけじゃないんだから。

うまく言いくるめられてるだけで、ただ巻き込まれてるだけで。

無理をしてまで、君の〝理想〟の実現を手伝おうなんて、思ってないんだから。

私と――。

私と、おんなじで。

君の、現実離れした〝理想《ゆめ》〟に、ついていける人なんて――。

そんな人、いるわけが、ないんだから。

【鳥沢翔《とりさわかける》】

「さぁ――〝みんな〟の意見に、耳を傾けよう？」

――チェックメイト、か。

教室の最後尾。

右手で頬杖《ほおづえ》を突き、左手に持つスマホ越しに繰り広げられる光景を観察しつつ、俺はそう断定した。

夏休み中に、先んじてアイツから企画の話は聞いていた。無論その、真の目的っつーのも含めて、だ。

なかなか爽快な結末になりそうだったんで協力してやることにしたが、そもそも企画自体が通らねーんならなんの意味もねぇ。

——助け舟を出すか？

だが、俺の役どころを担うにはスタンスを中立に維持する必要がある。でねーと清里《きよさと》に警戒を強められて動きにくくなるからだ。

まぁ今でも注視くらいはしてるだろうが、少なくとも現状、向こうから何かをしてくる気配はねぇ。こっちにまで手を割いてる余裕がないっつーよりは、俺がどう出るかわからねーから泳がせてるってのが近いだろう。

つまり、俺が明確に長坂《ながさか》の味方をするつもりだと判断すれば、容赦なくこっちにも封じ込めの手を打ってくる。攪乱《かくらん》の手段として、軽音楽部の方にでもちょっかい出されると面倒だ。

つーことは——ここで動くのはナシ、だな。

俺は淡々と状況の推移を観察しながら、長坂の様子を窺《うかが》う。

一見して、その顔に覇気は見られない。うぜぇくらいギラついた目も死んでる。

なんとも、情けねーツラ構えだった。

『――俺は諦めないことにしたよ、鳥沢《とりさわ》』


俺は長坂が、夏休み明けにライブハウスまでやってきた時のことを思い出す。

確かお前は、連日練習漬けの俺以上にボロクソな顔でそう言ったよな。

『だって、間違ってるのはどう考えても現実の方だからな。

だから〝完全無欠のハッピーエンド〟にたどり着くまで、全部の不可能を覆《くつがえ》してみせる』

なんの根拠もねーくせに、自信満々に断言して、ドヤ顔してたじゃねーか。


――だとしたらよ。


今の状況なんざ、よくある絶体絶命の一つだろ？

この手の状況を、あの手この手でひっくり返すつもりで、そこに立ってんだろ？

なら見せてみろ。

お前の覚悟《マジ》、ってヤツを。

【常葉英治《ときわえいじ》】

「さぁ――〝みんな〟の意見に、耳を傾けよう?」

芽衣《めい》ちゃんの言葉を、どこか遠くの出来事みたいに聞きながら。
俺は、何度も心の中で呟《つぶや》いてきた言葉を、繰り返す。

――本当に、これでいいのかな。

芽衣ちゃんの話だと、耕平《こうへい》はみんなを巻き込んで、白虎祭《びゃっこ》をめちゃくちゃ派手なものにしてやろう、って考えているらしい。そしてその準備は、応援練習や清掃活動の時とは比較にならないくらいに大変なものになるそうだ。

部活をやってる人は、準備期間中だって練習がある。特に野球部やハンド部、それに俺たちバスケ部は、完全にいつも通りのスケジュールが組まれているんだ。

なのに準備まですごい大変、ってなると、とてもじゃないけどみんなついていけないと思う。

体力的にキツい人だって出るはずだ。

しかも頑張ったところで、認められるどころか怒られるかもしれない、って言うんだから
……いくら耕平の企画がすごい面白いものだとしても、それを押し通そうとするのは、普通に考えてよくないことだ。

だから俺は、芽衣ちゃんと一緒に、反対に回ることにした。みんなに少しでも負担をかけなくてすむなら、って思ったから。

……でも。


——本当に、これでいいのかな……。


やっぱり、その言葉は。

頭の中から、離れてくれない。


俺はちらり、と教壇に立つ耕平を見る。

がっくりと顔を伏せ、教卓に身を預けるように両手を突くその姿は、ひどくショックを受けてるみたいに見えた。

——耕平《こうへい》は、きっと。
それがみんなのためになるって思って、すげー頑張ろうとしてるんだよな……。
そう思うと、無性に居たたまれない気分になって、俺は顔を背けた。

——芽衣《めい》ちゃんは。
芽衣ちゃんは、本当にこれでいいって思ってるのかな……？

俺は顔を横に向ける。
二つ隣の席の芽衣ちゃんは、耕平のことをまっすぐに見上げていた。
その目は、マッチアップした時のディフェンスの目に似てる、と思った。
『ここは絶対に譲らない』っていう、強い意思のこもった目だ。

……。

……でも。

俺は、芽衣ちゃんの机の下に、視線を移す。

横からじゃなきゃ、俺の位置からじゃなきゃ見えない、膝の上。
そこで、ぎゅっと握り込んだ両手が……。
すごく、力んでる。
苦しいのを必死に、我慢してるみたいに。
『──私はただ、みんなが笑ってくれれば、それでいいの』
いつか、聞いた言葉が、蘇《よみがえ》る。
……芽衣ちゃん。
これで……ちゃんとみんな、笑ってくれるのかな？
……。
……本当に。
本当に、これで──。

「────ちょっと待ったっ!!」

ガター──ンッ!

──俺が。
何度目かわからない呟《つぶや》きを、繰り返そうとした瞬間。
突然、椅子を倒す音と、一緒に。
声が、聞こえた。

「なにを勝手にっ、ハナシ進めようとしてんだよっ!」

俺はびっくりして、思わず後ろを振り向く。
それは突然のことだったからとか、大きな音にびっくりしたからだとか、そういうのじゃなくて──。

「……あゆみ？」

その声が、よく知ってる人のものだったから。

だから、すごく、驚いたんだ。

しん、と静まり返った教室で。

顔を引き攣《っ》らせながら仁王立ちした、あゆみは――。

「ろくに約束も守れねーセンパイは……委員長をやめるべき！」

なんの前ぶりもなく。

そんな、とんでもないことを言い始めた。

【勝沼《かつぬま》あゆみ】


アタシは、シーンとした教室で一人、ビシッと指を突き立てている。

その先はもちろん、壇上のセンパイだ。


つ、ついに、やっちまった……。

いやてか、もしかしてタイミング間違えた……？　なんか、みんなすげーアホっぽい顔してるんだけど。

ちゃんと、言われた通りにしたつもりなんだけどな……。


「あ、あゆみ……？」


目の前で、マサナリが口を開けてアホっぽい顔をしてる。

見回せばエイジも、ひびきも、ユカも、みんなアホ。

……つーか、センパイが一番アホっぽかった。

ああくそっ、なんでアンタがそんな目で見てんだよ！

アンタだって『みんなのまとめ役をやってくれ』って頼んできたクセにっ！

「そ、それで――」

……。

ん、あれ……？

次、なんて言えばいいんだっけ？

「え、えっと……」

「「「…………」」」

やっ、やべぇ！　最初のセリフで全部すっとんじまったっつこん！

アタシが思い出そうと必死こいてると、周りの空気がだんだん「なにやってんだコイツ……」って感じになってきた。だからヨケーに焦る。

あっ、そうだ！　カンペ、カンペがあったはず――って、ああクソ、カバンに入れっぱじゃん!?　今そんなの取り出してたらダサすぎるし！

……ああもうっ、知らねーっ！

こういう時のために鬼コーチにめちゃくちゃ叩《たた》き込まれたんだ！　もう全部何にも考えねーでやってやる！

アタシはそう決めて、めっちゃ胸を張る。

そしてビシッとセンパイを指さして――。

「だから――アンタの代わりに、アタシが委員長やる!!」

「はっ――」

「「「「はぁ――――――――――!?」」」」

クラス中が、ビビった声で、叫ぶ中。

センパイは、ハッ、と目を見開いて。

そして、すぐに。

口のはじっこを、ニッ、と持ち上げた。

【清里芽衣《きよさとめい》】

――嘘《うそ》。

もしかして。

こ、こ、ここまで仕込み、なの……?

長坂《ながさか》くんが一瞬だけ口角を釣り上げたのを見て、私はそう判断する。
すぐさま現状を理解するために思考を回す。
——長坂くんの目的、企画の意図、あゆみの発言、委員長への立候補、その効果。
なんとしても通したい企画、多数決で勝つための基本、前提のひっくり返し——。
ひっくり返し？

「つーか、センパイ——」

ああ、もしかして。
長坂くんは——。

「——アタシの考えた案がぜってー通る、って言ってたじゃねぇかよ！」

——自分《あたま》を、すげ替えることで。
ここまでずっと自分が作り上げてきた雰囲気《ぜんてい》ごとひっくり返す、つもりなの？

「あ、あゆみ……？　急に、なに言ってんの……？」

戸惑うひびきちゃんに、あゆみはフスーと鼻を鳴らしてから答えた。

「元々アタシの案なんだよ、そのドキュメンタリー動画っつーの」

「「「え、ええっ!?」」」

あゆみグループのみんなが一様に、初耳だ、って顔で驚きの声を上げた。

ああ……。

やっぱり、だ。

全部──事前に、仕組んでたんだ。

「ちょ、あゆみそれマジで……？」

「マジマジ。アタシがセンパイに言って、センパイが『それ推《お》すわ』ってなった感じ」

あっ、と井出《いで》くんが、何かに思い至ったかのように手を叩《たた》いた。

「もしかして、委員長があゆみのバイト先にいたのってソレで!?　作戦会議してたってこと!?」

「ン……まぁ、そんなトコ」

あゆみはピアスをちょんちょんと触りながら答える。

事情を知らないクラスメイトたちは困惑を強めてどよめき始めるが、その中からイズミが不機嫌そうに口開く。

「……おい勝沼《かつぬま》。あんたそれ、委員長に頼んで自分の案をゴリ押すつもりだったってことか？」

その威圧的な態度に、あゆみは一瞬腰が引けたようにびくりと身を竦《すく》ませた。

だけど――。

ぐっ、と持ちこたえて。

「ち、ちげーしっ！　アタシがやりてーことを伝えたら、センパイが『うまいことやってやる』っつーから任せてただけだし！」

その答えに、イズミは「はぁ……」と呆《あき》れたようにため息をついた。

「そこを他人に任せるなっつの。あんたが発案者だってんなら、ちゃんと自分の口で説明しろ」

「いやだって、アタシにはやりたい理由とか別にねーし……」

「はぁ……？」

その答えに、私は歯噛《が》みした。

そう、そうだ……。

あゆみなら、そう言うだろう。

「おい。あんた、なんとなくやりたいってだけで押し通すつもりだったのか」

「わっ……わりーかよ！」

あゆみは開き直ったような顔で、堂々と宣言する。

「オモシロそうだからオモシロそう！　それだけで推《お》して何がわりーんだよ！　もっともらしー理由がなきゃいけねーなんて決まってねーだろ！」

その、身も蓋《ふた》もない答えには。

到底、みんな、納得なんてできないだろう。

……。

発案者が長坂《ながさか》くんだったら。

「ええ……雑すぎない？」「まぁ、でも勝沼《かつぬま》だしね……」「勝沼だもんな……」「そんな難しいこと考えられるわけもないか」「だから委員長がそこフォローしようとしたんでしょ」「勝沼に任せっぱなしじゃどうなるかわかんねーしな……」

――ああ、そうだ、そうなんだ。

身も蓋もなかろうが、理屈なんて何もなかろうが。

あゆみのキャラなら、立ち位置なら。

許されて、しまうんだ……。

「ふんっ、センパイに任せてもゼンゼンうまくいきそーにねーし、そんならもうアタシが自分で推した方がマシ！　つーわけで、アタシが委員長になって企画やる！」

「いや、委員長になったからって企画も通るってわけじゃないぞ?」「ちょっと何言ってるかわからない」「王様かなんかと勘違いしてない……?」「独裁者はひっこめー！」

「う、うっせーな！　組長だぞ組長！　従がわねーと村八分にすんぞっ！」

「組長て」「ヤクザかよ」「村八分とか言ってるし、自治会の組長って意味じゃない?」「せめてリーダーって言おうよ」「ていうかまったく怖くない件」

クラスの空気が、柔らかくなっていく。

〝普通〟に固まったはずの意思が、捻《ね》じ曲がっていく。

イズミが額に手を置きながら口を開いた。

「ツッコミどころが多すぎて頭痛い……第一、なんで委員長が辞めなきゃいけな――」

「いや」

――そして。

ずっと黙っていた長坂《ながさか》くんが、ここぞとばかりに口を開き。

「勝沼《かつぬま》の言うことは、もっともだ」

「……ちょっとマジ?」

そして神妙な顔を作って、頭を下げる。

「ごめん、みんな。『ドキュメンタリー動画』の企画がめっちゃ面白そうだったから、どうしても通したくて……つい小細工に走っちまった」

……ああ、そうだよね。そう続けるよね。

長坂くんはみんなを見回すようにぐるりと首を動かす。

「俺はさ。やっぱり学祭は、みんなで目一杯盛り上がれるものにしたいんだ。それこそ清掃活動の時みたいに優勝目指して、一致団結して、トラブルがあっても跳ね除《の》けて——」

「「「……」」」

「そこには小難しい理由なんて必要ない。勝沼の言う通り、ただそうしたい、ってだけで」

「「「…………」」」

「でも……きっとさ」

長坂くんは、そこで一度溜めて。

「学祭みたいなお祭りを、最大限に満喫するには。もっともらしい理屈とか、リスクを取るか取らないかとか、そういうことを考えるより——」

そして――。

私の方を、一瞥《いちべつ》して。

「ただ真っ直ぐに。やりたいかどうかを考えることが、一番大事だと思う」

――……。

「そして今このクラスで……それが一番得意なのは、勝沼だ」

だから、と。

長坂くんは。

一歩、足を、踏み出して――。

「〝みんな〟と一緒に、最高の白虎祭を作り上げるために。――後期の委員長は辞退する」

そう、はっきりと宣言し。

これまでの〝壇上《ステージ》〟に、背を向けたのだった。


「え……ま、マジで？」「委員長、ホントに辞めちゃうの？」「いやいや……え？」

クラスメイトがざわめく中、自分の席に戻ってきた長坂《ながさか》くんに、私はぼそりと呟《つぶや》く。

「……これで全部、作戦通り、ってわけだね……」

「……どういう意味？」

とぼける長坂くんを横目に、私はきゅっと唇を噛《か》み締めた。

「ど、どうするの、これ？」「どうするも何も……」「委員長が委員長やらない、って言う以上はさぁ」「とにかくそれ決めなきゃでしょ……」「ま、まぁそうか……」「え、ってことは――」

「――はい！　あゆみ委員長に賛成！」


……と。

一番最初に、高々と手を挙げたのは、ひびきちゃんだった。

「はいはい！　俺も俺も！」

次いで、井出《いで》くん。

「……しょうがねーなぁ」「正直、めっちゃ心配だけど……」「まぁ最悪サポートしてやりゃいいだろ」「あゆみー、あたしは応援するからー！」「勝沼《かつぬま》委員長ー！」「あはは、似合わねー！」

そして続々と、勝沼グループの子たちが囃《はや》し立てる。

「え、マジで？　みんな正気？」「でも、そもそも立候補者なんて他に……」「ど、どうするイズミ？」「いや、あたしに聞くなって」「いやだって――」「でもまぁ、あいつがやりたいってんならいいんじゃん？」「え、ええっ!?」

戸惑いの声もちらほら聞こえるが、その勢いは弱い。

――あぁ、これは。

もう止められないな、と。

私は直感的に、結論に至った。


「はいはいー！　てことで候補は前へ前へ！」

「お、おい、押すなっての！」

ぐるりとあゆみの背後に回って、ずいずい教壇まで連れてくるひびきちゃん。

あゆみは途中で転びそうになりながらも壇上《ステージ》に立ち、ふと正気に返ったようにクラス全体を見回して頬《ほお》をヒクつかせた。

そして口をきゅっと結んでから、ドン、と教卓に手を置くと――。


「――っ、つーわけで、アタシが新委員長だ！」


噛《か》み噛みで、支離滅裂で。

ものすごく、リーダーには不釣り合いな、振る舞いだけど。


でも……。

それこそ、まさしく。

あゆみらしく、

「そ、そんで絶対っ、この企画をやりてーと思ってる！
べつに反対してもいーけど――アタシはっ、死んでも、諦めねーからな！」

堂々と、虚勢を張って。
カッコ悪いままに、かっこよく、言い切った。

――どっ、と。

クラス中に。
笑い声が、響いた。

……。

――……。

……どうして？

私は、ぐるりと、周りを見回す。

――なんで、こんな。

長坂《ながさか》くんの、無茶苦茶な、やり方で。

〝普通〟じゃないやり方で。

クラス中が――。

〝みんな〟が。

……笑って、て、る、の？

舞台裏 最高

Who decided that I can't do romantic comedy in reality?

『――それで、どうにか〝ドキュメンタリー動画〟の企画は通せた。これで一安心だ』

「そっか……了解」

始業式の日の夜。

耕平《こうへい》から電話で報告を受けていた私は、ほっと安堵《あんど》の息を漏らした。

それから、すっかりぬるくなってしまったコーヒー牛乳を口に運ぶ。甘くてまろやかな飲み心地が、知らず知らずのうちに緊張していた体をほぐしてくれる。

……どうやら、ちゃんと〝作戦《プラン》〟通りに事が運んだらしい。

結構リスキーなやり方だと思ってたし、私がその場でサポートできるわけでもないから、色々心配ではあったけど……うまくハマったということならよかった。

さて、これで恐らく芽衣《めい》は――。

『――上野原《うえのはら》』

「ん？」

『お、前、は、最、高、だ、』

「…………え」

――ドクン。


「…………、いや、急に何？」

『ああ、いや……なんとなく、伝えておきたくなって』

「突然すぎ」

どきどき、と。

鼓動が、なかなか収まらない。

『とにかく、この調子でいこう。ここからが本番だしな』

「……ん」

どきどき。

『じゃあ俺は予定通り、これから視聴覚室を間借りして――』

「……」

どきどき。

…………いや、ちょっと。

いつまで驚いてるんだ、心臓。

不意打ちでキョドるのは、私らしくないじゃん……。

私は一瞬スマホを耳から離して、ぺしんと両頬《ほお》をはたく。なんだか熱を帯びているように思うが、それは今叩《たた》いたからで、元々そうだったわけじゃない、うん。

『――って感じで〝派生作〟はほぼ完遂。〝番外編〟はいよいよ最終フェーズ、ってとこ。残る懸念は〝本編〟だけだな』

「……ん、そうそう」

私が再びスマホを耳に戻した時、タイムリーな話題が出てきた。

頭をきっちり仕事モードに切り替えて、手帳を取り出す。

「その〝本編〟絡みだけど、ついさっきやっと連絡先が割れた。RINE《ライン》のIDも」

『おっ、ほんとか!? よく行き着いたな!』

「春日居《かすがい》さん経由でルートが繋《つな》がってね」

私はスマホを耳と肩とに挟みつつ手帳をペラペラと捲《めく》る。

「彼女、サッカー部のマネージャーやってるでしょ? 部活が同じなら他校でもワンチャン繋がれるかと思ってダメ押しで聞いてみたら、うまくいった」

『あー、なるほど! その発想はなかったなぁ……確かに、春日居さんって地味にシティ派JKだもんなぁ』

盲点だった、と耕平《こうへい》が悔しがっている。

調査で耕平が思いつかない、というのはなかなかレアかも……ちょっと優越感。

まぁ今はそっちに頭のリソース使ってる場合じゃない、ってことなのかもしれないけどね。

「……ん、メモみつけた。今からＩＤ教えるけど、コンタクトはどうする？　私の方でやっとこうか？」

『んー……いや、やっぱり俺の方で巻き取るわ。悪いな、俺側の仕事だったのに任せちまって』

「それを言うなら私側も無茶振りしてるわけだし、イーブンでしょ。……でもほんとに大丈夫？　これからが本番運用でしょ？」

『そっちこそ大丈夫か？　正直なとこ、めちゃくちゃキツいだろ？』

「まぁ……そうだけど」

確かに、私は私で、余裕があるかと言われると微妙ではある。脳みそフル回転でギリギリなんとか、って感じだし……。

そんなこんな、二人して譲り合いのようなことをしつつも、結局当初の分担通り耕平の方でなんとかするという話になった。

私はパタンと手帳を閉じる。これで今日の会議はおしまいだ。

『――じゃあ準備期間中はそんな感じでいこうか。今日はほんとお疲れさま。おやすみ』

「ん、おやすみ」

ぷつり、と電話が切れた。

私はコーヒー牛乳を飲み切って、おかわりを取りに行こうと立ち上がる。

そこでふと、さっきの会話が蘇《よみがえ》った。

「──お前は最高、か」

……。

私は、ぺたぺたと顔を触る。

……。

うん……。

会議が電話でよかった、と思う。

たぶん、今の顔は──。

あんまり、人に見せられない感じ……かも。

──。

「——ふふ、見てあなた、あの彩乃《あやの》のアホ面《ヅラ》」

「パパは嬉しい……彩乃がちゃんと高校生してて」

「…………………………あ、そう。いい度胸だ、この大馬鹿両親」

年頃の娘の部屋を覗《のぞ》くとか、処されても文句はないな……？

本編　なのに、なんで

Who decided that I can't do romantic comedy in reality?

私は、ひたすら考える。

真っ暗な部屋で一人、ベッドに横たわりながら。

……まさか長坂《ながさか》くんが、あそこまで備えているとは思わなかった。

特に予想外だったのは、彼が反撃の手を打ってくるまでの演技が完璧《かんぺき》だったことだ。

私が表立って発言した時点で、彼は心底驚いているように見えた。

だから長坂くんは、いつも通り予想外の展開に混乱してるんだ、って判断して――。

完全に勝ったつもりで、深入りしてしまった。

演技の練習を積んでいたのか、それとも今までその力を隠していたのか……。

とにかくまたもや彼は、私の予想を上回ったんだ。

「……本当に、君は、どこまで〝普通〟じゃない人なんだよ……」

私は拳《こぶし》を強く握り締めて、額に当てる。

そんな彼が死力を尽くして実現を目指す学園祭が〝普通〟なものになるわけがない。きっとこれまで以上に、とんでもないことをするつもりに違いなかった。

これから準備が進むにつれて、どんどんそれが明るみに出てくるだろうし、〝みんな〟に降りかかる負担は増していくだろう。

そうなれば、絶対に〝みんな〟は苦しむ。

彼の追い求める理想の高さと、自分たちがやっていることとのギャップについていけなくなって、どんどん追い詰められていく。

そして、最後には――。

「……私が。私が、止めなきゃいけないんだ……」

今度こそ〝みんな〟に笑ってほしいから。

「私しか、止められないんだ……」

もう二度と〝みんな〟を笑えなくさせたくないから。


……そうだよ。

私は、こんなに〝みんな〟のことを考えてる。

私の方が、絶対に〝みんな〟のために、頑張ってる。


……。

……なのに。

「なんで……みんな、笑ってるんだよ……」

私と彼と――。
いったい、何が、違うっていうんだよ。

「……っ、ダメだ！」


パシンッ。

両頬《ほお》を強く叩《たた》き、首を振って邪念を飛ばす。

……そうやって苛立《いらだ》ちを転嫁するのは、よくないことだ。

悪いのは、うまくできない私だけ、なんだから。


私は立ち上がり、電気を点ける。

ＬＥＤ電球の光が刺すように飛び込んできて、その眩《まぶ》しさに思わず目を細めた。

「私は……間違って、ない」

もう一度、自分を鼓舞するように口にして、努めて冷静に考える。

――なんにせよ。

長坂《ながさか》くんにあんなことができるなら、対処方針を改めなきゃいけない。

今後は彼が戸惑う様子を見せたとしても、それが作戦だっていう可能性を考えなきゃいけなくなる。彼の反応から意図を読み取るようなやり方は、もう使えないだろう。

それに、彼がすんなり委員長を辞めることができたのは、これからは『表立って動く必要がない』という意味でもある。

きっとこれまで以上に尻尾《しっぽ》は掴《つか》みにくくなるだろうし、その手口は巧妙になるだろう。もう早速、きな臭い動きを見せてるって噂《うわさ》もある。

一方、私の方は、自分の手の内を晒《さら》してしまうことになった。常葉《ときわ》くんという協力者がいることや、〝みんな〟の『目と耳』という隠れた情報網があること、『噂』と『正論』という武器を使うこともバレてしまったかもしれない。

結局、企画はそのまま通ってしまったし、『ドキュメンタリー動画』に秘められた彼の真意だって掴み切れていない。

形勢は、明らかにこっちが不利。

「ここから、逆転するためには――」

彼の意図……その全てを、読み切って。
すべてを一気にひっくり返せるような、一撃を投じる。
それしか、ない。

「――」

……もう。
そういうやり方しか、ないのかな。

「……ごめんね、あゆみ」

謝ったって、絶対に、許してなんてもらえないだろうけど。
でも……。
そうしなきゃ、長坂《ながさか》くんを止められないのなら。

「そうしない理由は……ないんだ……」

番外編 中盤戦：〝主人公〟勝沼あゆみの戦場

ひょんなことで委員長になんかなっちまった、アタシの学校生活は――。

なんかもう、毎日、目が回るくれーに忙しくなった。


「えーとえーと、壁画アート用の牛乳パックのノルマがこれだけだから……とりあえず家にあるモン片っ端から持ってこさせて……いやでも、それで足りんのか？　まぁサイアク男子にでも飲ませてカサ増しすりゃいいか……」

アタシは放課後の教室で、スマホとにらめっこしながらクラスの担当分の割り振りを考える。

壁画アートってのは、牛乳パックをマス目に見立てて作るモザイク画？　とかいうヤツで、学祭当日に校舎の壁に飾るモニュメントだとかなんとか。

壁一面使うくらいクソでかいらしいから、超大量の牛乳パックを用意しなきゃならないらしい。だから各クラスにノルマが決まってて、それを集めらんねーと減点になるってハナシだ。

「あゆみー！　動画再生用のレコーダー申請できてるー？」

……と、動画編集リーダーのひびきが飛び込んできて、急にそんなことを言い始めた。

アタシは驚いて聞き返す。

「えっ、それもアタシがやんの……？　公式アプリで機材申請できるんだろ？」

「いや、消耗品以外の機材は委員長のアカウントじゃなきゃ無理だって説明会で言われたじゃん。聞いてなかったの？」

「………そうだったっけ？」

「うわ、めっちゃ忘れてるし。ウケる」

「ウケないし！」

　や、ヤバイ！　そんなんぜんぜん頭の中になかったっ！

「えっ、えっ、じゃあ今から申請するから……！」

「あー、いいよいいよ、私がやっとくから。スマホだけ貸して」

「で、でも——」

「おーいあゆみー！　やきそば屋台のテントだけどさぁ」

　とかなんとかやってるうちに、今度は模擬店リーダーのマサナリと、副リーダーのバラサワが飛んできた。

「実物見に行ったけどさ、あれ1個じゃ調理スペース全部入りきらなくね？　雨降った時に困らねー？」

「えっ、ウソ、マジで……？　でけーの頼んどいたはずなんだけど……？」

「そうは見えなかったんだけど……これだよね？」

バラサワに写真を見せられて、アタシは「アッ」と声を漏らす。

「…………ヤバイ。頼むの、間違えたかも」

「やっぱりか……まぁそんな気はしてたけどさぁ」

「ど、どうしよう……！　今からでも交換頼んでっ」

「あー、いいやいいや。間違いだってことなら、俺の方でどうにかすっから」

「私の方でも生徒会の知り合いに頼んでみるね」

「そ、そか……悪い、じゃあそれで──」

「ちょっと勝沼《かつぬま》さん、ボクのメッセージ既読スルー!?　編集パソコンなんとかしてってば！」

「はいはい穴山《あなやま》っち落ち着いて。なんかさー、性能がショボすぎて動画のレンダリング時間が3日とか出てるんだってー」

「ちょ、え、えーと、穴山とナルのメッセージって──」

「勝沼ー、クラスTのデザインだけど」「企画がドキュメンタリーだし『峡熱大陸』って入れたらどうかって案が出てんだよねぇ」「おーいあゆみ、フリマの商品は中古家電アウトだって！」「持ってきてもらった冷蔵庫どうする……?」「おーい勝沼、なんかトシキョーが『なんでうちのクラスだけ進路調査票が届いてないんですかねぇ……?』とかブチギレてたぞー」

「ああクソッ、一気に来るんじゃねーよ!?　せめて順番、順番に言えよ、バカっ！」

「おい、勝沼！　あんた、池の鯉のエサやりサボっただろ!?」

「ハァ⁉　そんなのもアタシの仕事になんの⁉」

——みたいなカンジで。

委員長っつーのは、なんかもう、ヤベーくらい忙しいらしかった。

◆

「——ＰＣは知り合いから借りられると思うから、それ使えばいい。んで、クラスＴは商店街で融通利くとこ知ってるから声かけとこう。必要ならデザインもしてくれるから」

「そ、そか……さんきゅ」

アタシが書き殴ったメモを見ながら、センパイがスラスラと答える。

完全にテンパったアタシは、もうにっちもさっちもいかなくなって、視聴覚室にいるセンパイのとこへダッシュした。

パソコンだらけのこの部屋で、センパイは生徒会のテクニカルアドバイザー（意味はよくわかんねーけど）の仕事をやってるらしい。

だからクラスの方じゃ特定のチームには入ってなくて、困った時とかトラブった時のフォロー担当、ってことになってた。

「で、冷蔵庫はゴミ業者に連絡すれば取りに来てくれるから、トシキョーに事情説明して来校許可もらうこと。ついでに調査票の締め切り遅れてごめんなさいの土下座も」

「わ、わかった……」

テキパキ、とノータイムで答えが返ってくる。

アタシはなんとか言われたことを全部メモったけど、そのとんでもない量を見てどっと疲れが出て「ハァ……」とため息を吐《つ》いた。

「なんつーか……センパイって、地味にすごかったんだな……」

「あん？　なんだ、急にどうした？」

……っと、ヤベ、つい声に出しちまった。

センパイが不思議そうな顔でいるのを見て、アタシは誤魔化すように喋《しゃべ》る。

「いや、えっと……ほら、マジでただのストーカー野郎じゃなかったんだな、って」

「おいコラ、ストーカー野郎《それ》をテンプレディスにするのはやめろ」

「いやホント、マジで。よくこんなん一人で回せてたよな、って……」

少なくともセンパイが、だれかに委員長の仕事を投げてたりするのは見たことがない。

だから委員長とか、テキトーにクラスの意見まとめて、あとは偉そうに指示してればいいだけの楽な仕事だとばっかり思ってた。

つまり全然、そのヤバさをわかってなかった、ってことだ。

アタシが黙ってると、センパイは「いやいや」と手を横に振って。

「何言ってんだ、前期には白虎祭《びゃっこ》なんてなかっただろ？　俺だって流石《さすが》にこの時期にソロで回すなんて無理だってば」

「でも……少なくともアタシよか、ゼッテーうまくやれたじゃん……」

言ってて、なんか今の自分がめっちゃミジメに思えて、鼻がツンと痛くなる。

くそ……サイアクだ。

何が「カンペキにやってやる」だよ……。

全然できてねーじゃん……アタシ。

『――頼む。これはマジで、お前にしか頼めないんだ。どんな現実《しっぱい》にも決して挫《くじ》けなかった無敵の〝主人公〟として――俺の代わりに、戦ってくれ』

あの時――センパイが。

アタシにしか任せられねーんだ、って言ってくれて。

それがなんか、めっちゃジーンってきて……。

だからぜってーやってやる、って、そう思ったのに。

結局アタシは、こうやってまたセンパイに頼ってる。

少しは貰《もら》ったモンを返せると思ってたのに、また借りを作っちまってる。

ほんと、ダメダメの、ポンコツ野郎だ。

「あのなぁ……」

アタシがむっつり黙ってると、センパイはポリポリと頭をかいてからため息を吐《つ》いた。

「なんだかんだ、ちゃんと回ってるじゃんか。お前は十分うまくやってると思うぞ」

「それはっ……全然、アタシの力じゃなくてっ」

「だからなんだよ?」

えっ、と。

あっさり言われてしまって、アタシはポカンとする。

「そもそも、お前が一人で頑張らなきゃいけないもんじゃないだろ?　学祭はみんなで作るものだって言ったはずだぞ」

「で、でも……」

「繰り返すけど、俺はお前がすげー仕事ができるから『まとめ役をやってくれ』ってお願いしたわけじゃないんだってば。ポンコツなのはよく知ってるし」

「……ふんっ、ポンコツで悪かったな!」

それは自分でもわかってっけど!　センパイから言われると、やっぱなんかムカつく!

センパイはやれやれって顔をしてから続ける。

「でもだからこそ、みんなが自発的に動いてくれてるんだ。指示されてからどうこうじゃなくて、自分で考えて、自分で動いてる」

「ン……」

「そりゃみんな、ヒィヒィ言ってるけどさ。でも、やだって言ってる人がいるか？　つまんねーって退屈してる人は？　いないだろ？」

言われて、ハッとする。

確かに……めんどいとかだりぃとか言ってる人はいない……かも。

先輩はうんうんと頷《うなず》いて。

「俺がやってたら、たぶんこうはなってなかった。あーだこーだ言いながら、色々と手を回しちゃいそうだし」

それは……そうだと思う。

少なくともアタシは、メンドイこととかムズカシーことは全部センパイに任せて、言われたコトだけ何も考えずにやってただけだろうから。

センパイは、にっと歯を見せて笑う。

「だからお前のスタイルが、この白虎《びゃっこ》祭にピッタリのやり方だ。委員長を託してマジでよかったと思ってるよ」

「……ホントに？」

「ホントに」

「そっか……」

ハッキリそう言われて、ふっと気分が軽くなる。

センパイが、そう言ってくれんのなら……。

やっぱよかったのかな、なんて。

すぐにそんな気になっちまうから、なんか不思議だ。

「ま、そういうことだ。またなんかあったら遠慮なく相談に来い。実働面じゃマジで役に立ってないからな、俺」

そう言って、センパイは周りをぐるっと取り囲むように置かれたパソコンを見る。

見た目はなんか、いつかワイドショーで見たデイトレーダーみたいな感じだった。なんなのかはよくわかんねーけど、メッセージアプリの画面みたいなのがいっぱい映ってる。

見るからに大変そうなので、邪魔しねーようにサクッと出ることにした。

「……ジャマしてゴメン。じゃ」

「ああ。頑張れよ、委員長」

「だからそれやめてって言ってんじゃん。なんかムズムズすんだよ」

ワザとらしく両腕を擦《こす》りながらそう言い捨てて、アタシは部屋を出た。

さて……いっちょ、やってやっか！

パシン、と拳《こぶし》を手のひらに打ち付けてから、早足で廊下を歩き始めると――。

「――っと」

「あっ、あぶねっ」

ちょうど曲がり角から出てきた人とぶつかりそうになってしまった。

「おわっ、とっ、とと……セーフ」

「ん、なんだ、あゆみか」

急停止で躓《つまず》きそうになったアタシとは対照的に、するっと横を通り抜けてったのはアヤノだった。

アヤノは乱れた髪をさっと整えて、いつものクールな顔で言う。

「耕平《こうへい》に何か相談？」

「あ、まぁ、ウン……そんなとこ」

そか、とこくんと頷《うなず》くアヤノ。その動きに合わせて、きれーな髪がふわりと揺れる。

相変わらず、めっちゃ気合いの入ったヘアメイクしてんな……パーマだって天然じゃないみてーだし、毎日どんだけ手ぇいれてんだろ？

「耕平、中にいるよね？　私も用事があるんだけど、もう借りていい？」

「あ、おう……」

視聴覚室を指さしながら、そんなことを言われた。

ふーん……なんの用事だろ？

なんとなく気になって、アタシはそのまま聞いてみる。

「用事って、どんな？」

「ちょっとね……と、そうだ」

彩乃《あやの》はふと何か思いついた、って顔でアタシを見る。

「ちなみに今、芽衣《めい》はどうしてる？　動画の撮影？」

「え？　……メイ？」

なんでメイ？

「まぁ、たぶん。いつも通り、現場行ってると思うけど……？」

「そっか。監督としてがっつり関わってるんだよね？」

「お、おう」

よく知ってんな……センパイに聞いたのかな。まぁ別に隠すよーなことじゃねーし、いいんだけど。

彩乃は納得したよーに頷《うなず》く。

「ありがと。仕事の一環でさ。みんながどう動いてるか、把握しとかなきゃいけなくて」

「ふぅん……って、あれ？　仕事って、アヤノもなんかやってんの？」

初耳のアタシが首を傾《かし》げると、アヤノはくすりと笑って言った。

「単なる耕平《こうへい》の手伝いだよ。あいつの手が回らない分の雑用やってるの」

「あ、ナルホド」

そっか、センパイの手伝い――。

……。

……つーか。

このクソ忙しい時期にまで、一緒にいんの？


「――なんかアンタらって、マジでいつでも一緒なのな」

「ん……？」

「あ、イヤっ……」


やべ、また声に出ちまった！

アタシは焦って、誤魔化すように言う。

「ほ、ほらあれっ。なんつか、いつもセンパイの面倒見んのタイヘンだよなー、とか」

「あぁ……まぁ、慣れてるからね」

言いながら肩を竦《すく》めるアヤノ。

その言葉を聞いてふと、この前の勉強合宿のことを思い出した。

『あいつの馬鹿に付き合うこと――それだけは自信あるから、大丈夫』

あの時も……そんなカンジのこと、言ってたよな。

「……なんでさ、メンドくねーの？」

「ん？」

気づいたら、アタシはそう聞いていた。

理由は、よくわかんねーけど……なんとなく、モヤッとしたから。

「いや……ほら。そっちもクラスの方とか、色々あんだろ？　なのにセンパイにも付き合うのとか、フツーならめんどくせーとか思うかな、って」

「……そう？　まぁ、クラス《そっち》は大変な仕事とか担当してないし」

それに、と。

アヤノは「仕方ないな」って風に、呆《あき》れたように笑いながら。

「放っておくとさ。逆に気になって、他のことに手がつかなくなるから。結局これが一番効率的なんだよね」

アタシはその顔を見て、なんかどっかで見たような顔だな、と思った。

……あぁ、アレだ。

アニキの嫁《ちゃん》さんが、生まれたばっかの甥っ子をあやしながら「夜泣きが多くてマジ大変」とか言ってる時と似てるんだ。

つまり、そう。

なんだかんだ言いながら「でも今はめっちゃ幸せ」ってやつ。


――もやり。


「あっそ……センパイって、陰キャのストーカーだもんな。ほっとけば犯罪者になりそーだし」

アタシはふん、とそっぽを向きながら吐き捨てる。

……別に、センパイをディスりたいわけじゃ、ねーんだけど。

でもなんとなく、ムカムカと落ちつかなくて、つい言っちまった。

そんなアタシとは真逆に、アヤノはすげー余裕な感じで苦笑いしてから「うん」と頷《うなず》く。

「わかる。流石《さすが》にそうなったら私でもフォローできないから、よく監視しとく」

「……そ」

そんなアヤノを見てたら急にみじめな気分になってきて、アタシはすぐにこの場を離れたくなった。

「……じゃ、な。ごゆっくり」

「ん、またね」

手を振るアヤノに背を向けて、ツカツカとさっきよりも早く歩き始める。

そんで、廊下の角を曲がり切ったところで、ハァーと大きく息を吐いた。

なんか……せっかくちょいテンション戻ったのに、また気分落ちてきた。色々うまくいかねーせいで、ネガりやすくなってんのかも。

このまま教室戻っても、仕事できる気がしねー……。

「……ン、そうだ」

こういう時は——。

アタシは『白虎《びゃっこ》祭公式アプリ』を立ち上げて、チャットの画面を開く。

「今日の運勢は……っと」

すぽん、と音がして、メッセージが飛んでいく。

このチャットにはなんでか占い機能がついてる。こうやってメッセージを送るか、声で話しかけるかすると、今日の運勢とかラッキーアイテムとか、学校内のラッキースポットみてーなのも教えてくれるらしい。

まぁたぶんチャットボットってヤツだろうけど、地味にこれが当たるとかで、ハマってるヤツは多かった。ひびきなんか暇さえあればしょっちゅう話しかけてるし。

んで、たまにめっちゃ細かい答えが返ってくる時があるらしくって、実際にその通りにするとすげーイイコトがあるとかなんとか。

ホントかよ……と思いつつしばらく待ってると、すぽん、と音が鳴った。答えが返ってきたみてーだ。

「『今日はネガティブ気味なアナタ。お仕事が上手くいかなくって落ち込み中』か……」

……微妙に当たってんじゃん。

確か名前は、えーと、コロちゃんだっけ、コンちゃんだっけ？　まぁなんでもいいけど、アイコンがハートマークにキューピッドなのはキモい。他のデザインはいいカンジなのに、なんでこれだけこんなセンスねーんだ。

「そんで……『ラッキースポットは体育館。今から10分後、購買にてただいま100円セール中のアクオリエスを買って持ってくといいコトあるかも？』って、細か！　マジでめっちゃ指定してくんじゃん!?」

つーか買うもんまで指定するとか、実はガッコの回しモンじゃねーよな？　てゆーか100円でセールとか舐《な》めんなよ、近所のスーパーじゃ98円で売ってっから。

正直めっちゃ怪しいけど、すげーイイコトってのも気になるし、どうすっかな……。

……まぁ、ジュースくらい最悪自分で飲めばイイか。何もなかったらお客様窓口にクレーム入れてやるから覚悟しとけよ。

そう決めて、アタシは購買へと向かった。

◆

ドンドンドン、キュキュッ！

タン、タン、バシーン！


アクオリ片手に体育館にやってきたアタシは、入り口のドアからチラッと中を覗《のぞ》く。

そこではバレー部、バスケ部が練習中だった。なんか強豪の部活は準備期間中でもフツーに練習があるとかで、担当の割り振りをする時めっちゃタイヘンだったんだよな。

「──コラァ、青柳《あおやぎ》ィ！　勝手にマーク外してんじゃねぇ！　どこに目ぇつけてんだ！」

「しゃっす！」

突然コーチの怒鳴り声が聞こえてきて思わずビクッとする。

あ、相変わらずコエーなバスケ部……。

ちなみに、返事は全部「ありがとうございます」的なのにしなきゃキレられるらしい。今の時点でめっちゃキレてると思うけど、あれ以上があんのかよ、って感じだ。

「おい、常葉《ときわ》ァ！　やる気あんのかテメェ！」

「しゃあっす！」

あ、エイジだ……。

コートの中でドリブルするエイジを見つけて、アタシはひっそりその様子を窺《うかが》う。

「こんくれーでバテてんじゃねぇだろうな!? ぼーっと突っ立ってるだけならやめちまえ！

終わったら外周行ってこい！」

「しゃあっす!!」

エイジは大声で答えて、でけー体を左右に素早く動かしながらデフェンスをかわしていく。

コーチはぼーっとしてるとか言ってっけど、いつもを知ってるアタシからすると別人みてー
にキビキビしてる。顔だってめっちゃキビシイし。

昔から、バスケをやってる時はマジでイケメンなんだよな……いや、顔のコトじゃなくて、
なんつーの、フンイキとかオーラってヤツ？

全身から「負けてたまるか」って感じの圧を出してるのが、なんかイイんだよな。

ちっさい時からのほほんってしてるヤツだったから、そういう顔見た時はけっこー新鮮だっ
たっけ——。

なんてことを考えてから、ふと我に返る。

……つーか、こんなトコでなんのすげーイイコトがあるんだよ？

てゆーか、みんなめっちゃガチだし、どう考えても部外者が入ってイイ空気じゃねーし。

結局、占いは占いってことか……つまんね。

――ピー！

帰るか、とか思ったところで、笛の音が響いた。

「――休憩！　10分！　水分摂っとけ！」

「「「「あざっしたぁ！」」」」

ビリビリ、と体育館の外にまで響く体育会系っぽい挨拶《あいさつ》。
でもそれを合図にガチな空気は吹き飛んだみてーで、みんな「キッツー！」とか言いながら床に寝転んだり、飲み物をガバガバ飲んだりし始めた。さすがに休憩中は、そんなガチらなくてイイらしい。

「――あゆみ？」

と、急に名前を呼ばれた気がして、そちらを向く。どうやらエイジがアタシに気づいたみてーだった。
そのまま、にへっ、とだらしない顔になってのんびりこっちへやってくる。さっきまでのキビキビが嘘《うそ》みてーなユルさだ。

「おぉー？　珍しいなー、こんなトコくるなんてさー。なんか用？」

「あー、イヤ……なんとなく」

占いに言われたから——とかはなんかダサいから、テキトーに誤魔化した。

するとエイジが、アタシの手の方を見て「おっ」と声を上げる。

「おー、アクオリじゃん！　もしかして差し入れ!?」

「へ？」

「ちょうど飲み物切れちゃったんだよー、さんきゅー！」

「ハ？　マジで？」

……おいマジか。もしかして、アクオリってそのため？

アタシがぽかんとしたまま止まっていると、エイジが「うぅん？」と首をかしげた。

「ってあれ、もしかして自分の分だったり……？　でもあゆみ、いつもスポドリとか飲まないよな……？」

「あ、いや、まぁ……いいよ、やる」

「あざっすあざっす！」

す、すげー……いったいどういう仕組みだよ。めっちゃピンポイントで当ててくるじゃん。

占いっつか未来予知みてーな気分。

……。

………。

え、つか。

でも別に、これってアタシにイイコトじゃなくね？　エイジのラッキーじゃね……？

「ぷはぁー！　やっぱスポドリはアクオリに限るわー」

「ッチ、やっぱ詐欺《さぎ》じゃねーか！」

「うおっ！　ご、ゴメン……？」

「あっいや、エイジに怒鳴ったわけじゃなくて……」

っとと、ついムカっときて声上げちまった。

エイジは一瞬不思議そうにしてたけど、アタシがなんでもないって風に首を振ると、またアクオリを飲み始めた。

なんかめっちゃ幸せそうにグビグビしてんな……。

そんな顔を見てたら、落ちてた気分がちょっとだけマシになった。

まぁ、たまにはこういうのもいいか……めっちゃガンバってたし。ごほーびだ。

「──てかさ」

……と。

半分くらい飲んだところで急にピタリと動きを止めて、ぼそりと申し訳なさそうに言う。

「クラスの方、顔出せなくてゴメンな。練習がこんな感じだから……」

「あー……」

言ったとおり、エイジはセンパイ以上に準備に関われてなかった。なんせ放課後の準備には一回も参加できてないから。

一応、やることのすくねーフリマで、かつ負担の軽い担当を割り振ってたけど、それでもムリっぽくて。結局、他の連中だけで回してるってハナシだ。

まぁ、部活前とか部活終わりとかのちょっとした時間に、顔ぐれーは出してもいいんじゃねーのかと思わなくもないけど……。

「まぁ……部活じゃ、仕方ねーじゃん」

アタシはほっぺたを掻《か》きながら、そう答える。

「それでも、ゴメン。……ほんとさ。全然、助けてあげられなくて」

……と。

エイジはなんだか寂しそうな、辛そうなカンジで笑った。

その顔を見たらなんか嫌な気分になって、アタシはふいと顔を背ける。

——最近、エイジはたまにこういう顔をする。

いつものへらっとした感じが全然なくって、もっとフクザツなこととか、ムズカシイことを考えてる、って時の顔だ。

エイジは、アホ面《ヅラ》してる方がいいと思う。

そりゃさっきみたくイケメンしてるのもそれはそれでアリだけど、だらしねー感じでニコニコ笑ってる時の方が、エイジらしくて似合ってる。

そもそも小難しいコト考えられるタイプじゃねーんだから、余計なこと考えてねーでやりてーよーにやりゃいいのにさ。

ほんとエイジは、昔っから——。

「でも、あゆみはさ……ちょっと、気をつけた方がいいかも」

……とかなんとか、思ってると。

今度はやけにマジメな顔になったエイジが、そんなことを言い始めた。

「……気をつける？　何に？」

そう聞き返すと、エイジはなぜかアタシから目を逸《そ》らす。

「耕平に、さ」

「…………ハ？」

突然、思ってもみなかった名前が出てきて、アタシは驚いた。

「え、なんでセンパイ……？　どういうイミ？」

「……」

「ねぇって」

アタシが急《せ》かすと、エイジは一瞬黙ってから、気まずそーに言う。

「なんか、耕平《こうへい》が――よ、く、な、い、こ、と、し、て、る、って『噂《うわさ》』があるから」

――え。

センパイが、よくないことしてる、噂？

「は、ハァ？　なんだそれ？　どこでそんな……？」

「えっと……ううん、どこかは忘れちゃったけど」

エイジはキョドった風に首を振って、アタシの方を見ることなく続ける。

「でもさ……噂だと『委員長辞めて自分が好きなことばっかやってる』とか……」

「……」

「『みんなに隠れて勝手なことばかりしてる』とか……」

……イラッ。

「『自分がやりたいことのために、他のみんなに迷惑かけるつもり』とか」

「……」

「『最後にはみんなを不幸にする』……とか」

イライラ、イライラ。

「確かに、噂《うわさ》だけど……でも、もしも、だよ？　もしそれが、ほんとだったら……それは、普通に考えて、よくないじゃん？」

──プチン。

「だから──」

「つーか」

バッサリ、言葉を遮《さえぎ》って。

「ムカつくんだけど。今のエイジ」

「え……？」

さっきから……。

エイジは、なに言ってんの？

「あのセンパイが、マジでそんなことすっと思ってるワケ？」

「……」

エイジはまた顔を逸《そ》らした。

アタシはそっちに回り込んで、思いっきりガン飛ばしながら言う。

「そりゃストーカーだし、頭いーくせになんかバカだし、ちょいちょいカッコつけてる感じがダサくてキモいけど……でも今まで、アタシたちにメーワクなんてかけたコトねーだろ。つーか、いっつもその逆じゃん」

センパイはいつだって、メーワクばっかかけてるアタシを、助けてくれる。

清掃活動《まえ》の時はバカなことしちまったアタシを許してくれて、居場所まで作ってくれて。

その上でへっぽこなアタシを認めてくれて、頼ってくれて……。

そんなセンパイが、どうしてみんなを不幸にするよーなマネすんだ、って話だ。

「そもそもエイジは、なんでワケわかんねーウワサの方信じてるワケ？　センパイとダチじゃねーのかよっ」

エイジは焦ったように手を振りながら。

「い、いや、噂を信じてるわけじゃ……」

「じゃーどうしてそんなコト言うんだよっ」

ああもう、すっげーイライラする！　さっきからなんだよ、ずっと目も合わせねーでウジウジしやがって！

「ち、違うんだって。俺はただ、あゆみが辛い思いをするんじゃないか、って心配して――」

「うっさい！」

いよいよ我慢できなくなって怒鳴り声を上げた。

でも止められない。止めるつもりもない。

だってアタシは間違ってねーから。

「もしセンパイがなんかして、そんでタイヘンなことになったとしてもっ！　アタシは絶対に負けねーからっ！」

「あゆ――」

「つーか、フツーにいいとか悪いとかの前に、エイジはどうなんだよっ！」

キッ、と思いっきり睨《にら》みつけて。

「自分はなんもしてないクセに！　文句ばっか言ってる今のエイジは、マジでダッセェ!!」

「あ……」


……と。

そこまで言っちまってから、ハッ、と我に返る。


い、いや……待った。

なんもしてねーって……エイジは部活で忙しいから仕方ないって、そう言ったばっかじゃん、アタシ。

そう思ったら急に頭が冷えて、思わず詫びの言葉を口にする。

「ご、ゴメン。ちょっと、言いすぎたかも……」

「……ううん」

魂が抜けたみてーな顔でうつむくエイジに、アタシはどう声をかけていいかわからなくなって、黙り込んでしまった。


——ピー！


「練習再開すんぞ！」

ちょうどそのタイミングで　コーチの号令がかかる。

エイジは弾かれたように顔を上げて振り返り「しゃあっす！」と大声で答えた。

「……じゃ俺、行くから」

「う、うん……その、邪魔した」

「飲み物、ありがとなー」

最後だけ、貼《は》り付けたような薄っぺらいヘラヘラ笑いに戻ってから、走って戻っていく。

アタシはその背中を見送りながら「サイアク……」と呟《つぶや》いた。

——なんだよ、クソ。

やっぱこの占い、全然当たんねーじゃん……。

◆

それからなんとかこーとかやりながら、1週間が経った。

相変わらずアタシはてんやわんやで、正直なにやったのか自分でも覚えてねーくらいなんだけど、ひびきとかマサナリを中心にみんながうまいことやってくれたお陰でどうにか全部ちゃんと進行してる。

そんで今は、何組か撮影協力してくれてるうちのひと組。3年生の、ステージパフォーマンスの練習現場に来たわけだけど——。

「そこはそーじゃねーだろ！　それじゃ音の迫力が出ないって何度言えばわかンだよ！」

「あのね、あんたの案じゃこっちのパートとの繋《つな》がりが悪いって言ってんの！　流れで魅せるんだ、って最初に決めたでしょ！」

アタシが現地の渡り廊下に着くなり、いきなりビリビリと怒鳴り声が聞こえてきた。

な、なんか、めっちゃ燃えてねー……？

「ど、どーいう状況……？」

「……ん、あゆみ。お疲れ様」

少し離れたところで、腕を組んでその様子を見ていたメイにこそりと聞く。

「うちの先輩たち、クラス企画《ステージパフォーマンス》でマーチングバンドをやるんだけどね。そのパートリーダー同士が演出の方針で揉《も》めてるみたい。どっちの案のがいいか、って」

「そ、そーなんだ……」

もう一度様子を窺《うかが》うと、確かにリーダーらしき先輩二人が周りの人らの制止を振り切ってぎゃーすかやっているようだった。

センパイも言ってたけど、マジであるんだなこういう状況……ホントに青春ドラマみてー。

アタシは足音を立てねーようにゆっくりと、カメラを構えてる面々の近くに向かう。

「くそっ、ワガママばっか言いやがって！　やってらんねーわ！」「何よそれ、私だってあんたなんかと一緒にやりたくなかったっつの！」「このブス！」「なっ……このハゲ！」「はっ、ハゲてねーわ！」

「なんか、ただの喧嘩《けんか》っぽくなってね……？」

ていうか男の先輩、クッソこえーんだけど。人殺してそーな目ぇしてんだけど。

「元々さー、相性良くないんだってー、あの二人」

と、アタシの接近に気づいたカメラ班のユカが小声で教えてくれた。

「パートリーダー、クジで決めたらしいんだけど、運悪くあの二人になっちゃったみたい」

「マジか……クジ運ねぇな」

「いわゆる『ＫＯＨちゃんのイタズラ』ってやつー」

たまに変な結果出してくるんだよねー、とユカが続けた。

そういや占いボットってクジ機能なんてのも付いてるんだっけ……4組《ウチ》じゃ役決めで揉《も》めることなかったし、使ったコトねーけど。

「……つかなにその、いわゆる、って。そんなコトだれが言ってんの？」

「え、結構みんな言ってるよ？　私も経験あるし」

占い通りにパン持って登校してたら男子とぶつかっちゃってー、と答えるユカ。

マジかよ……体育館《アレ》の時から一回も使ってねーから全然知らなかった。つーかマジで使われまくってんのな、あの占い。

「そもそもお前は、なんでいつも俺に絡んでくんだよ!?」「は、ハァ!?　あんたの方がいっつも難癖つけてきてんでしょーが！」「ンなわけねーだろ！　だれが好き好んでお前みてーなブスと絡むか！」「……っ！」

ヒートアップしてく二人を、黒子みてーにじっと黙って撮影してるウチの連中《スタッフ》。

その光景がめちゃくちゃ非現実的だからか、なんか劇《ドラマ》の撮影をしてるみたいだった。

「……もういいっ！　あんたといるとこっちまでバカになる！」「おーおー、どっか行っちまえ！　せいせいするわ！」「……っ。ほんと、バカっ！」

女の先輩はパシンッとタオルを叩《たた》きつけるなり、振り返ってダッシュでこっちに走ってきた。

ぶつかりそうになったアタシは慌てて横に避けて、走り去っていく背中を呆然《ぼうぜん》と見送る。

な、なんかマジ泣きしてるっぽい顔だったな……。

残された男の先輩は不機嫌そうにチッと舌打ちして、現場になんとも言えねー気まずい空気が漂い始めた。

「こ、これどうすー――」

「――2カメ《ユカちゃん》、出てっちゃった先輩の方行こうか。できたらインタビューも」

戸惑ってたアタシをよそに、すかさずやってきたメイがそう指示を出す。

「あいさー、監督」

ユカはすかさず返事をすると、するするっと女の先輩が走って行った方へ向かっていった。

おぉ、すげー……仕事人《プロ》、ってカンジ。

監督《リーダー》をやってくれてるメイだけど、その手際がめっちゃヤバいらしい。

今みたいな状況にもソッコー指示を飛ばしたり、現場でトラブりそうになった時に間に入ってくれたりと超有能だとか。

そんなこんなで、撮れた映像はどれもすげーそれっぽくて、ひびきがずっと「これすごいのできちゃうかも……アップしたら100万再生狙《ねら》えそう」とか言って喜んでる。ほんとにそんなレベルのならマジでプロのYuuTuber《ユウツーバー》みたいなもんだし、優勝も全然狙える気がする。

——なんか。

ホントにいい具合に進んでるのかも。

すげータイヘンだし、めっちゃヘトヘトだけど……。

みんなの協力で、しっかりカタチになってきてる。


これならセンパイも、きっと——。

「——きっとコレも仕込み、なんだよね——」

ぼそり、と。

隣でふと、メイが呟《つぶや》くのが聞こえた。

え……仕込み、って？

どういうイミ、と聞こうとしてメイの方を見たら、ほぼ同時にこっちに顔が向けられて、思わずひゅっと言葉が引っ込んだ。

その目がなんか、すげー圧を持ってるように見えたからだ。

「……ちなみに今、長坂くんはどうしてる？」

「えっ、せ、センパイ……？」

急にそう聞かれて、アタシはたじろぐ。

「さ、さぁ……？　たぶん、いつものトコにいるんじゃ？」

「そっか」

短く答えて、また先輩たちの方に向き直すメイ。

「えっと……センパイに、なんか用？」

「ううん、別に。ちょっと気になっただけ」

……そういうカンジには、見えねーんだけどな。

さっきから、ずっとマジ顔だし。

そんだけマジメにやってる、ってことなんだと思うけど……なんていうか、いつもニコニコしてるのがデフォだからか、妙にこえー気がすんだよな……。

アタシはうーん、と頭を悩ませる。

もしかして、カントクだから現場から離れらんねー、ってカンジかな……？　そんなら呼んできてやった方がいいかもしんない。

「……なんなら呼んでこよっか？」

そう思って、提案すると。

「いらない」

「っ……」

ピシャリ。

短く、キツイ感じの答えが返ってきて、アタシはビクッとした。

メイはすぐに、口元に人さし指を当てる。

「ごめん。現場じゃ、あんまり喋《しゃべ》らないことにしてるの。声入っちゃわないように」

「あ、あぁ……そゆこと」

ドキドキする心臓を落ち着けながら、アタシは思う。

な、なんだろ……。

やっぱ、ちょっとこえーよな……。

思えば、さっきの先輩らを見てる時の目も、なんかすげー必死っつーか、妙にギラついてたような。

こう、一瞬だって見逃さねーぞ、ってカンジに。

……うん、そう、あれだ。

猟師やってる時の大叔父《ひろっ》さん《さん》みてーな……。

そんな目だ。

「それで、あゆみの用は？」

「あっ。お、おうっ……」

そんなコトを思ってる時に声をかけられて、アタシの体がビクンと跳ねる。

い、いやだから、ビビってでどうすんだ！　仕事、仕事しねーと！

アタシはめっちゃ小声で、ひびきから頼まれてた用事を耳元でこそりと伝える。

「――わかった。あとで行くって言っといて」

「お、おう。じゃあそゆことで……撮影、ヨロシク」

「うん。じゃね」

アタシはさっき以上に足音を立てないように、すり足でその場を去る。

曲がり角のところまで辿《たど》り着いてから振り返って見ると、メイはまたさっきみたいに腕を組んで立っていた。

気まずい空気が漂う現場を前に、絶対に退かねー、って感じに仁王立ちした後ろ姿は、やっぱりなんだかおっかなく見えた。

「――よそ見してっとあぶねーぞ、勝沼《かつぬま》」

「ッひぇ!?」

思わず変な声が出そうになって、慌てて口を押さえる。

見れば、曲がり角の向こう側、死角になってたとこにトリサワがいた。

アタシは小声で怒鳴る。

「いっ、いっ、いるならいるって言えっ、バカっ……!」

「わりーな。こちとらそういう役どころなんでな」

は、はぁ?

「あ、ああ……別角度のカメラ担当ってことか……」

アタシは現場に向けられたスマホに気づいてそう言った。

トリサワはフッとキザに笑って、それきり黙っちまう。

相変わらず何考えてんのかわかんねー……つーか、言ってること全部別のイミがあるような気がしてソワソワすんだよな……。

いくらイケメンでも、アタシにゃ仲良くすんのとかぜってームリ。

「じ、じゃあ、アタシは行くから……」

「おう。この調子で頑張れよ、リーダー？」

なんか応援されちまったけど、やっぱり言葉どーりに受け取ることはできなくって、アタシはテキトーに頷《うなず》いてからサッと走り去った。

しばらく走ってから、ふと思う。


……あれ、ていうか。

そもそもトリサワって撮影班だったっけ……？

◆

時間は溶けるようになくなって、学祭の日取りはどんどん近づいてくる。

教室には牛乳パックの山やら、古着やおもちゃの入った段ボールやらが増えてきて、だんだん倉庫の中で授業してるみてーな感じになっていった。

外の廊下も歩く場所がどんどん狭くなって、『1年4組　やきそば屋台』のでっけー立て看板とか、宣伝用のプラカードとかが窓を塞《ふさ》いで、昼間なのにちょっと薄暗い。

そんな景色が廊下の突き当たりまでずっと続いていて、日常なんだけど非日常、ってカンジの空間に、なんとなくソワソワさせられる。

そんな状態だからか、なんだか気分もフワフワしてて。できあがったクラスTシャツがエグいクオリティで、テンション上がって授業中まで着てたらトシキョーにキレられたり。気づいたら完全下校時間を過ぎちまってて、見回りの生徒会に見つかってペナルティ食らわねーようにこっそりフェンスを乗り越えて帰ったり――。

そんなこんな、ガッコもアタシらもどんどんお祭り気分になっていくなか、準備は日増しに忙しくなっていった。

「あゆみー！　延長コード見当たんなーい！　どこー!?」

「後ろの用具入れの中！　備品の類は全部そこ！」

「それが見つかんなくてさぁ……めっちゃごちゃごちゃしてるし」

「んっとにも《ホントにもう》ー、だからこぴっと《しっかり》整理しとけっつったじゃんけ！」

「うわ、急にガチ方言じゃん。ウケる」

「汚れる前に、こまめに片付ける！　使ったら元の場所に戻す！　そうすりゃ手間かかんねーんだから！」

「めっちゃオカンに叱られてる気分なんだけど……」

「あゆみ、試食頼むー！　結構いい感じじゃね!?」

「麺くっついてる、味まばら、キャベツの火の通り甘い。これじゃ客になんて出せねーよ！」

「ええ、そう？　あんま気になんないけど……」

「だから言ったっつこん！　麺はテキトーに混ぜるんじゃなくて、つなぎ目を解《ほど》くようにヘラを入れる！　キャベツは同じくれーの形になるようにザク切りにして、芯の近くとか厚みのある部分はなるたけ刻んで――」

「そ、そんなん急に言われても……」

「ならできるまで練習しろしっ！　ムリってのは嘘《ウソ》つき《っこき》が吐く言葉だ！」

「なんかもうブラックバイトみたいな精神論じゃね!?」

「ほら、新委員長。あんたに言われた通り、糸ほつれたユニフォーム持ってきたけど」

「ン。そこに畳んで入れといて」

「てかあんた、マジでこんなの売るつもり？　いくらスポーツブランドのヤツだって言っても着れなきゃ意味ないだろ」

「ハ？　そんくれー直しゃいいんじゃん」

「……直せんの、あんた？」

「いや、縫い物くれーフツーだろ。たまに古着屋でそーいうの見っけてきて直してメロカリ出したりしてっし」

「あんたは内職してる主婦か？」


「どう？　ボク的には、結構この編集自信あるんだけど？」

「なんか違う。こーいうノリじゃねー」

「いや、あのさぁ……もうちょっと具体的に言ってってば。でなきゃどこ直していいかわかんないし……ニワカのアニオタでももっとマシな指摘しますよ」

「オタクがどーとか知らねーけど、これ見るヤツはアタシみてーな素人《しろうと》だろ。アタシのソボクな感想がまんまそいつらの感想だっつの」

「まぁ、そうだけど……でもそもそも実録モノなんだから、ウソとかつけないっすよ？」

「ウソつけなくてもハデな感じにはできんだろ。こう、字幕をドヒャーッって出すとか、音ズコーッって鳴らすとか」

「……なんか擬音が昭和くさいっすね」


——とかなんとか、だんだんアタシも慣れてきたのか、ちょっとずつうまく回せるようになってきて。

牛乳パックはノルマをオーバーして加点をゲット、フリマの商品はメロカリ顔負け、ってくれーバリエーション揃《そろ》えて、屋台はなんとかカネが取れるレベルに仕上げた。

そして肝心の動画は、サンプルがいよいよ完成して「これマジで100万再生イケるんじゃん……？」ってみんなでめっちゃ盛り上がれるよーな、すげーもんになった。

このままいけば、何の問題もなく当日を迎えられるんじゃねーか、って。

そう——。

思ってた、矢先のこと。

「えっ……こ、このままじゃ、出、せ、な、い……？」

——学祭まで、1週間と少し。

ついに仕上がった動画を、ひびきが運営委員の最終チェックに持ってってって。

教室で、手隙のクラスメイト連中と、その結果を待っていた時——。

事件は、起こった。

「な、なんでっ……!?」

「わか、んない！　でも、準備委員会で、そう言われてっ」

走って戻ってきたひびきは、ぜぇぜぇ息を吐きながら言う。

「せ、せっかく、ここまで、やったのに、ありえない……！」

「いや、だからなんでだって……！　リユーとかあんだろっ！」

アタシがひびきに詰め寄ると、マサナリが間にぐいっと割り込んできた。

「待て待てあゆみ、落ち着けって！　ひびき、ほら水！」

そう言ってペットボトルの水をひびきに渡すのを見て、アタシはハッと我に返る。

そ、そーだ……リーダーのアタシが焦ってちゃ、ダメじゃん。

アタシはセンパイがするみてーに深呼吸しながら昂《たかぶ》る気持ちを抑える。そんで、ひびきの息が落ち着くまでじっと待った。

しばらくして――。


「――つまり『申請されてたものと中身がズレ過ぎてる』ってのが却下の理由だって……？」

ひとしきり事情を聞いたあと、マサナリがそうまとめた。

ひびきは悔しげな顔でこくんと頷《うなず》く。

「ノンフィクションって大々的に謳《うた》ってるのに、これじゃあまりに嘘っぽいって……。それで、企画の趣旨とズレすぎてると減点対象になるから、直した方がいいって」

「マジかよ……？　つーか嘘《うそ》にだけはならないようにって、めっちゃ気をつけて編集したんじゃなかったっけ？」

「ボ、ボクそこはかなり気をつけたっすよ！　バレたら燃えるの知ってるし！」

戸惑うマサナリに、アナヤマが焦って反論してる。

アタシはワケわかんねー難癖に思えて仕方がなくって、またカッとなる。

「つーか！　なんの根拠があって、そんなコト言っててんだよっ！」

「わ、わかんない。でも——」

「……なんかさー」

と、今度は横からユカが口を挟んできた。

「実は、うちの動画にヤラセが入ってるって『噂』が流れてるみたいなんだよねー……もしかしたらそれもあるんじゃないかな、って」

「はっ……はぁ!?」

や、ヤラセ!?

「イヤッ、そんなことねーだろ……！　だって、全部実際にその場で起こったコトを撮ってただけだろ!?」

アタシがそう言うと、ユカは難しそうな顔になって。

「うーん……そもそも、その場で起こったこと自体がおかしいんじゃん？　って話みたいでさ」

え……？

「でも、不思議に思わないー？　うちの動画、なんかめっちゃドラマティックだな、って」

ユカの言葉に、みんながハッとした顔になる。

──できあがった動画は、文句なしに最高だった。

めちゃくちゃ白熱して、すげーハラハラして、そんで最後にはきっちり収まるトコに収まって──。

それこそ、マジでプロが作ったって感じの、動画になってた。

でも……。

だからこそ。

──こんなコトって、現実にありえんの？

そう、少しでも思わなかったかっていうと……。

それは、嘘になる。

「しかも――」

ちら、とユカが周りを見回してから呟《つぶや》く。

「――それをさ。元委員長が裏で仕組んで回ってる、みたいな……」

ざわり――。

「ハ、え、センパイが……？」

言われて、アタシはハッとする。

――ていうか、まさか。

それ、もしかして前にエイジが言ってた、センパイのよくない噂ってヤツか……？

「え、長坂《ながさか》が……？」「嘘《うそ》だろ、マジで？」「ぼ、ボクはそれ初耳……」「あたしも、初めて聞いたかも……」「俺も」

「──うちの部でもそれ、言ってるヤツいた」

するとと今度は、むっつりした顔のコイズミがそう言い始めた。

「長坂《あいつ》、ずっと視聴覚室にカンヅメって話だったけど……ちょいちょい表出てうろついてたみたいでさ」

「そ……そんなんフツーに散歩だろ!?」

「うっさい、あたしに怒鳴るな馬鹿」

アタシがぐっと黙ると、コイズミはため息をついてから続ける。

「そのうろついてるトコってのが、協力者の先輩らがよく使ってる近所の駄菓子屋とかコンビニとかだった、って。長坂《あいつ》なんだかんだ有名人だし、ウチの企画もわりと注目されてたから、単なる言いがかりだろ、ってスルーしてたけど」

ちっ、と舌打ちするコイズミ。

ざわざわ、と再び教室がどよめき始める。

そ、そんなの、ぜってー言いがかりに決まってる！

たぶん休憩とかで、たまたま出かけてただけで、それを見たヤツがアホなこと言ってるに違いねーんだ！

「ていうか、センパイは⁉　本人にハナシ聞きゃ一番はえーだろ⁉」

ふと思いついて、そう声を上げる。

でもみんなは「は？」って顔をして。


「いや……長坂、今日休みだし」

「あっ……」


そ、そうだった……。

センパイの席を見ると、そこにはカバンも何もない。すっかすかの空席があるだけだ。


「つーか元委員長、最近あんま見なくない……？」「言われてみれば……」「なんかちょいちょい休んでるよね」「クラスチャットでも見ない気がする」「だれか個人的に連絡取ってねーの？」「それが師匠、最近あんまメッセージ返してくれないんすよね……」


そう――。

センパイはここのとこ、学校を休みがちだった。

生徒会の仕事ってのは家でもできるっぽくて、センパイは登校にめっちゃ時間がかかるから

「休んでそっちに集中してんのかな」とかぼんやり思ってたけど……。

　連絡すら取れねーってのは、その――。


「そもそも、本人に聞いてもホントのことなんて言わねーだろ」「ヤベーことしてたら余計にな」「てか、やましいことあるから連絡してこないんじゃ？」「やらせがバレそうだから休んでる……？」「ま、まさか本当に――」

「ん、んなことねーって！」


……いやっ、違う！

もし、もし、そうだとしてもだ！

それはゼッテー、なんかちゃんとした理由があるはずだ！

センパイがなんの意味もなく、ヘンなことするハズねーんだから！


「と、とにかく、そんなウワサ信じねーぞ！　証拠もねーのに信じてたまるか！」

「で、でもあゆみ……どのみち、このままじゃ――」

「じゃーどうしろってんだよ⁉　今さら公開諦めろって⁉」

「そ、そうじゃないってば……」

「アタシは諦めねーから、絶対っ！」

そうだ、アタシは負けねー！

だからこそ、センパイに頼まれたんだから。センパイに頼られたんだから――。

だから絶対、諦めることだけは、してやるもんかっ！

「と、とにかくまず、そのウワサってヤツを流したヤツをとっちめて、その上でなんでそんなコト言ってんのか吐かせて――」


「――本当だよ。その『噂《うわさ》』」

――。

――……え？


シン、と。

クラスが、静まり返る。

「私は――長坂《ながさか》くんが」

それを、口にしたのは――。

「ヽやヽらヽせヽのヽおヽ願ヽいヽをヽしヽてヽ回ヽっヽてヽるヽこヽとヽ。知ってたんだ」

ヽあヽのヽ目ヽをした、メイだった。

本編

“理想《うそ》”の真相

Who decided that I can't do romantic comedy in reality?

——時間は、少し遡《さかのぼ》って。

学園祭の準備が始まって、すぐのこと。


「——じゃあ今日はこれでカメラ止めますね。また明日、よろしくお願いします」

「おー、お疲れー」「いいの作ってねー！」「1年の得点はデカいからなぁ」「優勝頼むぞー！」

同じチームの3年生たちの声援を受けて、私たち撮影班は「今日もありがとうございました！」と揃《そろ》って頭を下げ、その場を辞した。

「いやー、ワリといいんじゃないの？」「ね、思ったよりちゃんと形になりそう！」「てかこれであのクラスT着たらマジの撮影スタッフみたいならねぇ？」「なるなる、絶対なる」「準備期間中も着てていいんだよね？」「みたいな。先輩らとかそれ見越して先に作ってるっぽいし」

「ウチのも早くできあがんねーかなー！」

撮影班のみんなは廊下を歩きながら、わいわいと盛り上がっている。

私はその最後尾にひっそりとついていきながら、考える。


——私が撮影班の、それもリーダーに立候補した理由は一つだけ。

長坂《ながさか》くんの意図をいち早く読み切るには、この立場に就くしかないと思ったからだ。


彼は絶対に、この企画を通して自分の〝理想《もくてき》〟の成就を目指すだろう。であれば、最前線の実働部隊である撮影班こそが、動きの兆候を掴《つか》むのに最適だ。

さらに全体をコントロールできる立ち位置にいた方が、いざという時に迅速に動けるし、発言権も持てる。色々考えたけど、結果的にこのやり方を採るしかないという判断に落ち着いた。

委員長をやめてからというもの、長坂くんは一度も表立って動いていない。

視聴覚室にこもって生徒会の仕事を手伝ってる、って触れ込みのようだけど……それを素直に信じる私じゃない。彩乃《あやの》がしきりに出入りしてることからも、何か悪巧みしてるのは明白だ。

だからきっと、彼は巧妙にその動きを隠蔽しながら、何かをしている。

それを私は、どんな些細《ささい》なきっかけからでも、必ず見つけ出して止める。

彼がその何かをやり切るのが先か、私が彼の尻尾《しっぽ》を掴むのが先か——。

これは、そういう戦いだった。

「やっぱさぁ、ＹｕｕＴｕｂｅ《ユウツーブ》チャンネル作りたくね？」「えー、アップできないんじゃ意味ないじゃん」「いやでも、上げられたらぜってー儲《もう》かるよな！」「よゆーで１００万登録狙《ねら》えるっしょ！」「いやいや、それは流石《さすが》に無謀だってー」


ははは、とみんなが笑う。

その声を聞きながら、私はきゅっと口を結んだ。


……やっぱりみんな、いつも以上に浮き足立ってる。

学祭の雰囲気に当てられてる、っていうのもあるんだろうけど、私には長坂《ながさか》くんの〝理想〟に悪影響を受けているように思えて仕方がない。

今はまだいいだろう。みんな、自分たちにできる範囲のことしかやっていないから。

でもきっと、彼の目指すものが顕在化するにつれて、その非現実さについていけなくなる。

彼の〝理想〟と、自分たちの〝現実〟とのギャップに気づいて、急に馬鹿馬鹿しく思うようになる。

そしてその矛先は、必ず諸悪の根源である彼に向いて――。

そこから、全ての破綻《はたん》が始まるんだ。

「――芽衣ちゃん？」

突然、耳に声が届き、ハッと顔をあげる。


気づけば――。

私は一人、廊下に取り残されていて。

隣には、知らないうちにやってきていた、常葉《ときわ》くんが立っていた。


「大丈夫？　顔色よくないよ……？」

その長身を屈め、心配そうにこちらを覗《のぞ》き込んでくる常葉くん。ジャージ姿のままだから、きっと部活を抜けてきたんだろう。

……ちょっと注意が散漫になってたかな。最近、あんまり眠れてないのも影響してるかも。

ざわざわと遠巻きに聞こえる喧騒《けんそう》を振り払うように首を振って、常葉くんの方へ向き直す。

「ううん、大丈夫。どうしたの？」

「あ、うん……」

常葉くんは気まずげに、頭を掻《か》きながら話し始める。

「部活で先輩に聞いてみたんだけど……耕平が協力者の先輩たちを呼び出した、って話、ホントみたい」

「……そう」

やっぱり、か。

となると、私の仮説は概ね正しかったと思っていいだろう。長坂《ながさか》くんのやっている仕込みの種は割れた。

あとは、じっくりと――。

彼が、罠にかかるのを待つだけだ。

「ありがとう、常葉《ときわ》くん。あとは私に任せて」

「……芽衣《めい》ちゃん、その……」

ふと、常葉くんが言い淀《よど》みながら何かを切り出そうとしている姿が目に映る。

「その、さ。これが、本当に――」

「違うよね」

その心中にある迷いを直感し、私は言葉を遮《さえぎ》る。

「常葉くんは、言ったよね？　私のお願いを聞いてくれる、って」

「そ、それは……」

たじろぐ常葉くんの目をじっと見つめる。

「そもそも、長坂くんに影響されすぎるとどんな気持ちになるか……常葉くんは、だれよりそれをわかってるはずだよね？」

「……」

唇を噛《か》み締めて、黙り込む常葉くん。

私はふぅ、と息を吐き、声のトーンを和らげて続ける。

「〝みんな〟は、まだね。それがわかってないの。だから何も考えずに、ただ今が楽しいから、ってだけで流されちゃってるの」

「……」

「〝みんな〟が彼と同じことをできるわけじゃない。彼と同じ〝理想《もの》〟が見れるわけじゃない。だから……最後には、絶対に辛い思いをすることになるんだよ」

「…………」

「それだけは避けなくちゃ……避けなくちゃ、また、また……」

「……また、って？」

「……ううん。ごめん、忘れて」

私は再び首を振って、話を戻す。

「とにかく、ここで諦めちゃったら、長坂くんの思う壺だから。私は絶対にやめないよ」

「芽衣ちゃん……」

「みんなが現実ってものをきちんと理解すれば、常葉《ときわ》くんみたいにわかってくれるはず。そうすればきっと〝みんな〟にとっての一番が〝普通〟でいることなんだって、わかってくれる」

「——」

「それでみんな、きっと最後には、笑ってくれるはずだから……だから、心配しないで」

ぎゅっ、と拳《こぶし》を握りしめ。

私は、前を、強く見つめる。

「だから——現実《それ》を、見つめ直す機会さえ用意できれば」

「…………」

「それさえできれば——」


私の、勝ちだ。

◆

「——本当だよ。その『噂《うわさ》』」
こうして——私は、今。

全ての準備を整えて、この場に臨んでいる。

「私は——長坂《ながさか》くんが」

驚き、目を見開いてるあゆみから目を逸《そ》らし、重々しいトーンで。

「やらせのお願いをして回ってること。知ってたんだ」

えっ——？

クラスメイトたちの驚きの唱和が響く。

——長坂くんが二重の策を投じて押し通した、クラス企画『ドキュメンタリー動画』。

もし私が長坂くんだったら、その企画である意味を最大限に生かす形で〝理想《もくてき》〟を成し遂げようとするだろう。

そもそも、彼はなぜ『動画作品《フィクション》』ではなく『ドキュメンタリー《ノンフィクション》』を選んだのか。単純に優勝を狙《ねら》うだけなら、演出によっていくらでも映えさせることのできるオリジナルドラマを撮った方がよっぽど簡単なのに。

そこをあえて、撮れ高が確保できるかもわからないものにした、その理由とは?

——答えは、一つ。

実際に『現実で起こっている出来事を撮影する』こと。

その行為自体が、彼の目的達成に繋《つな》がっているからだ。

「……ユカちゃんも言ってたけどさ。私も最初から、なんだかうまくいきすぎてるな、って思ってたんだ」

実際、私たちの撮影は順調にすぎるくらいだった。

撮影に行くたび、そこかしこでなんらかのトラブルが偶然起きて。劇的で、ドラマティックな状況が都合よくカメラに収められた。

それこそ、青春ドラマの学園祭と言えば、だれもが納得できるようなシチュエーションばかりが、狙《ねら》ったように。

「——仲の悪い先輩たちがたまたまリーダーに選ばれて、演出方針の違いで喧嘩《けんか》して、気まずくなって。でもそんな二人が、実は両想いだったってことが偶然発覚して仲直り」

他にも。

「フリープログラムでバンドをやろうとした男の先輩が、運良くピアノが得意な女子を見つけて、たまたまそのピアノを聞いてた歌好きな女子と組み、３人でステージを目指すことになる」

他にも。

「演劇の脚本担当を任された女の先輩が、偶然同じ小説家を推《お》してる男子と知り合いになって、さらにたまたま先輩の書いたネット小説を読んだことがある人で、二人は意気投合して劇の成功のために奔走することに」

他にも、他にも――。

なんて。

「こんなことばっかりが現実で起きるとか――明らかに〝普通〟じゃないよね、って」

「そ、それは……」

思うところがあったのか、あゆみがぐっと顔を歪《ゆが》めて口を噤《つぐ》んだ。

「言われてみれば……」「ウチの学祭だし、そんなものかって思ってたけど」「芽衣《めい》ちゃんまでそう言うとなると……」「不自然っちゃ不自然だよな」

〝みんな〟が口々に、内に抱《かか》えていた違和感を口にし始めた。

私は広がった不安を察知して、即座に続ける。

「そう思った私はさ……知り合いの人に、探りを入れてみたんだ」

「さ、探り……？」

「『うちのクラスの人が変な話を持ちかけたりしてないですか？』って」

「「「――！」」」

みんなが、はっと息を呑み。

「そうしたら、その人が――」

生まれた心の間隙に、差し込むように。

「――長坂くんが、やらせを、持ちかけてたことを、教えてくれたの」

その真実《こたえ》を、今ここに。

ハッキリと、明言した。

――ざわっ。

「ま、マジで……？」「やっぱり裏で長坂《ながさか》が……？」「いや、いくら師匠でも流石《さすが》にそこまでは……」「聞き間違いじゃないの……？」

「そっ、そうだよっ！　なんかの勘違いかもしんねーじゃん！」

だれかの発言を拾ったあゆみが、悲鳴のような反論の声を上げた。

でも——。

「証拠、あるんだ」

「っ——！」

スマホを取り出して、私は。

録音してもらった音声を、再生した。

『——先輩たちのご協力で、いい動画が撮れてます。ただ、間違いなく優勝が狙《ねら》えるレベルのものかというと、ちょっと不安があるかなと——』

スマホのスピーカーから流れる音声は、ノイズ交じりの低品質なものだった。

だけど長坂くんの声だとはっきりわかる、その程度には明瞭なものだ。

『——というわけで、今お見せした〝シナリオ〟に沿って動いてもらえれば、きっと優勝間違いなしで——ええ、ご心配はごもっともだと思います。ノンフィクションが売りの企画ですし——ただそれだけ優勝争いに本気だと思っていただければ——』

詳《つまび》らかにされていく彼の所業に、ざわめきを強める教室。

『――はい、ぜひクラスに持ち帰っていただいて、みなさんでご検討ください。でもきっと先輩たちは、より現実をドラマティックに彩る方を選択してくれると信じています――』

……ここまで聴かせれば十分だろう。

私は頃合いを見て再生を停止して、みんなを見回した。

「……これは3年生に持ちかけられた話。その場に居合わせた知り合いの人が『流石《さすが》にこれはダメだろう』って思ったらしくて、咄嗟《とっさ》に録音したんだって」

ざわざわ、ざわざわ。

「おいおい嘘《うそ》だろ？」「ま、マジで長坂《ながさか》が……」「流石にこれは……」「言い逃れできないやつ、だよね」「し、師匠……なんでこんなこと……」「んー、キッツイなー……」

録音《しょうこ》の存在で、もうだれも彼を擁護《ようご》できなくなっている。あゆみでさえ、悔しそうに唇を噛《か》んで黙り込んでいた。

「当然こんなの表に出したら失格になっちゃうし、一日内緒にしててくれてたみたいなんだけど……私がたまたま尋ねた時に『やっぱり不正はよくないと思う』って教えてくれたの」

――何事も万全に万全を期す、長坂くんだけど。

彼は今回、大きなミスを犯した。

それはすなわち、この手の密約は学外でやればバレないと思ったこと。

そして私の『目と耳』が、学校近隣の飲食店にも及んでいることに、気づけなかったことだ。

そう――つまり。

この音声を録音した場所は、学内じゃない。

峡西《きょうにし》近隣にある自然食レストラン『ナチュールグラス』だった。

まず私は、長坂くんの次なる行動として『絶対にやらせを仕掛けようとするだろう』と仮説を立てた。今までの彼の行動から、そうするのが最も彼らしいと判断したからだ。

そして彼は、大事な話ほど対面での会話を選ぶ傾向にある。だから今回も『必ずどこかで協力者の先輩たちにアポを取り、説得を試みるだろう』と予測した。

ただ、慎重な彼のことだ。私が諜報網を構築していることには気づいたはずだし、学内で迂《う》闊《かつ》な動きはしないだろう。

となれば、密会場所は必ず学外。秘匿《ひとく》性を重視するなら、学校からなるべく遠い場所——歩きじゃ行きにくい場所なり、地元の人しか知らないようなお店なりがベストだ。

でも今は忙しい学園祭シーズン。しかもさほど親しくない先輩たちを、遠方にまで呼び出すのはいささか無理がある。

となれば次点として、学校近隣で、峡西生《きようにしせい》があまり利用しない場所。それこそ、ナチュールグラスのような、学生にはちょっと高級なお店を選ぶのは明白だった。

——だから、私は。

事前にその手の店に訪問し、店員さんたちと知り合いになって、親交を深め。うちのクラスの企画内容を説明し、やらせのような不正行為が致命傷になりうることを伝え、クラスメイトにその手の問題を起こしそうな長坂くん《危うい人》がいることを仄《ほの》めかして——。

もし不審な行動を見かけたら即座に通報が入るような。

そんな罠《わな》を、先回りで作り上げておいたのだった。

「——みんな、ごめん」

私はみんなの困惑が一段落つくタイミングを見計らって、深々と頭を下げる。

「この事実を知った時には、もうだいぶ撮影が進んじゃってて。今から止めたらみんなに迷惑がかかるかも、って思って……ずっとどうすべきか迷ってた」

「「「――」」」
「こんなことになる前に、ちゃんと言っておけばよかった。……本当に、ごめんなさい」
私の謝罪の言葉とともに、しん、と一瞬、クラスが静まり返り。

そして――。

「……やっぱ、なぁ」「結局そういう感じ、だよね……」

ぽろぽろ、と。
〝みんな〟の言葉《ほんね》が、漏れ始める。

「ずっとさ。都合いいな、って感じてたんだよな」「まぁ、やけにスムーズに進むなぁ、とは思ってたよね……」「普通ならこんなうまくいくわけがねーよな……」「私も、正直ちょっと疑ってた」「僕も……」「あたしも……」

――さて。

現実とは思えないようなことが、現実で起こっている。

それを目の当たりにした時、〝みんな〟は、どう思うだろうか？

「俺はさぁ――」

だれかが、ふと口にする。

そう、それは、すなわち――。

「現実って実はめっちゃドラマティックなんじゃん？　とか思っちゃってたわー」

――ああ、そうだ。

つまり、それこそが――。

長坂くんが『ドキュメンタリー動画』を企画した、真の理由。

〝現実〟を、虚飾《ウソ》によって彩ることで〝理想〟と錯覚させ。

〝みんな〟を丸ごと、彼の思う〝理想〟の世界に巻き込むこと。

それが、それこそが、長坂《ながさか》くんの壮大な計画《りそう》の、行き着く先で――。

彼が作り上げる〝理想郷〟の。

本当の姿、だ。

「ま……待てよ、お前らっ！」

ざわめきを切り裂くように、あゆみが声を上げる。

「そもそもっ！　センパイに話を聞かねーことには、ホントの理由なんてわかんねーだろ！　もしかしたら他に、なんかリユーがあって――」

「あゆみには」

まだもがこうとするあゆみを黙らせるべく、言い放つ。

「他でもない、あゆみには……長坂《ながさか》くんが、こういうやり方を選ぶ人だ、ってこと……よく分かってるんじゃない？」

「――っ！」

あゆみは愕然と目を見開いて、すぐに泣きそうな顔で口を結んだ。


……うん、そうだよね。

他でもない、あゆみは。

こういうやり方《やらせ》で、彼に救われたんだから、否定できないよね……？


「つーか、今までのがやらせって聞くと急に、なぁ」「すげぇチープに見えるっていうか」「わかる」「県下一の学祭って言っても現実はそんなもんだよなー」

ボロボロ、ボロボロ。

現実に貼《は》り付けたメッキが、剥《は》がれ始める。


──結局。

長坂くんのやり方は、これまでと、何一つ変わっていない。

彼はいつもこうやって、見た目だけを取り繕うことで、ものごとを解決してきた。

〝ない〟ものを〝ある〟ように見せかけることで〝理想〟を作り出せるのだと信じていた。

でも、そうやって作った〝最高の学園祭〟なんていうものは、ただの演劇だ。

全て彼の〝シナリオ〟通りに仕組まれ、演出家である彼の手のひらの上で転がされる〝役者《キャラクター》〟を、面白おかしく見せるだけのお遊戯。

つまりは──。

全部、嘘っぱちの、偽物だ。

「なんか……急に冷めてきた」「マジメにやってたのバカバカしくなってくる」「だよなぁ」「なに必死になってたんだろって」「ちょい痛い感じあるよね」

〃みんな〃の目が、覚める。
今までのは全部夢だったんだ、と。
そんな都合のいい話はないか、と。
現実はこんなものだよね、と。

「で、でもじゃあ、動画どうするの……?」「今から撮り直しなんて無理だよな」「出さなきゃ出さないで失格になっちゃうし……」「それって不戦敗ってヤツ?」「それはぜってー先輩らにキレられるよな……」

そうして、私は――。

「――本物のドキュメンタリー動画に、作り直せばいいよ」

〃理想《かれ》〃の崩れた、このクラスで。
今からでも〃みんな〃が笑えるような――。
そんな、たった一つの〃現実《こたえ》〃を口にする。

「委員会に問題にされてるのはさ。ドキュメンタリー動画なのに過剰にドラマティックになってる、ってところだよね？」

何人かが頷《うなず》く。

「だとしたら、作り物っぽいシーンを全部カットすればいいんだよ。ここって都合良すぎるよね、ってところを、全て」

その現実解に〝みんな〟の顔がにわかに明るくなる。

「なるほど……」「まぁ別にやらせがバレたってわけじゃねーしな」「確かに、それなら」「撮り直しするよりはずっとマシではある、かな？」

「バッ、そんなんじゃ、ぜってー優勝はっ……！」

あゆみの悲痛な声に気づかないフリをして、私は続ける。

「今はとにかく表に出せるものにしなきゃ。多少妥協することになっても、失格になるよりはいいもんね」

「清里《きよさと》の言う通り……」「本末転倒《ほんまつてんとう》な結果になるくらいなら、なぁ」「残念ではあるけど、今までの努力が水の泡って方がキツいもんね」「それが現実的か……」「まぁでもさ、それなりにいいものにはなるんじゃん？」「ワンチャン、他が大したことなけりゃ新しさってだけでイケるかもだし」「あるある、十分あるでしょ」

「お、お前らっ！　ホントにそんなんでイケると思ってんのかよ⁉」

あゆみが必死に食い下がろうとするが、その言葉にもはや力はない。

今はもう〝現実《わたし》〟にしか発言権はない。〝理想《うそ》〟にしがみつくあゆみが、いくら声を上げたところで、目が覚めてしまった〝普通〟の人たちには届かない。

「じゃあその方向でいくかー」「にしても……そもそもさぁ」「ねぇ。なんで長坂《ながさか》、こんなことしちゃったのかな」「ちょっと空気読めてないよな……」「言えてる」「アウトでしょ、正直」「てかちょっとムカつ――」

「違うよ」

潮目が変わりかけたことを察して、私は間髪容れずにその空気を打ち壊す。

「長坂くんは、みんなのためを思ってやっただけ。どうしても優勝したくって、ちょっと無茶しちゃっただけだよ」

「「「…………」」」

「それに――」

私は、ちら、とあゆみに目をやって。

「そういう、い、いうノリは嫌だな、って――もうみんな、知ってるはず」

「「「…………」」」

シン――と。
場が重く、沈む。

……そうだ。

そこから先は、マイナスに行き過ぎることになる。

たとえ長坂くんの自業自得《じごうじとく》なんだとしても、その先が〝普通〟じゃないなら、私は止める。

過去《いっか》の二の舞になんて、絶対にしない。

「だからさ……彼を責めるんじゃなくて。今、私たちにできることを、精一杯やろう」

そう、だから――。


「それが――一番、だれも傷つかないで済む方法、じゃないかな？」


私の示した〝普通《こたえ》〟だけが。

すべてが丸く収まる、唯一の真実《こたえ》、なんだ。


「……そーだな」「賛成」「間違いないんじゃん？」「仕方ないね」「それでいこっかー」「あゆみも諦めなよ」「そうそう、しょうがないもん」「よく頑張ったって」「しゃーないしゃーない」

「く……うっ……！」

……ごめんね、あゆみ。
あゆみがここまでずっと頑張ってきたこと、私はよく知ってる。
クラスのだれよりも遅くまで仕事をして、わからないことは必死に調べて、無謀なことでも負けじと食らいついて……。
何度も何度も失敗しながら、ここまでなんとかやってきたことも、全部わかってる。

……でもさ。
現実ではね。

いっぱい頑張ったからって、うまくいくとは限らないんだよ。
むしろ、頑張れば頑張るほど、うまくいかなかった時の反動が、酷くなるだけなんだよ。

だから……。

ほどほどに頑張って、それなりの結果で満足して。

「まぁこんなものだよね」って。
「自分たちなりに頑張った方だよね」って。
そう納得するしか〝みんな〟が傷つかないで済む方法なんて、ないんだよ。

今ここで、あゆみ一人が、諦めれば。
もう〝みんな〟辛い思いをすることは、なくなるんだよ……？

「だからさ――」

そう、だから。

これが、今の私から。
かつての私《きみ》に対する、最後通牒。

〝理想《きみ》〟よりも。
〝普通《わたし》〟の方が。

絶対に、正しい。
絶対に、正しいんだ。

だから——。

「最後に〝みんな〟で、笑うために——現実を、選ぼう？」

お願いだから。
お願い、だから。

——。

——……。

いい加減に——。

私の、やり方で。

みんな、笑ってよ……。

幕間　ただの日常会話

Who decided that I can't do romantic comedy in reality?

――地歴準備室にて。

「にしても師匠、何でヤラセとかしちゃったのかなぁ。バレたら炎上なんて、あの師匠が予想できないわけもないと思うんすけどね……」

「そればっかりは本人じゃなきゃわかんないよねぇ……」

「この忙しい時期に3日連続で休んでるしさ。最近ちょっとよくわかんないっすね……」

「まぁ、今はいない人のこと考えてもしょうがないっしょ。で、結局編集どうする?」

「そりゃもう、芽衣《めい》ちゃんさんの言う通りカットしまくるしかないでしょ……でもそうすると、ストーリーとして成立しない気がしますけど」

「ブツ切りカットになっちゃうしねー。めっちゃ素人《しろうと》っぽくなりそう」

「ショート動画っぽくまとめればギリいけるかなぁ……とにかく構成組み直しっすね……」

「……でもさぁ、悔しくない?」

「うん?　というと?」

「ほら、せっかく穴山《あなやま》っちがプロっぽく編集したのにさ。苦労が水の泡っていうか」

「まぁ仕方ないっすよ。運営都合による謎の収益化停止とか経験してるんで、理不尽は慣れてますし。この前だってコスプレＪＫアニメの布教動画がセンシティブ判定くらってＢＡＮされそうになったし――」

「あれは運営が無能」

「ん、あれ……？　今、無能とか言いました……？」

「う、ううん？　別にそんなこと言ってないケド？」

「っと、そっか、キモオタムーヴしてすいません。鳴沢さんには興味ゼロな話っすね」

「……。てかナルね、ナル」

「あ、ご、ごめん……。その、女子のことあだ名で呼ぶとか慣れてないんで、つい……」

「占いでも『あだ名呼びがチームワーク向上の決め手！』って出てたじゃん？」

「いやだからって、今までろくに話したことない陽キャ女子相手にそれできる陰キャオタクはいないと思いますけど……」

「てか穴山っち、別に陰キャでもなくない？　話してみて思ったけど、フツーに喋《しゃべ》れてるしさ」

「そ、そうっすか……？」

「そうっすよ。それに、オタクの方は――だし」

「え？　いま、なんて……？」

「う、ううん？　何も？」

◆

――校舎裏の空きスペースにて。


「あーもうっ！　全然うまくいかねーっ！」

「い、井出《いで》くん、楽器に当たっちゃダメだってば」

「っと、ワリィ、ついむしゃくしゃして……なんでこう、一個うまくいかなくなると全部ダメになんのかなー」

「気持ちはわかるけど、それでもやらなきゃできないのは間違いないよ」

「そうなんだけどさ……てか、委員長――じゃない、長坂《ながさか》も裏工作なんてしてねーで普通に協力してくれりゃいいのに。そうすりゃもっとあゆみの負担だって減るだろーにさぁ」

「でも……それじゃまた、長坂君に任せきりになっちゃいそう。私とか、全然クラス委員の仕事できてなかったし」

「荊沢《ばらさわ》ちゃんは部活だししょうがないっしょ。吹部って運動部並みにガチだしさぁ」

「……それにたぶん、こうやって井出君と一緒に練習することもなかったよ。井出君が模擬店リーダーとして頑張ってなきゃ話すことすらなかっただろうし」

「まー俺もまさか、荊沢ちゃんに教えてもらうことになるとは思ってなかったわ。まさかバイオリンの他にギターまで弾けるとは思わねーし」

「こっちはただの趣味だけどね」

「ていうかそもそもさ、俺のことめっちゃ避けてたくね？　いつもこいつウザって顔してなかった？」

「そ、そんなことないよ？　ただ軽薄なのが苦手なだけで……」

「俺は軽薄なつもりはねーんだけど……」

「今はわかるよ。それにすごい努力家だ、ってことも」

「そ、そーか？　なんか面と向かって言われると照れるわー！」

「──『チームメイトの新たな一面が見えるかも』って占い、ほんとだったな……」

「なんか言った？」

「う、ううん？」

「まぁいいや。んでさ、ここどんな感じに弾きゃいいの？」

「あ、うん。そこは──」

◆

——部室棟にて。


「ちっ、あの馬鹿、さっさと学校来いっつーの。そしたらぶん殴ってやんのに」

「ま、まぁまぁイズミ。怒らない怒らない」

「そーそー。暴力はよくないよ暴力は」

「つーか、なんであいつは軒並み全部のプログラムに不参加なわけ?」

「確かに、今のままだと本番中に何もやることないよね……」

「店番の順番にも入ってないもんねー」

「いやそうじゃなくて。どれもバチバチに戦《や》り合うものばっかだってのに、テンション上がってないのが意味わからない」

「あー、そっち。まぁ元々イズミほど血に飢えてるわけじゃないと思うけど……」

「ただ、なんか元委員長らしくない気がする、っていうのはわかるかなー」

「だろ? いつものあいつなら絶対に嬉々として全部のプログラムに首突っ込んでる。どんだけ無茶しても」

「なんか夏休み中に意識改革でもあったのかな? 彼女でもできたとか?」

「おー、ひと夏の経験的な? 完全に陽キャじゃん、陽キャ」

「……ほんと信じらんない。やっぱ次会ったら殴る」

「でも占いじゃ『信じるものは救われる』って出てたよ？」

「あと『常識に囚《とら》われるな』っていうのもねー」

「ほんと最近占い《それ》ばっかだな、あんたら……ていうかベタベタ近寄るな、鬱陶《うっとう》しい。部活がない時くらいあたしについてこなくてもいいっつの」

「いや、部活がない時だからこそ一緒にいるんだけどね」

「そーそー」

「……いや、どういう意味だよ」

「さぁ？」

「ねぇ？」

群像劇Ⅱ　ラストバトル

Who decided that I can't do romantic comedy in reality?

【常葉《ときわ》英治《えいじ》】

芽衣《めい》ちゃんの提案に、みんなが納得して——。
これでやっと、普通の学園祭になるんだ、ってなった今でも。

——本当に、これでいいのかな。

俺は、まだ。
その言葉を、繰り返してる。

◆

白虎《びゃっこ》祭本番まで1週間を切った、週初めの月曜日。
その放課後。うちのクラスが作業場に使ってるっていう地歴資料室に、俺はいた。

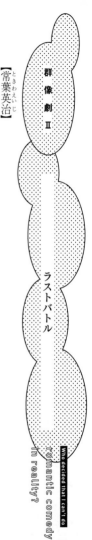

流石《さすが》にこの時期になると、どの部活も活動は控えめだ。特に体育館は特設ステージの準備で全く使えなくなっちゃうから、俺たちバスケ部も基礎トレだけでおしまいだった。

やっと何か手伝いができるかと思って教室に行ったんだけど、いまさらのこのこやってきた俺にできるような仕事はないっぽくて。結局、芽衣ちゃん付きの雑用全般ってことで、こうしてぼんやりと部屋の片隅で待機することになっていた。

「──うん、いいと思うよ。もうちょっと流れを整えればいけそう」

「おけっす。じゃー、その線で行きますね」

「お願い」

うぃー、と、どことなくやる気なさげに答える穴山《あなやま》。

芽衣ちゃんは、編集班のパソコンに表示されてる画面を覗《のぞ》き込みながら、てきぱきと指示を出していた。

その顔は真剣そのもので、張り詰めたように厳しい顔だ。

……最近。

いつもの顔で、笑う芽衣ちゃんを見たことがない。

それどころか、くすりともしてないと思う。

『──私はただ、みんなが笑ってくれれば、それでいいの』

——ふと。

またあの言葉が、蘇《よみがえ》る。

俺は芽衣《めい》ちゃんの横顔を見つめながら、その時のことを思い出す。

◆

あれは確か、清掃活動の直前で。

あゆみが耕平《こうへい》に反発して、やりすぎてしまったせいで、みんなから叩《たた》かれて——。

どうにかしなきゃ、でもどうしたらいいんだろう、って。

悩んでいた時のことだった。

『常葉《ときわ》くんはクラスの人たち……特に、イズミとか運動部の人たちがこれ以上エスカレートしないようにフォローしてほしい。私はそれ以外の人たちに働きかけてみるから』

『……うん。やれるだけ、やってみる』

その時も、今みたいにすごい真剣な顔で、テキパキと的確なアドバイスをくれたっけ。

思えば、天使《いつもの》みたいな芽衣ちゃんじゃない芽衣ちゃんを見たのは、その時が初めてだった。

『繰り返すけど、こうなった以上、あゆみのことは長坂《ながさか》くんに頼むしかない。直接の被害者《ターゲット》である彼があゆみを許してあげない限り〝みんな〟の行動の正当性を崩せないから』

『……うん』

『だからもし長坂くんが、常葉くんたちの話を聞きたいって言ってきたら、なるべく教えてあげて。彼に情報を渡すのが、一番手っ取り早いと思うから』

俺は頷《うなず》いたけど、それでも不安なのが顔に出ちゃってたみたいで……。

芽衣ちゃんは小さく息を吐いてから、とん、と肩を叩いてきた。

『心配しないで大丈夫だよ。……ううん、大丈夫にするよ。私が、絶対』

それからすぐに、ふっと顔を柔らかくして。

『常葉くんは普通に頑張ってくれれば、それでいいから。だから無理しないでね』

いつもの、天使のような笑顔を浮かべて、優しくそう言ってくれたんだ。

その時の顔を見て、俺は——。

『芽衣ちゃんはさ……なんで、俺のために、そこまでしてくれるの？』

そう、ひとりでに。

ずっと気になっていたことを、尋ねていた。

——芽衣《めい》ちゃんはいつもいつも、俺の相談に乗ってくれる。

部活の後で疲れてる時だって、テスト前で勉強が大変な時だって。いつだって俺が何かを聞けば必ず答えてくれて、真摯に向き合ってアドバイスをしてくれた。

それが俺には、すごく心苦しくて……。

すごく、不思議だったんだ。

『……うん？　急にどうしたの？』

きょとん、とした顔で首を傾《かし》げる芽衣ちゃん。

俺はぐっと両拳《こぶし》を握り締めながら、懺悔《ざんげ》するように答える。

『だって俺は……芽衣ちゃんに、何もしてあげられてないから』


そうだった。

俺は芽衣ちゃんに、何かをしてあげたわけじゃない。

ずっと芽衣ちゃんだけが、一方的に俺を助けてくれてたから。

ううん……。

きっと俺だけじゃなくて、色んな人に同じことをしてるんだと思う。

口を開けばいつだって、自分以外のだれかのことばかり気にかけているのが、芽衣ちゃんだったから。

『いつも芽衣ちゃんばっかりに、迷惑かけてさ……それじゃ、申し訳ないよ』

『……』

芽衣ちゃんは一度だって何かで返してほしいだなんて言わなかったけど……。

でもきっと、頑張った分の見返りがほしいのなんて、当たり前のことだと思ったから。

だから俺は、芽衣ちゃんがするように。

笑って言ったんだ。

『だから、芽衣ちゃんもさー。もし、助けてほしいことがあれば――』

『ううん』

……でも。

そんな俺の言葉を、遮《さえぎ》って。

芽衣ちゃんが、夕焼けの光を浴びながら、振り返ると――。

『――私はただ、みんなが笑ってくれれば、それでいいの』

優しく、柔らかく。
そして――。

『それってさ――何も特別じゃない当たり前のこと、だよね？』

寂しそうに。
貼り付けたような天使の顔で、笑ったんだ。

――あぁ、そっか。

『だから気にしないで。それが、私のやりたいことだから』
「……」

……俺は、その姿を見て、思った。
芽衣《めい》ちゃんの語った理想は、優しくて、尊くて……。
すごい芽衣ちゃんらしい考えだなーっていうのと、同時に。

それを一人で頑張るのは、きっとすごく大変なことで。
それが辛くって寂しいから、そんな顔で笑うんだろうな……って。
そう、思ったから。
『……芽衣ちゃんはさ。当たり前のいいことをすごい頑張ろう、って思ってるんだね』
『ん……』
昔からだれかにもらってばっかりの俺は。
せめて、もらってきた分くらい返さなくちゃ、って。
だから――。
『それだったら、俺にもわかるから。だから――芽衣ちゃんと同じことを、頑張るよ』
芽衣ちゃんは一人じゃないんだよ、って。
そう、伝えたんだ。

『……、ありがとう』

芽衣《めい》ちゃんは一瞬、言葉に詰まって。

でもまたすぐに、いつもの顔で笑って、そう答えた。

……俺の言葉が届いたのかどうかは、わからないけど。

でも俺は、その時に決めたんだ。

もし芽衣ちゃんに、何かをお願いされた時は

絶対に、その手助けをしてあげよう——って。

◆

「——葉くん、常葉《ときわ》くん？」

「……え、あ、何？」

はっと気づいて、顔を上げる。

見れば、ＵＳＢメモリを持った芽衣ちゃんが、傍に立っていた。

「ごめんね、暇させちゃって。これ、エンコード班のところまで持ってってくれる？」

「あ、うん……わかった」

「ありがとう。それが終わったら帰っちゃって大丈夫だから」

そう言って、芽衣ちゃんは再び穴山《あなやま》のところへ戻っていく。

俺はその後ろ姿を見送ってから、ぼんやりと立ち上がった。


――。

……でも。


いくら俺が、芽衣ちゃんの求める通りに、手助けしても。

芽衣ちゃんが、どれだけ頑張ったとしても――。


俺たちは。

二人とも。

ずっと、笑えないままだった。

『自分はなんもしてないクセに！　文句ばっか言ってる今のエイジは、マジでダッセェ!!』

……。
……ごめんな、あゆみ。

俺は、ダメなやつだから。
どこにでもいる〝普通〟のヤツだから……。

——本当、は。

本当は、これじゃダメなんだ。

そう、思ったとしても。
どうしたらいいのか——

全然、わからないんだ。

――ガラララッ!!

「――い、いたっ、常葉《ときわ》君！」

……えっ？

急に勢いよく、ドアが開いたかと思えば。

突然名前を呼ばれて、びくんと体が震える。

入り口に、立っていたのは――。

「た、玉幡《たまはた》さん……？」

あゆみの、一番の親友。

血相を変え、肩で息をする玉幡さんだった。

――タッタッタ、がしっ。

「ごめんっ！　あゆみ止めるの手伝って！」

「……え？」

言われた言葉の意味がよくわからなくて、ぽかんと口を開けて惚《ほう》ける。

玉幡《たまはた》さんは立ち尽くす俺の腕をぐいっと引っぱりながら、悲鳴のような声で。

「あゆみが、急にっ！　先輩にカチコミするとかって、出てっちゃったの！」


【勝沼《かつぬま》あゆみ】


……アタシは。

どうすれば、いいんだろう。

ずっとそればっかりを考えてた、週末だった。

――今は週明けの月曜日。

白虎祭《びゃっこ》が、次の土日にまで迫っていた。

「でー、飾りつけってこんなんでいいー？」「んー、いいんじゃん？」「ちょっと地味じゃない？　装飾付け足す？」「え、今から作るのダルくね……？」「いいよもうそれで。そんな変わんないって」「ガワをいくらそれっぽくしたとこで……なぁ？」「まぁ、じゃあいっかー」

薄暗い放課後の教室に、クラスの連中のだらだらした声が響いてる。

周りの連中はどいつもこいつも気の抜けたような顔して、それまでのノリがなんだったんだ、ってくらいにつまんなそーに仕事してた。

アタシはスマホ片手にその様子を眺めながら、チッと小さく舌打ちする。

……いくらニブいアタシでも、こいつらが何を考えてるかってことはわかった。

『今さら何をやったって、どうせ勝てない』

『できもしねーことに必死になるとか、めっちゃアホらしー』

『それならテキトーに、そこそこのトコでやめちまった方が効率的』

どうせ、そんなトコだろう。

「じゃあこれでおしまいにすっか」「残ってる仕事ないよなー？　俺帰ってゲームやりてーんだけど」「私も塾あるから帰る」「俺も課題やっかなぁ、溜まってるし」「じゃー、おつー」

「ま、待ってってば！　まだリーダーが撤収ＯＫって言ってないじゃん！」

それぞれがカバンを持ち出し始めたところで、ひびきがそう呼び止めた。

じとり、とした目がアタシたちの方に集まる。

「って言われてもさ……」「勝沼《かつぬま》、ずっとスネたまんまじゃん」「てかここんとこ全然リーダーっぽいことしてなくね？」「そうそう、そっちだってサボってるじゃん」

「そ、それは……」

ひびきが気まずげにチラチラとアタシを見る。

でも——。

アタシは、なにも言わない。

「……ほら、だんまり」「ショックなのはわかるけどさ……いい加減切り替えないと」「そうだよ、意味ないことしてもしょうがないだろ」「ワガママ言って解決する状況じゃねーしな」

見てたらイライラと気分が悪くなってきて、アタシはふいっと窓の外を見る。

天気はサイアク。雲はどんよりブ厚くて、今にも雨が降りそうだ。予報じゃ晴れ間がどーとか言ってたクセに、全然そんな風には見えねー。

「あゆみぃ……いい加減なんか言ってってばぁ」

「……」

困り顔のひびきが目に入ったけど、それでもアタシはなにも言わない。

……ううん。

なにも、言えねーんだ。


――結局、アタシは。

メイの言う、現実的な解答ってヤツに、なに一つ言い返せなくって。

おろおろしてる間に話が進んで、クラスがどんどんそっちの方向にまとまって――知らぬ間に『じゃあこれからはメイの路線でいくってコトで』と決まって、終わっちまった。

そっからアタシがどんだけ文句を言っても、どんだけ喚《わめ》いても、みんなお構いなしで。それどころか「こいつうるせーな」って感じにスルーされるようになっちまったんだ。

急になんでだよ、って思って、ない頭なりに色々考えた。

たぶん……みんながこれまで、アタシの言うことに従ってくれてたのは、それが一番当たり前ってノリだったからだと思う。

そーすることが当たり前《ジョーシキ》って空気だったから、みんなアタシのノリについてきてくれたんだ。それがメイの言う、普通のノリってのにすり替わっちまったから、みんなにアタシの言葉が届かなくなったんだ、って。

そう、前にウチの田舎に都会モンが入ってきた時と一緒だ。

どんだけ都会の当たり前《ジョーシキ》を持ち出してきても、周りの当たり前《ジョーシキ》のが強いから、何を言ったって聞いてなんてもらえない。喚《わめ》けば喚くほど当たりは厳しくなって、ついには村八分になる。

それを、ひっくり返すには——。

テメーの通したい当たり前《ワガママ》を、どうにか周りの連中にも認めさせるっきゃねーんだ。


……。

……でも。


考えても、考えても。

寝る間も惜しんで、頭が痛くなるくれーにうんうん悩んでも……。

冴《さ》えた答えなんて、全然、これっぽっちも思い浮かばなかった。


「じゃー、そういうわけで」「また明日ー」「で、俺らはこれからどうするよ?」「まぁ特にやることもねーし、テキトーにファミレスでダべる?」「ありあり。最近忙しくてそういうのできなかったし」「だよな。やっぱこのくらいがちょうどコスパいいわ」「それなー」

だからアタシは……なにも、言えない。

ただ黙って、歯を食いしばって、見てることしかできなかった。

ふとアタシは、教室の一番隅っこの席を見る。

席替えで、元々いた真ん中の席から一気に離れた場所になって。相変わらずカバンも教科書も何にもなくて、周りにだれもいない、忘れられたよーにぽっかり空いた席。

センパイの席、だ。

――もう1週間も、センパイは学校に来ていない。

なんかマジで生徒会の仕事がエグいらしくって、もうずっと家でカンヅメしてるらしい。アヤノすらめったに連絡が取れねーんだとか。

いくらなんでもそんなコトありえんの? って思うけど……だからって、他に確認する方法なんてなんにもねーし、どうしようもない。

「……センパイなら、どうすんだよ」


アタシは空席に話しかけるように、ぼそりと呟《つぶや》く。

もちろん、答えはない。

「こういう時、センパイなら、どうにかできんのかよ……」

答えはない。

「当たり前《ジョーシキ》をぶっ壊しまくってきたセンパイなら、解決できんのかよ……?」

答えなんか……。

なんにも、ない。


……。


……センパイは。

センパイは、さぁ……。

もう、クラスのことなんて。

アタシたちの、ことなんて。

どうでも、よくなっちまったのかよ……？

──ヴィー、ヴィー。

「わ……っ、とっ！」

急にスマホが震えて、思わず手を滑らせて落としそうになった。

び、びっくりした……なんだよ、なんの通知だ？

……。

……イヤ、てか。

まさか、センパ──。

「……んだよ、公式アプリかよっ」

チッ、と舌打ちして、画面ロックを解除する。

見れば、デフォルメされた白い虎のアイコン上に「1」の文字。チャットの未読通知だ。

もうっ、だれだよっ……紛らわしータイミングでメッセージ送ってくんなっ！

アタシはイライラしながらアイコンをタップして、チャット画面を開く。

差出人は──え。

「占いボット……？」

ハ、なんで……？　全然、使った覚えとかねーんだけど……？
首を傾《かし》げながら、チャットを開き。
そこに書かれてる、文面を見て――。

『己を貫け。勝沼《かつぬま》あゆみは、すっぴんが一番魅力的だ』

「――っ！」

ガタンッ、と。
椅子を倒して、立ち上がる。
「あっ、あゆみ!?　なに、急にどうしたの!?」

ビビるひびきの声を聞きながら、アタシはきょろきょろと周囲を見回した。

部屋に残ってた連中が、帰りかけてた連中が、みんなしてポカンとこっちを見てる。

ひびき、トシキ、ユカ、りょーた、トリサワ――。

何回、繰り返し繰り返し、見たところで。

かつて、この言葉をくれた――。

センパイの姿は、見当たらなかった。

「……あークソッ！　いったいどういう仕組みだよっ！」

「え、ええ……？」

ああ、でも――。

そう、そうだよ。

その言葉のおかげで、閃いた。

「ッ！」

――パシィン！


アタシは、両手で、思いっきり頬《ほお》を張って。

覚悟を、キメた。


「ちょっ……どうしちゃったの!?」

「ひびき」

「えっ、な、なに……？」

「アンタ、カメラ持ってる？」

「え……？」

「撮影用のカメラ」

「あ、う、うん……一応……？」

「そ。じゃ、それ回しながら付いてきて」

言って、ぼーっとしてるクラスの連中をかき分けて、ずんずん進んでいく。

『今のクラスで――俺は、お前以上に頼れるヤツはいない、と思ってる』

――そうだろ、アタシのバカ。

『俺の代わりに、戦ってくれ』

センパイは、アタシに。
全部を任せてるから、なにもしねーんだ。
アタシが全部、なんとかできるって思ってるから、出てこねーんだ。

だから……。

アタシは、アタシにできるやり方で。

――どうにかするっきゃねーってコトだ、大バカ野郎！

「あゆみっ！　どこ行くの!?」
人ごみの合間から顔を出したひびきが、そう投げかけてくる。

アタシがどんだけウンウン悩んだところで、イイ答えなんてのは出てくるわけがねー。
センパイとかメイみてーに頭もよくなけりゃ、うまく仕切れるわけでもねー。

でも、絶対。
絶対に、絶対。
今のこのクラスが、一番いい感じだなんて、思えねーから――。
それだけは、間違いねーから。

「ねぇってば、あゆみっ!」
「決まってんだろ」

だから、今。
アタシにできるコトなんて、ただ一つ。

「――カ、チ、コ、ミ、だ」

どんだけみっともなくても、うまくいくか全然わかんなくても――。
どれだけ失敗しても、何度負けても。
勝つまで絶対に諦めない。
たった、それだけのことだ。

◆

ガララッ、バシィンッ！
思いっきり、ドアを開け放ち。
アタシは、めっちゃ声を張って、言い放つ。
「――おいコラッ！　委員長《せきにんしゃ》、出てきやがれっ！」
ビリッ、と一瞬。
空気が固まって、時間が止まり。
そして――。

「……1年?」「1年、だよな」「マジで1年じゃん」「1年が、なんの用だよ……?」

バッチバチに不信感のこもった、ガン飛ばしの視線が突き刺さった。

――ここは、3年の教室。

センパイがやらせの話を持ちかけたっていう、協力者のいる場所だった。

アタシはごくり、と唾《つば》を飲み込んでから、一歩、教室内に足を踏み入れる。

なんかの話し合いでもしてたのか、中にはクラス全員が集まっていた。

「「「「「――――…………」」」」」

ギラッ。

瞬間、周り全員の目がアタシに向いて、とたんに足がすくんだ。

つ、つ、つーか……。

先輩の教室って、なんでこんな圧がすげーんだよ……っ！

男の先輩は、だれもかれも一回りでっかくて巨人みてーで。
女の先輩は、ガキが舐《な》めんなよ、ってカンジに鋭い目をしてて。
年なんて、1コか2コくらいしか違わねーのに――。
なんかもう、自分らとは全然、住む世界が違う、オトナみてーな。
まったく次元の違う相手、って。
なんか、そんな気にさせられちまう。

そう……そうだ。
この、ゾクゾク血の気が引いてく感覚は。
中学の時、エイジの仇討《あだう》ちに、乗り込んで――。
ボッコボコにやられて、地べたに這《は》いつくばった。
あの時以来、だった。

「――オイ」
「ひっ……！」

野太い声が飛んできて、アタシはついびくっと身を震わせる。


……く、くそっ。

ビビってんじゃねぇよ！


あん時とおんなじでポンコツのままだし、ダセェのだって変わってない。

成長なんか、全然してねーかもしれねーけど……！


でも、今回は――。

今回だけは、絶対、負けねーからな!!


アタシは思いっきり奥歯を噛《か》んで、爪が割れる勢いで拳《こぶし》を握りしめる。

そんで、声をかけてきた男の先輩にめちゃくちゃガンを飛ばす。

「あ、アンタが委員長《リーダー》かよっ！」

「あぁ、いや――」

「委員長は俺だけど」

立ちはだかっていた巨体を、ずいっとかき分けてやってきた影。

……その顔には、見覚えがあった。

撮影の時に女の先輩と揉《も》めてた、目つきがクソヤバイ、あの人だ。

「……で？　このクソ忙しいタイミングで、なんの用だよ？」

ギョロッ、と人殺しみてーな目を向けてくる。

それだけでひゅっと心臓が締め付けられてバクバクし始める。

こ、こえぇ……！　か、確実にキレてる……！

……けっ、けど！

そんな圧には、ぜってー屈しねぇっ！

アタシは恐怖を振り払うように、怒鳴り声を上げる。

「――やらせなんかに頼って恥ずかしくねーのかっ！」

シン、と。

一瞬、教室が静まった。

「……おい。どういう意味だそれ」

ビキ、と頬《ほお》を引き攣《つ》らせて、先輩が睨《にら》んでくる。

アタシは負けじとその目を睨み返して。

「やらせなんかじゃねぇ、アンタらの——素のまんまの姿を、撮らせろっつってんだよ！」

ビリビリ、と。

教室中に、アタシの声が響き渡った。


——メイの方針通りに動画をカットしたら、絶対にショボいモンになる。

そんな中途半端なもんで優勝できるとか、そんなムシのいい話があるわけがねー。

でも、いったいどこまでがやらせで、どこまでがノンフィクションなのかわかんねーから、ハデなパートは残せない。

その理屈は、わかる。


……だったらだ。

やらせ騒動までひっくるめて、ドキュメンタリーにしちまえば。

めっちゃ頑張って動画撮ったけど、最後の最後でやらせが発覚して。トラブって、動画をカットしなきゃなんねーってなって。

……でも。

そこで諦めねーで、カチコミに行って。先輩らに立ち向かって、わからせて――。

そっから、本当の真実《マジ》な姿を、カメラに収め直す。

そう――。

アタシが、そういう。

ノ、ノ、ノンフィクションを、作っちまえば。

そうすれば――。

「アンタらがやらせを認めて、マジになってくれりゃーなっ……まるっと全部を、ノンフィクションに、しちまえるはずなんだよっ！」

そうだ！

それが、アタシの閃《ひらめ》いた――。

メイのやり方よりもよっぽどつえー、最高の答え、ってヤツだ!!

「おい……さっきから何言って」

「いっ、いくら優勝してーからってな！　チンケな演技で自分らの格上げよーとか思ってんじゃねぇぞ！」

「はァ……？」

先輩は「何言ってんだコイツ」って顔でオデコにシワを寄せる。

な、舐《な》めやがって！

アタシは畳みかけるように叫び続ける。

「そんなに素の自分ってのに自信ねーのかよ！　ダッセー自分らを見せたくねーのかよ！」

「いやだから――」

「ハッ！　そうやってカッコつけて、クールぶってる方がよっぽどダッセ――ぐぇっ!?」

……と。

急に体が、ぐいっと羽交い締めにされた。

「あ、あゆみ……っ！　なにやってんの……！」

「なっ、エイジ、てめっ……！」

声からすぐに、その相手がエイジだってわかった。

「な、なんでここに……いや、そうじゃねぇっ！

「クソッ、邪魔すんな！　離せこのっ……！」

「と、とにかく落ち着けってば！」

アタシはめちゃくちゃに暴れるけど、エイジの腕にがっちりキメられててびくともしない。

そのまま、ズルズルと後ろに引きずられて、教室から連れ出されそうになる。

ま、負けて……！

諦めて、たまる、かっ……！

アタシは締め付けられながらも声を張り上げ、教室中に響くように叫び続ける。

「おいっ、先輩ども！　こ、こんなっ！　1年の女子一人に！　いいように言われてっ、恥ずかしくねーのかよ！」

「「「「……」」」」

「マジになんのがっ……そんなダセーかよ！　なりふりかまわねーで、やりてーようにやるのがそんなバカバカしいかよっ！」

「「「「…………」」」」

「アタシはそうは思わねー！　ダサかろーがっ、ダメダメだろうがっ……全力でぶつかってった方が、ぜってーいいに、決まってんだ！」

言ってて、じわり、と目頭が熱くなる。

だんだん自分でもなにを言いてーのか、なんのためにこんなこと言ってんのか、わかんなくなってきたけど。

でも――。

アタシは、諦めないで。

叫び続ける。


「どんだけ、負けても、みっともなくてもっ……！

自分に、できることをっ……めいっぱい、マジでやることだけがっ……！

いっちばん、かっけぇことに、決まってんだよ――ッ!!」


「「「「――………」」」」

はぁ、はぁ、はぁ――。

教室に、アタシの呼吸だけが、響いてる。

気づけば入り口に、ウチのクラスの連中が詰め寄せてて。

みんなでぼーぜんと、アタシの方を見てた。

「……ったく、威勢のいい1年だな」

ちっ、と。

小さく舌打ちした先輩が、じり、と1歩前に出る。

「な、なんだコラ、やんのかっ……」

「だから、まずはちゃんと話を聞けっつーの」

そして今度は、やれやれって感じで腕を組み。

「俺たちはな――」

ふっ、と、

その身から溢《あふ》れる圧を、弱めたかと思えば――。

「──やらせなんて、突っぱねたっつーの」

【清里芽衣《きよさとめい》】

──え？

私が、みんなに一歩遅れる形で、現場に辿《たど》り着いた時──。
予想だにしなかった言葉が、飛び込んできた。

「やらせを……突っぱねた？」

ぽかんとした顔のあゆみが、私たちみんなの言葉を代弁する。
沈黙が降りる、教室。
先輩は「はぁ……」とため息をつき、頬《ほお》を掻《か》きながら答えた。

「確かに、そういう提案はあったけどよ――受け入れるわきゃねーだろ、そんなもん」

――……え？

「ど、どういうコト……？」

「えーと、俺らを呼び出したあいつ……長坂《ながさか》だっけ？」

噂《うわさ》の浪人生な、と先輩は続ける。

「無下にすんのも悪いからってんで一応話は持ち帰ったけどな。議論するまでもなく却下だ」なぁ？　と。

先輩は、周りのクラスメイトに尋ねる。

「……そりゃ、ねぇ」「そんなんバレたら優勝どころじゃないし」「そもそもやらせで勝っても嬉しくないっていうか」「当たり前だろそんなの」

口々に答える、先輩たち。

締め付ける力が弱まったからか、腰が抜けたからか。あゆみがずるりとその身を滑らせて、ぺたんと床に座り込む。

それで、ぼうっとした顔で呟《つぶや》く。

「……って、コトは……？」

ああ、と。

先輩は、気恥ずかしそうに、頬《ほお》を掻《か》きながら——。

「お前らに撮ってもらった、アレコレな——全部マジだよ」

——。

——……。


うそ、だ。


そんな……。

そんな、ことが。

あるはず……ない。

「じゃ、じゃあ……動画、直さなくて、いいのか……？」

まだ思考が追いついていないのか、呆然《ぼうぜん》とあゆみが尋ねる。

先輩は腕を組みながら、やれやれ、と首を振って。

「つーか、そんなトラブってたんならもっと早く言ってこいよ。キチッと説明すりゃ一発だろ、そんなもん」

危うく優勝遠のくとこだったじゃねーか、と先輩。

「俺らも一緒に委員会まで行ってやる。それで解決だ」

「……解決」

噛《か》み締めるように、呟《つぶや》くあゆみ。

その言葉は、様子を窺《うかが》っていたクラスメイトたちにも瞬く間に伝播した。

「……え、ってことは」「動画……元のままでいいの？」「お、おお……っ！」「ま、マジで!?」「やったじゃん、穴山《あなやま》っち……！」「う、うん……！」「あゆみー！　ナイス突撃！」「やるじゃん委員長！」「マジ根性やべーな勝沼《かつぬま》！」

わっ、と。

喜びに沸き立ったみんなが、教室の中へなだれ込んでいく。

あゆみを囲んで、よかった、よかった、って、口々に言いながら。

「あゆみっ……！　このっ、バカ！」

「え、ハっ⁉」

その中から飛び出たひびきちゃんが、がばっとあゆみに抱きついた。

「あ、あれ？　ひびきアンタ、カメラは——」

「それどころじゃないっつの、このアホ！　カチコミとか危ないこと言ってぇ！　暴力沙汰《ざた》かと思ってめっちゃ焦ったし、めっちゃ心配したし！」

「い、いやだって、カチコミはカチコミじゃん……？　他になんて言えば——」

「語彙力《ごいりよく》！　語彙力なさすぎ！　トシキョーに言いつけてやるぅ！」

「ご、ゴメンて……」

ぐらぐらと肩を揺すられているあゆみのところへ、女の先輩が歩み寄る。

「ごめんね、驚かせちゃって。コイツ、人相最悪だからビビったでしょ」

「あ、ど、ども……」

それからあゆみに手を差し伸べ、立ち上がらせた。

こえー先輩は「だれが人相最悪だコラ」と悪態をついてから、あゆみの前に立つ。

「……おい1年女子。委員長なんだよな？」

「う、うん……じゃない、ハイ……？」

そして——。

ぐっ、と。

親指を立てて。

「さっきの啖呵《たんか》、痺《しび》れたぜ。

自分にできることを、全力でやる——それが、一番かっけーことだよな」


ニッ、と。

愉快げに、口端を持ち上げて、笑った。


「……とか言って、最近まで『この年でマジになるとかないわ』とかクール気取ってたクセに」

「う、うっせーな！　そりゃみんながそういうノリだったから合わせてただけだっつーの！」

「そもそも、リーダーやりたくても立候補すらできなかったチキンのくせにねー。クジで当たってマジラッキー、とか思ってんの」

「テメエこらぁ！　余計なことは言うなっつーの！　このブス！」

「なっ！　うっさい、このヘタレ！」

ははは、と。

教室が、笑い声に包まれる。

ドアの外からそれを見ている、私だけが。
目の前の光景を、受け入れられない。

——なんで？　どうして？

やらせじゃ、ない？
なんでやらせじゃないのに、こんなことが起こるの？

ここは現実なのに。
現実じゃ、ドラマなんて起こらないのに。

「っしゃ、やる気出てきた！」「もうこれぜってー優勝狙《ねら》えるよ！」「となれば、装飾もガチっちゃう？」「ガチっちゃおーぜ！　俺も手伝うわ！」「僕も僕も！」「っしゃー、委員会乗り込むぞー！」「絶対認めさせてやるからなー、待ってろよー！」

〝普通〟の〝みんな〟は——。
分不相応の〝理想〟になんて、手を伸ばしたがらないはずなのに。

「じゃーナルさん！、ボクらもいっちょエフェクト調整しましょうか。もっとよくできると思うんで！」「おっ、手伝う手伝う！　がっつりやっちゃお！」「っしゃ、やきそば組！　本番までにヘラテク磨くぞー！」「そうだね、もうちょっと頑張ってみよっか」「……ったく、ほんと馬鹿なヤツ」「とか言って嬉しそうに」「ニヤついてるんだよねー、イズミ」「うっさい。ほら、さっさと仕事戻るぞ」

ぱちん、と。
拳《こぶし》を掌《てのひら》に、叩《たた》きつける音。
その音を響かせたのは、感極まった顔のあゆみで。
そのまま、握りしめた拳を、天高く突き上げて――。

「――よぉっし、お前ら！　最後まで、気合い入れてガチってやんぞ――――っ!!」
「「「「「「「「「おおおおおおおお――――っ!!」」」」」」」」」

あぁ……。
これじゃ、まるで。

私はよろけて、廊下の壁に背を預ける。
教室から飛び出してきたみんなは、走ってそれぞれの持ち場へと向かっていく。
それを見送りながら、私は、呆然《ぼうぜん》と。

「これじゃ……まるで……」

〝みんな〟が、全員。

長坂くん、みたいじゃないか……。

【常葉英治《ときわえいじ》】

「どんだけ、負けても、みっともなくてもっ……!
自分に、できることをっ……めいっぱい、マジでやることだけがっ……!
いっちばん、かっけぇことに、決まってんだよ――――ッ!!」

――あゆみの、その叫びは。
俺の中に燻《くすぶ》ってた、もやもやとした感覚を。
一息で、吹き飛ばした。

……俺は。
俺にできることを。
ちゃんと……やってたのかな。

『俺は〝普通〟のヤツだから。当たり前のいいことしかできない、ダメなヤツだから』

ずっと……。
ずっと、そんなことばかり考えていて。
それを言い訳にして、だから仕方ないんだって、思っていたけど。

俺は――。
俺には俺にしか、できないことがあるんだ、って。

忘れてたんじゃ、ないのかな……？

ずるりと俺の腕から滑り落ちたあゆみが、床に座り込み。
あゆみの行動で開かれた活路に、みんなは沸き上がって。
みんな口々に、自分にできることを語って、動き始めて。
そして――。

だれもが、みんな。
楽しそうに、笑いながら。

それぞれの道を、進んでいったんだ。

――。

――そうして。

この、場所には――。
俺たちだけが、取り残された。

「……芽衣《めい》ちゃん」

教室から出た俺の目に映ったのは、よろよろと廊下を歩く、芽衣ちゃんだった。
みるみる遠ざかっていく、みんなの足音と笑い声に、追いすがるように。
今にも、倒れてしまいそうな、その体を。
自分一人の足で、支えながら。

「芽衣ちゃん」

その背中に、俺はもう一度声をかける。

「……常葉《ときわ》、くん」

やっと呼びかけに気づいた、芽衣ちゃんは。
ゆっくりと、こちらを振り向いた。
その顔は——。

「――現実、じゃない。こんなの……私の知ってる現実じゃ、ない」

すぐにでも泣き出して、しまいそうな――。

……ううん。
そうじゃない。

もう、長い間。
ずっと泣きっぱなしだったような。

そんな顔に、見えたんだ。

「だって……だって、おかしいもん。長坂《ながさか》くんが何もしないで、こんなことに、なるはずないんだもん」

「芽衣《めい》ちゃん……」

芽衣ちゃんは、焦点の合わない目で、自分に言い聞かせるように話してる。

「そう……絶対これも。長坂くんの、仕込みなんだから。全部、長坂くんが裏で、糸を引いてるんだから……」

その姿は、すぐに倒れてしまいそうなくらい、弱々しくて。

今にでも膝を折り、その場にへたり込んでしまうんじゃないかってくらい、追い詰められているように見えて。

でも――。

「だから――だから、絶対に。やめさせなきゃ、いけないの……」

それでも、そんなでも。

絶対に挫《くじ》けるわけにはいかないんだ、って。

ここで膝をついちゃったら、全部がおしまいなんだって。

耐えて、我慢して、歯を食いしばって。

それでもなお、進もうとする、その姿を見て――。

俺は。

俺は、俺は。

——俺が。

「……芽衣《めい》ちゃん」

「そう、そうだ……今からでも、録音を、ばら撒《ま》いて。長坂《ながさか》くんが裏で動いてた、って事実だけを誇張して、全校生徒に広めよう。それで〝みんな〟に、現実を知ってもらおう」

「芽衣ちゃん」

「だから、お願い。常葉《ときわ》くんは、私の代わりに——」

「芽衣ちゃん！」

だから、俺が。

芽衣ちゃんの前に——立ちはだかって。

「——ゴメン。もう俺は、そんな芽衣ちゃんの応援は……できないよ」

その──無茶を。

断ち切ることに、したんだ。


「常葉、くん……？」

呆然《ぼうぜん》と、俺を見上げる芽衣ちゃん。

目にかかった前髪の奥で、その瞳が揺れているのを見て、ズキンと胸が痛む。

……でも……。

「だって、芽衣ちゃん……〝みんな〟に、笑ってほしいんだよね？」

「そ、そうだよ、だから──」

「ならさ」

でも俺は、あえてその言葉を遮《さえぎ》って。

「なら、もう──それは叶ってるんじゃ、ないの？」


「……ぁ」

「みんな、笑ってたよ。すごい、楽しそうだったよ」

「……ぅ……」

「なのに、今から、邪魔しちゃったらさ――」

芽衣《めい》ちゃんの目を、真っ直ぐに見据えて。

「芽衣ちゃんが――芽衣ちゃん自身が。みんなが、笑うのを邪魔することに、なっちゃうよ」

「っ――!」


それは、きっと。

芽衣ちゃんが一番、やっちゃいけないことだから。

それだけは芽衣ちゃんに、やらせちゃいけないことだから。


だから――。

ただ、言われた通りに振る舞うんじゃなくて。

求められた通りに動くことが、お返しなんじゃなくて。

「だから、ゴメン――俺は、芽衣ちゃんの手伝いは、できない」


本当は、これじゃダメなんだよ。

そう言ってあげることこそが、曲がりなりにも芽衣ちゃんの側に立っていた――。

俺にしかできない当たり前のいいこと、なんだ。

「ま、待って……待って、常葉《ときわ》くん」

俺は何も聞こえない顔で、芽衣ちゃんに背を向ける。

「……芽衣ちゃんはさ。当たり前のことばっかりやってたせいで、当たり前以前のことを、忘れちゃってるんだよ」

「え……」

「だって――」

俺は、振り返らずに。

「最初に芽衣ちゃんが笑えないやり方、なんてさ。そんなの絶対に違うって、思うから」

それだけ告げて。

その場所から、去っていった。

【清里芽衣《きよさとめい》】

濃い雨雲によって陽の光が遮《さえぎ》られた、暗くて長い廊下。
そこを、どこへ行くでもなく、彷徨《さまよ》い歩きながら。
自問自答を繰り返す。

——私は。
私は……また、間違えたの……？

〝みんな〟笑ってる。
もう〝みんな〟笑えてるんだ。

だったら……。
それは、嬉しいことで。

私はただ、今までずっと、そのためだけに頑張ってきたから……。
もう、その必要もなくなったってことで。
だから、本当に、嬉しい――。

はず、なのに。

「私は……私、だけ……？」

――でも。
私は……。
ど、こ、に、も、い、な、い。

だって……。
私が、みんなを、笑わせたわけじゃなくて。
私が、いないところで、〝みんな〟勝手に、笑ってるだけなんだから。

私は、なにも、できていない。
私は、なにも、関係ない。

だから——。

私、一人だけ。
笑って、いない。

『最初に芽衣ちゃんが笑えないやり方、なんてさ。そんなの絶対に違うって、思うから』

……。

……私、は……。

——ドン。

ふと。
だれかに、体がぶつかる。

「――よう。随分なザマだな」

【鳥沢翔《とりさわかける》】


廊下を歩いていた俺は、避ける素振りもなくぶつかってきた清里《きよさと》に声をかけた。

「……なんの用?」

ワンテンポ遅れてこちらを見上げた清里は、俺とわかるなり警戒心を露《あら》わにする。

どう見てもいっぱいいっぱいい、ってツラだな。すっかり仮面を取り繕う余裕もなくなったらしい。

今まで積み重ねてきたモンを重しにして、ギリギリ気合いで立ってる、って感じか。

まぁ……。

概ねアイツの作戦通り、ってところだな。

「いまさら……私の、邪魔を、しにきたのかな」

「いいや、別に?」

睨《にら》みつけてくる目をスルーして、さらりと答える。

実際、この接触は単なる不慮の事故だ。

俺は清里に直接何かをしてやる、って役柄じゃねー。必要な時に必要なもんを届ける、運送屋みてーなもんだからな。

「お前に構ってられるほど暇じゃねーよ。安心しろ、俺は今回、ずっと見てるだけ、だ」

「……。ああ、そう」

清里はピクリと眉《まゆ》を持ち上げ、すぐさま何かを察したように瞳を暗く光らせる。

「鳥沢くんは、私の動きを監視して長坂くんにリークする役目だったのかな……？」

「違うね」

俺は即座に否定した。

清里は怪訝《けげん》な顔で眉根《まゆね》を寄せて、こちらの真意を探るようにじっと睨《にら》んでくる。

「……それ以外にない、と思ったんだけど？」

「ふん。まぁ、妥当な推測だな」

コイツは、そこかしこにそういう人間を置いてるらしいからな。長坂《ながさか》も同じことをしてる、って考えるのは自然な流れだ。

事実、完全に間違ってるってわけでもないが——。

俺は肩を竦《すく》めてから言う。

「そんなだから、お前はアイツにいいようにしてやられたんだろうよ」

「……？」

そもそもの前提を履き違えてやがるから、いつになっても正解に辿《たど》り着けねーってことだ。

警戒態勢のままこちらを睨《にら》む清里《きよさと》に、俺はそれ以上何も言わず、振り返って歩き始める。

――が。

「……一つだけ、ヒントをやる」

ふと思い直して、立ち止まる。

「ヒント……？」

「お前はな。最初っから、戦う相手を間違えてんだよ」

「え……？」

複数の意味を持たせた言葉を投げてから、俺は続ける。

「お前は常に、今ここにいねー相手としか戦ってねーだろ。姿を見せない長坂《ながさか》、顔の見えない有象無象《みんな》――」

「……」

「そんで、過去のテメー自身」

「――っ！」

後ろで、息を呑む気配。

まぁそれについちゃ、偉そうに言えた義理もねーんだがな。

「お前は、最初から最後まで、だれのことも見てねぇ。目に映るモンを何一つ見てないお前が、戦う相手を見失うのは至極当然だろ?」

「……」

「いい加減、自分《いま》の現実《じぶん》から目を背けるのはやめとけ。自分がどうしてーのかすらわからねーで、他人をどうこうできるかよ」

ふん……こんなもんか。

俺は息を吐いて、再び歩き始める。

「あとは自分で考えろ。俺からはそんだけだ」

じゃあな、と言い残し、清里の反応を待つことなくその場を立ち去った。

——こんだけ教えてやりゃ、きっかけにゃ充分だろ。

つい最近、同じことに気づかされた身としては、アドバイスの一つでもくれてやるのが人情ってもんだろう。ボロクソになった清里《ヤツ》を見て悦に入る趣味もねーしな。

清里も俺も、無駄に賢《さか》しいせいで、ついそれらしい小理屈にばっかり目を奪われて、それが本質だと見誤っちまう。

本質っつーのはもっとシンプルで、独善的なもんだっつーのによ。

だからいつも、理屈の前に本能が先立つ、馬鹿には勝てねーんだ。

そしてそれは、かつて俺と似て非なる関係だとか抜かした、アイツにしても同じだったと思うが——。

「……まぁ、馬鹿は感染《うつ》るからな」

自嘲《じちょう》げにそう呟《つぶや》いて、スマホを取り出す。

さて……。

そんじゃ予定通り、仕上げは任せるぞ。

せいぜい、最高に爽快な結末ってのを見せてくれよ？

大馬鹿野郎ども。

【清里《きよさと》芽《め》衣《い》】

気づいたら、鳥沢《とりさわ》くんはいなくなっていた。

でも私の中では、ずっと彼の言葉が、反響している。

『いい加減、自分《いま》の現実《じぶん》から目を背けるのはやめとけ。自、分、が、ど、う、し、て、ー、の、か、す、ら、わ、か、ら、ね、ー、で、他、人、を、ど、う、こ、う、で、き、る、か、よ、』

「そんなの……そんなの、わかってる……」

ただ〝みんな〟に、笑ってほしい。

ただ〝みんな〟に、笑ってほしい――。

繰り返し繰り返し、そう呟く。

でも繰り返すたびに、どうしてか。

心が、ずたずたに、切り裂かれていく。

どうして。

なんで、私は……。

私は、なにが、したかったの――？

――カタン。

ふと、足元から聞こえた、木の乾いた音。
見れば、私の足は、すのこの床を踏み締めていて。
目の前には、下駄箱が並んでいた。

「あ……」

遠くからは、学園祭の準備の音。
準備期間が佳境となったこの時期。放課後はまだまだ長い、この時間。
そんな時に帰ろうとする人なんて、一人もいなくって――。
私だけが、こうして独り。
だれもいない場所に、立っていた。

――ああ、そっか。
私の、居場所は……。

また、なくなったんだ。

ううん……違う。
やっぱり、最初から。

私がいていい場所なんて、どこにもなかったんだ。

どこにいっても、住む世界の違う人間。
どうしたって、何をしたって、溶け込めない異物。

清里芽衣《きよさとめい》が、清里芽衣である限り――。

〝みんな〟の中には、入れない。
〝みんな〟と共には、いられない。

それが……。

私の。
清里芽衣《きよさとめい》の。
変えられない現実、なんだ。

「────っ!!」

ドンッ──。
拳《こぶし》を、下駄箱に、叩《たた》きつける。
ビリビリと金属が震える音とともに、じわりと痛みが広がった。

……。

……私が、なにを、したいか?

そんなの……。

そんなの、さぁ……。

ずっと。

ずっと、ずっと。

——ずうっっっと、昔からっ！

「……たった一つだけに、決まってるのにっ！」

——。

——はらり。

「えっ……？」

ふと、視界をよぎる、白い何か。

私の下駄箱から飛び出したそれが、舞い落ちる。

「……こ、れ」

ひらひら、ひらひら。
足元に、舞い落ちてきた、それは。
見覚えのある、それは――。

全ての始まりの、あの日。
下駄箱に置かれていたものと、寸分違《たが》わず、まったく同じ――。
手紙《ラブレター》、だった。

◆

――がしゃん。
鉄格子のような扉が、重々しく音を立てて閉まる。

瞬間、階段から吹き上げてくる風が、私の髪をざわりと揺らした。

見上げれば、そこには視界一面を覆う曇天。

校内に溢《あふ》れているはずの喧騒《けんそう》も、ここまでは届かない。

——ここは、屋上。

私があの日、訪れることなく去った、屋上だった。


「……」


私は無言で、周囲をぐるりと見回す。

いつもなら視界を遮《さえぎ》るものが何一つないはずのこの場所は、学園祭用の備品と思《おぼ》しきテントの部品や、足場に使う鉄骨の骨組みのようなものでいくらか狭くなっている。

そんな中、一つだけ変わらずに佇《たたず》む建物——屋上倉庫。

そこの陰から——。

人の、気配がする。

――あぁ。

やっと……やっと、出てきたんだね。


長坂くん。

「君は……いったい何者、なんだよ」


私は足を踏み出しながら、尋ねる。

全ての、元凶に。


「いったい、何をやったんだよ……どうやって、私の裏をかいたんだよ……」

答えはない。

「どうして、わかってくれないの……？　どうしていつまでも、諦めてくれないの……？」

答えはない。

「どうして、どうして、君は。いつもいつも、私の邪魔をするんだよ……」

答えは、なかった。

「……っ！　なんで！」

我慢できず、私は声を荒らげる。

「なんで！　なんで、君はっ！」

歩幅を狭め、足早に。

建物の陰にいるであろう、彼の元へと詰め寄りながら。

そして――。

「――私にこんな想いをさせるんだ、って聞いてるんだよっ！　答えて、長坂《ながさか》くんっ!!」

私は、ついに。

真相に、辿《たど》り着いた。

「――残念」

そこには――。

「耕平じゃ、ないんだよね」

――彩乃《げんきょう》が、一人。

私を、待ち伏せていたのだった。

舞台裏

終盤戦：〝主人公〟上野原彩乃の戦場

Who decided that I can't do romantic comedy in reality?

あの日。
私の下駄箱の手紙から始まった、この現実。
私が始められるはずのなかった、この現実。

……それは、結果として。
すごく楽しくて、何より輝かしくて、最高に満ち足りていて。
そして——。

私が、ずっと、笑っていられる。

そんな理想の、現実《フィクション》だから——。

現実《ノンフィクション》に、上書きしよう。

◆

「――やっと返せた、それ」

私は手に持っていたスマホをしまってから、芽衣《めい》の握りしめる手紙を指さした。

「元々、私宛《あて》のものじゃないし。いつ返そうか、ってずっと思ってた」

とか言ったものの、こんな機会がなければ返すつもりなんてなかったけど。そもそも芽衣にとっては必要ないものだろうしね。

芽衣は珍しく困惑げな表情で呟《つぶや》く。

「どういう、こと……？」

「どういうことも何も。わからない？」

「いいから答えて……っ！」

キッ、と目を釣り上げて睨《にら》まれた。

……ふーん、なるほど。

普段の芽衣なら、即座に看破しそうなものだけど……もうそんな余裕はないってことだろう。

まさに――。

鳥沢君から、聞いてた通りだな。

「芽衣は、耕平《こうへい》にしてやられた――とか思ってる？」

「――」

「だったら残念。芽衣がずっと、耕平の作戦だと思ってたのは――」

ふっ、と鼻を鳴らして。

「全部、私が考えたブラフだから」

「――っ!?」

愕然と、驚きの表情を見せる芽衣。

私は、耕平《あいつ》がするように。

口端をニッと持ち上げて、笑ってやった。

――そうとも。

この白虎《びゃっこ》祭準備期間中、芽衣が耕平の仕業だと思っていた、作戦の全ては。

私があいつの思考をトレースして考えた、偽物だった。

「な……に、それ……」

未だ消化しきれていないのか、呆然《ぼうぜん》と呟いた芽衣に向け、私は朗々と語り始める。

「そもそも、最初からおかしいと思わなかった？　予想外に弱いあいつが、芽衣《めい》の不意打ちを完璧《かんぺき》に躱《かわ》せるだなんて」

「っ……！」

――まず第一に。

〝白虎《びゃっこ》祭イベント〟の実行にあたり、私は芽衣が、必ず不意打ちを仕掛けてくると読んでいた。

耕平《こうへい》にとって一番の弱点はイレギュラーであり、想定外の攻撃だ。それぱっかりはあいつがあいつである限り躱すことはできないし、当然くらった時のダメージも大きい。

芽衣は以前からそのことに勘付いていた。だからこそ、あのイレギュラーな選挙結果が出たタイミングで、耕平のメンタルをへし折りにかかったんだろうから。

なら今回も、必ずどこかで同じことをする――そう確信していたんだ。

そして、今回の〝イベント〟で、最も不意打ちに適したタイミングは、耕平が芽衣の動き出しを察知する以前。

すなわち――。

「ま、さか……っ」

と、やっと頭が回復してきたらしく、高速で結論を先回りしたらしい芽衣が憎々しげに言う。

「最初の企画会議のアレは、彩乃《あやの》が全部仕組んでっ――！」

「ご名答」

私はこくりと頷《うなず》いて。

「あゆみに『ドキュメンタリー動画』の発案者を名乗ってもらうことも、委員長に立候補するように促したのも――全部、私だ」

◆

――夏休み中。あゆみのバイト先で。

耕平があゆみに『ドキュメンタリー動画』の仕切りを任せた、その後のこと。

「あゆみ。ちょっといい？」

「あん……？」

私は耕平と入れ違いになる形で、あゆみの元へやってきた。

橋の上で交わした約束通り、今は私たち二人だけだ。

「耕平から企画の話、聞いた？」

「ん……まぁ、一応。つーか、結局アヤノも内容知ってんのかよ」

「まぁね」

反応もほどほどに、私は早速本題に入る。

「それで、私からもお願いなんだけど……もし耕平《こうへい》が企画を発案した時、反対意見が多いようだったら、フォローをしてあげてほしいの」

「えっ……フォロー、って？」

ぽかん、とした顔で聞き返される。

「いやでも、最初からアタシら賛成するつもりだけど……？」

「ここにいない人たちがどう出るかなんてわかんないじゃん。運動部とか、他の全員が反対したら流石《さすが》に通らないでしょ？」

「まぁ、それは……」

というか十中八九、芽衣《めい》はそっちを使ってくるはずだ。私があの子だとしたら間違いなくそうするし。

「だから耕平が心底ヤバそうだな、って時はあゆみの方でサポートしてあげて。他クラスの私じゃ、どうやったって手助けできないからさ」

「それは……まぁ、別に。いーけど」

あゆみは照れたように頬《ほお》を掻《か》き、それから腕を組んで言った。

「でもサポートたって、具体的にどーすりゃいいワケ？」

「耳貸して」

私はちょいちょい、と手招きをして、あゆみの耳元で作戦を伝える。

「――はぁ!? あ、アタシが委員――ムゥ!?」

「声」

咄嗟《とっさ》に口を押さえて黙らせてて、大人しくなったところで解放する。

「ぷはっ……。て、てかムリだろ！　アタシにそんな役できるわけ――」

「言うて企画の取りまとめとやること変わんないでしょ。クラス委員とか、元々そんな大変な仕事じゃないし」

というか、最初からあゆみに指導者《リーダー》的な振る舞いは求めていない。

あゆみみたいなタイプは〝委員長〟っていう肩書きさえあれば、きっと周りが勝手に助けてくれる。それは今日のみんなを見ていて確信した。

そしてきっと、周りに助けられる委員長《リーダー》って発想は、芽衣にはできない。

すべて自分の力だけで困難を乗り越えてきた芽衣には、絶対に。

だからこそ、彼女の裏をかく切り札になるはずだ。

「で、でもよ……それで、ホントにどーにかなんの……？」

「なるなる。きっとなる」

「そ、そもそもアタシ、上手い喋《しゃべ》りとか演技とか、できる自信ねーんだけど……？」

「そこは私が指導するから。みっちり、できるまで付きっきりで」

「い、いや、でも」

「大丈夫、覚える必要とかないから。体に叩き込むから」

「え……」

「頭使わなくても、反射で動けるようにしてあげる」

「ひぇっ……！」

◆

――と、そういうワケで。


「あの時耕平《こうへい》は、芽衣《めい》が何かしてくることなんて全く予想してなかった。だからあいつは、芽衣の攻撃に本気で驚いてたんだ」

「……っ」

私側の作戦は、機密指定ということにして耕平には伝えていない。

だから耕平は、あの時点では本気で焦って、万事休すだと思ったはずだ。

そして当然、目敏い芽衣は、あいつの動揺を本物だと直感して、勝利を確信したはず。

それこそが罠《わな》だってことに、気づくはずもなく。

「……で、でもっ！　長坂《ながさか》くんは、あの時、計画通りだって顔で笑っててっ！」

はっ、と思い出したかのように芽衣は声を上げた。

私は手をひらひらと振りながら、なんのことはないという風に伝える。

「あぁ、それ。だって耕平には『理由はわからないけど、自分に都合のいいことが起こったらとりあえず意味深な感じで笑っとけ』って伝えといたからね」

「なっ……！」

芽衣が唖然《あぜん》と口を開く。

「な、なんでわざわざそんなことを……っ！」

「そんなの、芽衣に耕平の力量を誤認させるために決まってるじゃん」

そう、なんでか芽衣は、ずっと耕平を過大評価してるきらいがあった。あいつが自分と同じような〝普通〟じゃない側の人間なんだと、信じ込むように。

だから私は、その思い込みを逆手にとって、あいつの本質を霞ませることにしたんだ。

「現に芽衣は、それを期にあいつに直接仕掛けることをやめたよね？　あいつの底が知れなくなったから、迂闊《うかつ》なことはできないって」

「そ、れは……！」

悔しげに目を細める芽衣。

そうやって、あいつの認識を少しだけずらしてあげたことで、芽衣《めい》は耕平のようで耕平じゃないだれかを幻視し、それと戦うことになった。

過剰に深読みして、最大限警戒して、その動きを鈍らせた。

そうして芽衣の直接介入を遠ざけたことは、耕平側の動きのためにも役に立ったから、我ながら完璧《かんぺき》な作戦だったと思う。

……おかげで「お前は最高だ」とか、そんなことも言われちゃったし。

私はこほんと咳払《せきばら》いをして、邪念を飛ばしてから続ける。

「かくして芽衣は、耕平《こうへい》が潔く表舞台から身を引いたことも作戦だと思い込み、絶対に裏で何か企んでるはずだと誤認することになった。そこまでして通した『ドキュメンタリー動画』を悪用して、何か仕掛けてくるはずだと深読みした」

「……」

「だから私は、そこにわかりやすいエサをぶら下げることにしたの」

「……っ……！」

芽衣は苦虫を噛《か》みつぶしたような顔になる。

それは、いつかだれかさんにやられたことの、意趣返しのようなものだ。

「あのやらせ騒動はね。芽衣にあたかも『耕平の作戦を読み切った』って思わせるための罠《わな》。わかりやすく今までの耕平と全く同じやり口だったでしょ？」

「そ、んな……っ」

唇を噛み、拳《こぶし》を握り締める芽衣。

「耕平には、無理言って演技をしてもらった。協力者の先輩たちに、やらせを持ちかけてもらう、っていう演技を」

これは完全に、断られること前提の仕込みだ。耕平は「〝イベント〟にノイズが混じりそうで怖い」と渋っていたけど、他にいい方法が思いつかなかったから仕方がない。

それに、耕平の〝真・計画〟が正しいのなら、先輩たちは必ず断るはずだったから。ある種、耕平を信じていたからこそ、実行に移せた面もある。

「まぁ、釣り上げるのには結構苦労したけどね……罠だってバレないように警戒しすぎたせいか、逆にエサにすら気づいてもらえないことも多かったし」

「……」

そもそも、やらせ騒動が罠だってことを事前に看破されてしまったら元も子もない。いつもの芽衣ならそのくらいのカンは働いても不思議じゃないし、最後まで罠と悟らせずエサに食いつかせるには、かなり繊細な情報コントロールが必要だと考えた。

だが蓋《ふた》を開ければ、芽衣の目は予想以上に曇っていたらしく、エサがあることにすら気づいてくれなくて。ちょっとワザとらしすぎるかな、ってくらいまでレベルを下げたナチュールグラスの一件で、やっと引っかかってくれた格好だった。

「まぁ、食いつかなかったら食いつかなかったで、その時はその時だったけど。所詮、私側って時間稼ぎでしかないし」

ひとしきり語り終えて、私はふぅと息を吐き、風で乱れた前髪を整えた。

「……」

芽衣《めい》は黙って俯《うつむ》いている。

完全にしてやられて言葉がないのか、言葉を紡《つむ》ぐ元気も残ってないのか。

——まぁ、なんにせよ、だ。

私は、タン、とワザと足を踏み鳴らし、一歩前に出る。

それにびくりと驚き、顔を上げた芽衣の顔を、正面から見据える。

「さて——これで少しは、私のことも見えた？」

「……っ」

口を開けば耕平《こうへい》耕平と、他の人《わたし》なんていないもののように扱ってくれたけど——。

まったく相手にもしてなかった〝普通〟の人《わたし》に、噛《か》みつかれた気分はどうだ、って話だ。

「ずっと芽衣が戦ってたのは、耕平じゃない。耕平の真似をした、私だ」

「――」

――この〝白虎《びゃっこ》祭イベント〟における〝共犯者《わたし》〟の役目。

すなわち〝共犯者《わたし》〟が〝主犯《こうへい》〟になり替わって、清里芽衣に打ち勝つこと。

それこそが〝真・計画〟実現の裏を担う、私側――。

チャプター〝舞台裏〟の、すべてである。

「芽衣は『耕平のことはよくわかる』とか、そんなこと言ってたけど――」

――そうして、私は。

握った拳《こぶし》を、見せつけて。

「あいつのことを一番わかってるのは、芽衣じゃない」

その先の、芽衣《めい》の瞳を。
射抜くように見て。

「上野原彩乃《わたし》だ。
だって私は——あいつの、たった一人の〝共犯者〟なんだから」

堂々と、胸を張って。
言い切って、やったのだった。

「……う……っ！」

私の勝利宣言《ことば》に、芽衣はぐしゃりと顔を歪《ゆが》めて。
ついにその場で、泣き崩れるんじゃないかってくらい、朧ろに頼りない足取りで——。

「――認め、ない」

それでも。

やっぱり。

「彩乃《あやの》に、いいようにやられたからって――」

清里芽衣《きよさとめい》は、清里芽衣だから。

「〝普通《わたし》〟が〝理想《げんじつ》〟に、屈したわけじゃ、ないんだから……っ!」

ただその責任《おもみ》だけで、踏みとどまって。

倒れては、くれなかった。

――そろそろ頃合い、かな。

私はちらりとスマホの時計に目をやって、おもむろに空を見上げる。

今にも降り出しそうだった曇り空は、気づけば隙間が見えていて。

夕焼けの光が、ちらほらと街に降り注ぎ始めていた。

「――私側の目的は、ただ芽衣に、耕平《こうへい》の真意を悟らせないようブラフをばら撒《ま》くこと。耕平の真の行動だけは絶対に邪魔されないように、芽衣を〝舞台裏〟で足止めし続けること」

あくまで私は〝共犯者〟だから。

いくら表舞台《ぶたいうら》の影武者《しゅじんこう》として戦ったからって、その立場は変わらない。

そう――。

あいつのノリで、言うのなら。

いつだって〝メインヒロイン〟を攻略するのは――。

「だから私の役目は、これでおしまい」

「――ああ。そして」

【長坂耕平《ながさかこうへい》】

たったいま、駆けつけたばかりの、因縁の屋上で――。

〝主人公《おれ》〟は。

「ここからが現実のラブコメの、総仕上げだ。――覚悟はいいか〝メインヒロイン〟?」

――さぁ、準備は全て整った。

今こそ、この現実を、ラブコメで染め上げよう。

第九章　全員がラブコメできないとだれが決めた？

Who decided that I can't do romantic comedy in reality?

今日も今日とて、学外で絶賛活動中だった俺は、上野原《うえのはら》から『本日決行』の連絡を得た直後、急いでバイクを飛ばして学校へやってきた。

その道中、上野原に依頼を受けたという鳥沢《とりさわ》から状況の説明を受け、現状を把握。そして事態の全容を掴《つか》むなり〝イベント〟決行場所の屋上へとやってきて、向かい合う二人の姿を見つけ——。

こうしてやっと、表舞台へと舞い戻ることになったのだった。

「長坂、くん……っ！」

俺の姿を確認するなり、清里《きよさと》さんはその瞳をギラリと燃やして睨《にら》みつけてきた。

その目は親の仇《かたき》に向けたもののように険しくて、つい身が竦《すく》みそうになる。

同時に、目に見えてわかるほど憔悴《しょうすい》したその姿に、胸が痛くなった。

でも——。

「これでやっと、気づけたんじゃないか？　自分の間違いに」

「――っ！」


それでも、俺は。

まず現実《きみ》を、否定しなくちゃいけない。


「き、みは……どうしてこんな、手の込んだ真似を……っ！」

「俺の目的はずっと変わってないよ」

俺はスマホの画面をタップしてからそっと胸ポケットに入れ、ぴんと背を伸ばし、清里《きよさと》さんに向かい合う。

そして、スッと一つ、息を吸ってから。

ようやく〝メインヒロイン〟に、真意《ほんね》を宣言する。


「俺がなにをしたいかなんて、終始一貫して、一つだけ。

一度きりの高校生活を最高の〝理想郷《ラブコメ》〟として成立させ、〝完全無欠のハッピーエンド〟にたどり着くこと――ただ、それだけだ」

「──そのために、君はっ！」

その目をさらに厳しく吊り上げて、清里さんは間髪容れずに叫んだ。

「〝みんな〟を、自分の筋書き通りに操って！　自分の思う〝完全無欠のハッピーエンド〟のために利用してやるんだ、って!?」

「……」

「そんなの、ただのワガママじゃん！　自分本位な幸せの、押し付けじゃん!!」

「…………」

「それこそ絶対に間違ってる！　そんなの絶対、だれにも受け容れられないっ！　最後には必ず、〝みんな〟笑えなくなるに決まって──!?」

──はっ、と。

自分の叫んだ言葉が何を意味するかを、察したか。

清里さんは驚愕《きょうがく》の表情を浮かべて、停止した。

「……気づいたか？」

「──っ」

俺は一歩、足を踏み出し、近づいて。

清里さんは、びくりと一歩、後ろに下がる。

「君はずっと〝みんな〟を笑わせよう、って、そのために頑張ってきた」

「……こ、来ないでっ」

俺は止まらない。

「でもさ……本当に、ただ〝みんな〟に笑ってほしかっただけなのか？」

「やめて、やめてよ……！」

一歩、近づく。

「ならもう〝みんな〟が笑ってる今は、目的が達成されたことになるんじゃないのか？」

一歩、近づく。

「なのに、どうして……君は、満足していないんだ？」

そして──。

手が届くところまで、あと一歩。

「つまり、清里《きよさと》さん。君がやりたかったことも、また──」

「私に、近づいて、こないでよぉっ────────!!」


やっと──。

やっと、彼女の。

その思い違いの根源にまで、たどり着いて──。

「『自分の手による〝ハッピーエンド《みんなのえがお》〟を認めてほしかった』——そういうワガママなんだよ」

ドンッ、と。

思い切り胸を、突き飛ばされる。

はぁ、はぁ、はぁ——。

清里さんの、荒々しい呼吸音だけが、屋上に響いている。

そうして——。

「——そ、れの」

ぽつり、と。

零《こぼ》れ落ちる、言葉。

「それの――――！」

……あぁ。

ついに。

やっと、ようやく、語られる――。

「――ワガママの何が、いけないんだよ!?」

〝メインヒロイン〟ではない清里芽衣《きよさとめい》、本人の言葉――だ。

――正真正銘《しょうしんしょうめい》。

「だって〝みんな〟が、いけないいんじゃんっ!!」

髪を乱して、叫ぶ。

溜めに溜め込んだ膿《うみ》を、吐き出すように。

「私が、何かをやろうとしても……っ！　だれも認めてくれないのが、悪いんじゃん!!」

俺はその叫びを、ただ黙って受け止める。

「私はただ、一番いいと思うことをやってるだけなのに！　いつも最高の答えを求めてきただけなのに！　〝普通〟の〝みんな〟が、それを分かってくれないからっ!!」

「――」

「私はっ……私だけが、なんで我慢しなくちゃいけないの!?　なんで、やりたいように振る舞っちゃいけないんだよぉっ!!」

瞳に涙を湛《たた》えながら、慟哭《どうこく》を轟《とどろ》かせる。

だけど――。

「でも……でもぉっ……！」

清里《きよさと》さんは、ぐしゃりとその顔を、歪《ゆが》ませて。

「それでっ、みんなが、辛くなっちゃうんじゃさぁ……！　みんなが、笑えなくなっちゃうんじゃさぁ！」

――やっぱり。

清里芽衣《めい》は、清里芽衣だから。

「私が……私の、方がっ！」

だれよりも優しい、女の子だから――。

「みんなのために、我慢するしか、ないじゃんかっ!!」

どうやっても、そこで。

他人《みんな》を、切り捨てられなかったんだ。

「だから、私はっ！　まずみんなのために、みんなが喜ぶことを、しなきゃいけないいんだよ!!」

「──」

「それは、私がやらなきゃいけないことだからっ……！　みんなよりも、たくさん色んなものを持ってる、私がやるべきことだから!!」

「──」

「私以外のみんなが笑えることが優先なのっ！　まずみんなに笑ってもらわなくちゃ、いけないのっ!!」

ぼさぼさに崩れた前髪を、両手で掻《か》き上げて。そのまま両目を覆い隠す。

「だって、だって、そうしないと──」

「──」

「そう、しないとぉ……！」

そして──。

遠い、彼方の、空に向かって。

「ずっとずっと、いつまでもっ！

私が、みんなと一緒に、笑えないんだよぉ――――――!!」

――いつだって前だけを向いて、光だけを求めて。

進んで進んで進み続けて、気づけばだれもいなくなってて。

繰り返されるひとりぼっちの暗闇《くらやみ》のなかで、必死に耐え続け、我慢して歩き続けて。

見ないフリをして、見てはいけないんだと言い聞かせて、目を背け続けた、そのワガママ《ほんとう》を。

どこまでも、どこまでも遠く、慟哭《どうこく》の声を、響かせながら。

ついに、彼女は――。

抗《あらが》い続けた、心からの〝理想《のぞみ》〟に。

膝を、屈したのだった。

「……やっと本音が出たな」

「うっ……うぇ……！」

屋上の床に崩れ落ち、涙を零《こぼ》す清里《きよさと》さん。

「清里さんの、本当の望みはさ。みんなを笑わせたいんじゃなくて、ただ、みんなと、笑いたかったただけ、だろ？」

俺はポケットからハンカチを取り出して、蹲《うずくま》る清里さんに差し出した。

「その本質を見失ってなお、頑張って頑張って頑張り続けたから、こんなに拗《こじ》れちゃったんだ。まったく、解《ほど》くのに難儀したよ」

振り返ることなく、顧みることなく、愚直に前に進み続ける清里さんの強さを挫《ただ》くため。

身に纏《まと》った強固な〝普通《うそ》〟を剥《は》ぎ取って、手放すには重すぎる過去の失敗《けいけん》を打ち崩して――。

ただありのままの清里芽衣《めい》として、その想いを口にできるようにするために、ひたすらに殴り続ける必要があったんだ。

「『ドキュメンタリー動画』っていうのはさ。本音《それ》を清里さんに気づいてもらうために考えた企画なんだ。たくさんの〝みんな〟の本当《ありのまま》を見て、自分の素顔《ありのまま》っていうものに向き合ってもらうために」

ノンフィクションにしたのは、素の〝みんな〟を見えやすくするため。

勝沼《かつぬま》にリーダーをお願いしたのは、あいつが最もありのままを体現していたからだ。

それはさながら、鏡の迷宮のようなもので。進めば進むほど、注意深く目を凝らせば凝らすほどに、他人《みんな》を通して自分の姿が浮き彫りになっていく。

まさに対・清里芽衣のためだけに編み出された決戦兵器なのだった。

「——だからさ」

俺はなるべく優しく、諭すように笑って。

「人がどうこうの前に、まず自分が何をしたいか、ってことをきちんと理解して——その上で。ありのままの清里芽衣を、〝みんな〟に認めてもらおうよ」

その言葉に、清里さんは正気を取り戻したように、顔を上げる。

ぐしゃぐしゃに崩れた顔で、涙を湛《たた》えたままに、再びその瞳に闘志を宿す。

「……だから！　それじゃ、ダメなんだよっ！　私が私でいる限り、みんなにわかってもらうことなんてできないんだから！」

「いいや、そんなことはない」

即座に断言した。

あまりにハッキリと否定されたことに驚いたのか、清里さんはびくりとその身を震わせた。

俺は自信満々に言葉を重ねる。

「清里さんは清里さんのまま、自分のワガママを貫き通していい。そりゃもう全力全開で、ただ〝みんな〟と一緒に笑うためだけに、最高の選択肢を選び続けていいんだよ」

「だ……だからっ、無理だって！　それじゃうまくいかないのが、現実なんだもんっ！」

「そりゃ〝普通〟の現実ならそうなのかもな」

俺は肩を竦《すく》めて苦笑する。

――ああ、そうだ。

だから、こそ、俺は。

「じゃあもしさ。今、この場所が〝普通〟じゃない現実だったとしたら、どうだ？」

「え……っ？」

俺は清里《きよさと》さんに手を差し伸べながら、ニッと笑う。

「どう、いう……？」

ぼうっ、とその手を見つける清里さんに、俺は力強く答えた。

「だって、清里さんだけが我慢しなくちゃいけない現実なんて、どう考えても現実の方が間違ってるだろ」

「――ぁ」

「だから俺は、絶対に、そんな現実を認めない」


――そうだ。

間違ってるのは、理想を求める俺たちじゃない。

理想を受け入れられない現実の方なんだ。

「だから俺は、現実《せかい》を丸ごとぶち壊すことにした」

だって――。

「〝みんな〟が全員、自分だけの人生《ラブコメ》の〝主人公〟であり、だれかがだれかの〝ヒロイン〟で〝ヒーロー〟である――そんな〝現実〟の方が、絶対に正しいに決まってるんだからさ」

「――っ!?」

清里さんが、あっ、と息を飲む。

「え、う、嘘《うそ》……っ？　まさか、もしかして、現実《せかい》って、つまり――!?」

「大正解」

――我が〝真・計画〟。

その正式名称を〝ラブコメワールド実現計画〟。

すなわち――。

「今、この学校にはだれ一人として〝普通《モブ》〟なんていない。生徒全員がラブコメの〝主人公〟である現実が、俺の理想の最終到達点だ――！」

――それは、文字通り。

〝全校生徒《みんな》〟のラブコメを作るための、壮大無比な計画なのだった。

幕間 〝ただの日常会話〟

Who decided that I can't do romantic comedy in reality?

——地歴準備室にて。

「よぉーし、気合い入れて最終仕上げっすわ！　鳴沢さ——ナルさん！」

「……」

「あ、あれっ？　うわ、すいません、やっぱあだ名呼びは——」

「そのっ！　穴山《あなやま》っち！」

「うぉっと！　は、ハイ!?」

「お願いが、あるんだけど！」

「え、ええ……な、なんです？」

「実は、私——」

「……」

「——ガチなオタクに！　なりたいの！」

「…………、え？」

「いやっ、その、ずっと隠してたけど……私、コスプレが趣味で！」

「は？　……は？」

「ああもう！　穴山《あなやま》っちを陽キャにしてあげるから、私をオタクにしてっ！」

「えええええ⁉」

◆

――校舎裏にて。


「おぉーっし、完璧《かんぺき》！　やっと弾けたわー！」

「うん、すごいいい感じだと思う。よかったね」

「荊沢《ばらさわ》ちゃん、マジ助かったー！　お礼するから何でも言って！」

「…………そう？　なら、お言葉に甘えちゃおうかな」

「うんうん！　マジ何でもいいからさ！」

「じゃあ、その……」

「うんうん！」

「私と、付き合ってくれる？」

「いいよいいよー、そんなんでよければいつだ……って？」

「よかった。じゃあこれからよろしくね」

「えっ、アレッ？　それ、買い物トカ、そういうのじゃなく……？」

「……2回も言わせないでよ」

「は、は、はァ――――!?」

◆

――体育館にて。


「……まったく、勝沼《かつぬま》のヤツ。うちの委員長ってのは、馬鹿じゃなきゃなれないのか？」

「とか言って、内心めっちゃ心配してたくせに」

「そーそー。ずっと気にしてたもんねー」

「は？　なわけないじゃん、なに言ってんの？」

「素直じゃないな、もう……」

「イズミってそういうとこかわいいよねぇ」

「おい今なんて言った。外周行きたいのか？」

「まぁ、だからいいんだけどー」

「それね、食べちゃいたくなる」

「……いや、おい。あんたら、今、なんて言った……?」

◆

——校内各所にて。


「あのさ……俺、君に好かれるようなことしたっけ? 真面目に準備手伝えって説教しただけだった気がするんだけど……」「そうだけど?」「それがなんで、毎日一緒に帰ることになってるの?」「細かいことはいいじゃん。さ、早く行こ」「は、はぁ……ていうか——」

「くそ、あいつ、俺がいるのに浮気なんて……」「私も、先週浮気されたばかりなんです! だから浮気されたもの同士、協力して仕返ししてやりましょうよ!」「断る」「なんでですかー!? こんなかわいい後輩が頼んでるのに!!」「ふぅ、まったく——」

「え、まさか……お前、ふゆきか!? 小学生の頃転校してった!?」「ははっ、気づくの遅いよ! 貸しイチだね!」「い、いや、だってまさか、昔は男とばっかり思ってたし……つかその顔、反則だろ」「ボクの顔? 美少女すぎるってこと?」「そ、そうじゃないって! 猫被りすぎってことだよ!」「あはは、色々あって擬態してるからねー」「ああ、もう——」

「「「「「「「「「「「「「「「「「「「「「「これ、なんてラブコメ——？」」」」」」」」」」」」」」」」」」」」

第十章　みんなのヒロインになれないとだれが決めた？

Who decided that I can't do romantic comedy in reality?

「何、を……何を、言ってるの、長坂《ながさか》くん……？」

ぱくぱくと口を開けて、理解できないという風に繰り返す清里《きよさと》さん。

「あれ、聞こえなかった？　生徒全てがラブコメの――」

「そうじゃなくてっ！」

真っ赤な目で睨《にら》まれた。

「そんな、馬鹿げたことがっ……できるわけないじゃん……！」

「……まぁ、真っ当な反応だよね」

と、ずっと黙ってた上野原《うえのはら》が、そろそろいいかとばかりに横からツッコミを入れてきた。

むぅ、そうかな……単に今までの〝計画〟と物量が違うってだけなんだがなー。

「どうやって……どうやって、そんな……」

うわ言のように繰り返す清里さんに、俺はやれやれとワザとらしく首を振る。

「ふーむ、仕方ない……そこまで言うなら説明しようじゃないか」

「最初から説明する気満々だったくせに」

「合いの手代わりにボケ殺しするのやめて」

俺は憮然《ぶぜん》と隠し持っていたタブレットを取り出すと、白虎《びゃっこ》祭公式アプリを立ち上げて見せた。

清里さんは未だ意図を測りきれないという顔で呟《つぶや》く。

「アプリ、って……学園祭の問題解決のためのものじゃ……」

「あぁ、もちろんその意味もあるけどね。ただそれは、カ、カ、カモフラージュの側面が強いかな」

「えっ……？」

今回の〝白虎祭イベント〟成功の要は〝公式アプリ〟の普及。

つまり『全校生徒がアプリを日常的に使用する状況を作ること』こそが、全ての鍵《かぎ》だった。

だからこそ最も突破力の高い幸《さち》さんにその役目をお願いした。必ず、どんな手を使ってでも、それだけは実現する必要があったから。

逆に言えば、それさえ通せれば８割がた〝イベント〟の成功は約束されたようなものだったってことだ。

「で、清里さんは使ってなかった機能だと思うけど——」

「正確には使わせないようにしてた、だけどね。極力アプリには意識向けさせないようにしてたし」

「あ、うん……えっと、とりあえず一回俺に説明させてくれる？」

さっきからちょいちょい自己主張入れてくるやん〝共犯者《うえのはら》〟……。いつもよか気持ちウキウキしてる気がするし、清里さんを完璧《かんぺき》にやり込めたのがよっぽど嬉しかったんだろうなー。

俺はコホンと咳払《せきばら》いを一つして続ける。

「えー、何を隠そう、アプリに仕込まれたオマケ機能——占い機能こそが、俺の本命だったんだな、これが」

「占い……って、もしかして」

何か思うところがあったか、清里《きよさと》さんはハッと顔を見上げた。

ニヤリ、と口角を吊り上げて笑った俺は、もったいぶった調子で語る。

「そう！　占いボット『KOHちゃん』とは、世を忍ぶ仮の姿——」

そしてアプリに秘密のデバックコマンドを打ち込み、このためだけに制作しためちゃくちゃクールなイメージ映像を流しながら、俺は——。

「その、真の名は！

『パーソナルラブコメ・ジェネレートAI』こと『KOH・AI《コーヘイ》』なのであったっ!!」

ババァ——————ン！

と、今回は概念的じゃないリアル効果音とともに、超かっこいいポーズをキメたのだった。

「な、ん……？」

ふっふっふ、驚いておる驚いておる。

「ほーら、こうしてKOHの後ろにAIを付けると、あら不思議！　なんと僕の名前に！」

「……その綴《つづ》りじゃ『コーハイ』だって何度言えば」

「こまけーことはいいんだよ！」

「はいはい……」

――〝KOH・AI〟は、膨大な量のラブコメ知識を学習させた人工知能《AI》である。

まずAIは、占いを利用した人物の情報を〝真・友達ノート〟のデータベースから参照し、性格・趣味嗜好《しこう》・行動傾向などから、その人に最も似た〝ラブコメ主人公像〟を類推。

続けて、人間関係データを参照し、その人と相性のいい〝ヒロイン候補〟や〝友人キャラ候補〟をマッチングさせ、人物相関図を生成。

以上の処理ででき上がった〝キャラ表〟をもとに、適合度の高いラブコメシチュエーション、シーンイメージ、シナリオパターンなどからなる、その人だけのラブコメこと〝パーソナル・ラブコメ〟を自動生成する。

そうして最終的に『占い結果という形で、その人が最も〝パーソナル・ラブコメ〟実現に近づくアクションを示す』――と、ざっくりそういう仕組みの代物だった。

「これぞまさに〝みんなのラブコメ〟を顕現させるための機械仕掛けの神《デウス・エクス・マキナ》！　我らの数か月の勉強時間と睡眠時間とを捧げて作り上げた超兵器なのであるっ！」

「まぁ言うて結果の精度はイマイチだし、もっと細かくて具体的な提案なんかは全部人力の力業だけどね」

「人、力……」

はっと顔を上げて、嘘《うそ》だろ、という顔で俺を見る。

「も、もしかして、長坂《ながさか》くんは、そのためだけに、ずっと……っ！」

「その通り」

ＡＩが示した答えの精度を測定する判定機であり、そこから最終回答まで練り上げる加工機。

それこそが、今回の〝白虎《びゃっこ》祭イベント〟における、俺側の役目。

つまり――。

「ひたすら〝みんなのラブコメ〟を回すため、裏で駆動し続ける〝舞台装置〟――それこそが、この〝イベント〟における俺の役割だったんだよ」

「……あり、えない……」

茫然自失《ぼうぜんじしつ》といった顔と、焦点の合わない瞳で、清里《きよさと》さんが言う。

「ありえる、わけがない……！　全校生徒って、いったい何百人いると思ってるの⁉」

叫ぶ声は、もはや悲鳴のようだった。

まぁ清里さんみたく占いを使ってない人もいるわけだし、厳密には全員じゃないんだけどな。

「そ、そんな膨大な数の人にハマるシチュエーションを！　リアルタイムで判断しながら、しかも指示出しまでするなんてっ！　無理、絶対に無理だよ……っ！」

「いやいや、そうでもないよ」

な――と、再び言葉を失う清里さんに、俺は告げる。

「清里さんは専門外だから知らないだろうけど、今は空前のラブコメ全盛期《ブーム》でさ。年間何百冊もの作品が世に出てるんだ」

「……は……ぁ……？」

「それこそWebや過去作品にまで幅を広げれば、その数は無限に等しい。その中からたった数百パターンの〝テンプレ〟を出力する程度、ラブコメオタクならできて当たり前だよ」

サラリとそう答えてから、俺はハァとため息を漏らす。

「とはいえ、流石《さすが》にAI用の学習データ作りは難儀したけどね……この数か月だけでどんだけのラブコメを読んだことか」

「貯金《よさん》もすっからかんだしね」

「上野原《うえのはら》にまで借金しちゃったもんなぁ……」

おかげで部屋はとんでもないことになっている。もうラブコメ図書館とか作れちゃいそうな勢いだった。

「指示出しも確かに大変ではあったけど、同時に対応する件数なんてせいぜい10や20だし。そもそも俺は、ひたすら〝選択肢〟を示し続けてただけで〝フラグ管理〟までしてたわけじゃないからさ」

流石《さすが》に、全員の〝ラブコメ〟を完璧《かんぺき》に管理する、なんてことは不可能だ。自分一人の〝シナリオ〟すら満足に作れなかったのに、他人の〝ラブコメ〟までコントロールするなんて、できるはずもない。

そもそもそのやり方は〝真・計画〟の基本理念に反しているからな。

「――でもっ！」

清里《きよさと》さんは、まだ腑に落ちないとばかりに叫ぶ。

「〝みんな〟は、青春小説みたいな学校生活なんてありえない、ってわかっててっ……！　冷めた目で『そんなの馬鹿馬鹿しい』って『無理に決まってる』って諦めて、手を伸ばそうとしないのが〝普通〟の人なのに、どうしてっ!?」

「いいや、そんなことはない」

俺は再び即断した。

「な、なんでだよぉ……！」

「青春小説《ラブコメ》にまるで興味ない、なんて人はさ。どこにもいないんだよ」

「嘘《うそ》っ！」

「いいや、嘘じゃない」

俺は首を振って続ける。

「みんな、自分にとっての理想像《ラブコメ》が、わからないだけで。それが目に見えないから、きっかけが何もないから、手を伸ばせないだけなんだ」

「……っ」

だから他人の〝ラブコメ〟が羨《うらや》ましい、妬《ねた》ましい。

自分だってやりたいのに、自分にはできないのに、あいつはいいよな恵まれてるから――と足を引っぱりたくなる。

「でももし、それに気づくきっかけが、目の前にあったなら」

――そうだ。

「すぐそこに、理想郷《ラブコメ》の切れ端が見えたなら――だれだって、手を伸ばしたくなるんだ」

それを、俺は――。

春日居《かすがい》さんに、教えてもらったから。

「だから俺は、決めたんだ。〝みんな〟が自分の理想《ラブコメ》に気づくためのきっかけを与え続けよう、って」

自らが〝主人公〟として、自分中心の〝ラブコメ〟を実現するのではなく。

自らが〝舞台裏〟の〝舞台装置〟になって、〝みんな〟のラブコメを回し続ける。

そうすれば――。

「必ず、絶対に――この現実《せかい》を、ラブコメにできるんだから」

それこそが〝真・計画〟における〝主人公〟――長坂耕平《ながさかこうへい》の〝物語《ストーリー》〟だった。

──きらり、と。

雲間から、夕陽が差し込んで。

清里《きよさと》さんの、横顔を照らす。


「……わから、ない……」

「うん？」

清里さんは、真っ赤に染まった目で。

「全然、わからないよ……なんで君は、こんな馬鹿げたことを、こんな意味わかんない規模で、成し遂げようとして……」

「──」

「じ、自分の学園祭を、全部犠牲にしてまで……どうして、ここまで……」

「……まったく。これまでの魔王っぷりが嘘《うそ》みたいにポンコツだなぁ」

やれやれ、とため息をついた。

もう完全にキャパオーバーなようで、俺が最初に言ったことすら忘れてしまったらしい。

「言っただろ。俺の目的は『最高の〝ラブコメ〟でみんなを〝完全無欠のハッピーエンド〟に導くこと』だって」

「……」

「そこには当然、清里さんだって含まれてるんだぞ?」

「ぁ……」

目を剥《む》く清里《きよさと》さん。

「清里さんが好き勝手に振る舞ったら、だれもついてこれない。なぜなら清里さんが、現実じゃありえないレベルの万能超人だから。リアル二次元か、ってくらいの超絶美少女だから」

「……」

「物語《フィクション》の世界の住人かってくらい、住む世界の違う人だから」

「…………」

「でもさ——」

俺は、笑って。


「周りの全員が、青春物語の〝主人公〟で〝ヒロイン〟で〝登場人物〟だったなら——。〝みんな〟が君と同じ、〝物語《フィクション》〟の世界にいることにならないか?」

「——……っ!!」

突き詰めて言えば、これは全部、清里さんのため。

君を〝ハッピーエンド〟に導くための、たった一つの答えでもあったんだ。

「だから俺は、現実を丸ごと〝ラブコメ〟に作り替えた。清里芽衣が清里芽衣のまま、当たり前の〝登場人物《ひとり》〟として存在できる現実《せかい》に」

「ぁ、ぁ……」

俺は、手を差し伸べる。

「さぁ、清里芽衣《しゅじんこう》。君はいったい、どうしたいんだ？」

「……」

「この現実で、何を成し遂げたいんだ？」

「…………っ」

「――さぁ、もう遠慮なんていらない！　大声で、ままならない現実に、決別《せんげん》してやれっ‼」

そうして――。

「わ、たしは……」

ぽつり、と。

溢《あふ》れ出るように、言葉が漏れ始め。

「私……私、はっ」

それだけじゃ、足りないと。

顔を崩し、前を向き、空を見上げて。

「〝みんな〟を……私の、手の届く限りの、みんなをっ、笑わせて……っ！」

やっぱり、再び。

遠く彼方の、空に向かって――。

「かけがえがない、最高に楽しい、学校生活の中で――ずっとみんなと、笑ってたいっ!!!!」

——あぁ。

最高の啖呵《たんか》だよ、〝メインヒロイン〟。

「ラブコメは全てを解決する」

だから——。

俺は、君にも。

〝理想郷《ラブコメ》〟へのきっかけを、示そう。

「〝メインヒロイン〟は、必ず、全てのラブコメの〝登場人物〟として登場する」

すなわち。

「この現実《せかい》における天性の〝メインヒロイン〟清里《きよさと》芽衣《めい》は——。

すべての世界《ラブコメ》の〝メインヒロイン〟として〝みんな〟を幸せにできるってことだ‼」

それこそが〝白虎《びやっこ》祭イベント〟のクライマックス――。

〝みんなのラブコメ〟に、突如出現した、最強の〝メインヒロイン《ラスボス》〟――。

そう――。

いつだって、ラブコメは。

〝ライバルヒロイン〟の出現で、加速するものなんだから。

群像劇Ⅲ　みんなのラブコメ

Who decided that I can't do romantic comedy in reality?

『それでは――』

こほん、と。
壇上の特設ステージで、喉《のど》を鳴らす生徒会長。
そして目一杯、その上体を反らして――。
大声で。

『――第！　42回！　峡国西高校《きようごくにし》『白虎祭』を――――開・幕・しますッ‼』

ウォオオオオオオオ――――――――‼

総勢954名もの生徒たちの声で、体育館が震撼《しんかん》する。

――今、まさに。

峡国西高校《きようごくにし》という、一つの世界《げんじつ》は――。

溢《あふ》れんばかりの青春《ラブコメ》で、満ちようとしていた。


【鳥沢翔《とりさわかける》】


「よっちゃばーれよっちゃばーれヨイヨイヨイヨイヨッ！　峡国名物、元祖鳥モツ屋台は、２年７組、２年７組だよぉ！」

「おぉっとお客さん、本家鳥モツ屋台は２年３組の方ですよー！　よってけしよってけしー！」

秋晴れの空の下、そこかしこで飛び交う客引きの声。

来場者の話し声、雑踏の音色、響く合唱部のユニゾン。

今まさに開場されたばかりの学校は、早くも祭りらしい空気に包まれていた。

クラスの連中が展示に模擬店にと追われるなか、俺は一人、外注相手と約束した待ち合わせ場所へと足を運んでいる。

　クラスでの俺の仕事はドキュメンタリー動画への楽曲提供だけで、当日の分担はない。軽音楽部《バンド》のステージがあるってのはもちろん、幸《さち》さんに特設ステージの音響監督を押しつけられたせいで、ほとんど体育館にカンヅメだからだ。

　つーわけで自由に動き回れる時間なんざほぼないんだが、既に受けていた長坂からの依頼は完遂しなきゃならねー。上野原《アイツ》との契約は切れたが、そっちの仕上げはまだ残ってるからな。

　それでも結局手が足りない以上は、外注するしかねーって結論に行き着いたわけだが――

と、いたな。

　人の流れに逆行するように向かった正門前広場の時計台。校舎に吊るされた巨大な壁画アートが一望できるその場所で、待ち合わせていた人物《ヤツ》と顔を合わせる。

「よう、大月《おおつき》」

「あっ、鳥沢先輩！　おはようございます！」

　パッと顔を上げ、威勢のいい声で答える大月。甲高い声が頭にキンキンと響いた。

　俺はコイツが一人であることを確認して続ける。

「わりぃな。ダチと来る予定だったんだろ？」

「いえ、全然大丈夫です！　明日がありますし！」

　大月はぶんぶん、と大袈裟《おおげさ》に腕を振って否定する。

「それに先輩方にはお世話になってばっかりだったので、私でお役に立てるなら嬉しいです！」

そしてやる気満々という顔で鼻息荒く両手を握りしめた。

朝っぱらだっつーのに、相変わらずバイタリティに溢《あふ》れたちんちくりんだ。寝不足の体には堪《こた》えるな。

まぁ、コイツくれーのすばしっこさがねーと、ついてくことすら不可能だろうからな。

「……で、仕事内容はわかってんな？」

「ばっちりです！」

バッとスマホを取り出す大月《おおつき》。

俺は頷《うなず》いて、ポケットからボイスレコーダーとガンマイクを取り出して渡す。

「極力、音も拾え。面割れしてねーお前なら接近は余裕だろ」

「おっけーです！　懐に抉《えぐ》り込むようにいきます！」

「なんかでトラブったら長坂《ながさか》か、幸《さち》さんの名前を出せ。ケツ持ちは連中に任せりゃいい」

「承知してます！　面倒なことは全部押し付けます！」

大概いい根性してるな、こいつも。間違いなく馬鹿の系譜だ。

俺は苦笑して踵《きびす》を返す。

「それでいい。午後のステージが終わったら回収に寄る」

「はい！　約束通り、明日はちゃんと接待してくださいね？　みんな楽しみにしてますから！」

俺は片手を上げてそれに答えてから、その場を後にする。

体育館へ向かいながら、ふと、乱れ舞う桜を思わせる絵柄の壁画が目に入った。

――さて。

長坂の話を聞く限り、万事うまくいった、ってことだが。

実際のとこ、どう落ち着いたのか。

最後に行き着く場所が、どこになるのか――。

きっちり見せてもらおうじゃねーか。

【清里芽衣《きよさとめい》】

――この間の、屋上で。

彼に言われたことを、思い出す。

『清里さんはやっぱり〝メインヒロイン〟がよく似合ってる。最強無敵、向かうところ敵なしの、勝利を約束されたチートポジションである〝メインヒロイン〟が』

正直、言ってることはめちゃくちゃだと思った。

それっぽく語ってるだけで理屈は大概無理筋で、こじつけと言っていいくらいの暴論だ。

『だが残念ながら〝メインヒロイン〟が一番人気になるとは限らないのもまたラブコメだ。むしろ、メインとか正妻とかつくキャラは大抵不人気で、魅力的な他の〝ヒロイン〟とのラブコメを妨害するお邪魔虫扱いまである』

……挙句に人気がないとかお邪魔虫とか「やっぱり喧嘩《けんか》を売ってるのかな？」って思う。

そもそも、なんでもかんでも青春小説《ラブコメ》に置き換えて考えれば解決できる、って考え方からして、ちょっと……ううん、かなりキツいよね。過去《むかし》の私も似たようなことは言ってたけど、流石《さすが》にそこまで突き抜けられなかったもん。

ほんと、思ってたよりだいぶ残念な方向に〝普通〟じゃなかったっていうか、斜め上に行っちゃってたかぁ、という感は否めない。

『しかし〝メインヒロイン〟は、その生まれ持った立場《ポジション》ゆえに、どれだけ不人気でも最後には勝ってしまう。その子は何も悪くないのに、〝みんな〟から疎《うと》まれる存在になってしまう』

……でも。

『そんな可哀想な〝メインヒロイン〟だけど──。
今じゃ、一番人気の〝真ヒロイン〟に、勝ちを譲ることだってあるんだよ』

どうしてか不思議と、その考え方が。

『つまりさ。〝メインヒロイン〟が自らあえて〝負けヒロイン〟になることで、だれもが納得できる〝ハッピーエンド〟を作ることができるんだ。〝主人公〟と〝真ヒロイン〟を、笑わせることができるんだ』

すとん、と。
腑に落ちたような気がして。

『どの世界《ラブコメ》にも必ず存在し、その選択一つで〝みんな〟を幸せにできる存在──それが〝メインヒロイン〟なんだ』

私の理想と、みんなの理想が。

重なった、気がして。

『そしてこの現実で、どこに行っても〝メインヒロイン〟になれる器の持ち主は、清里《きよさと》さんだけだ。どこにでも顔が利き、〝みんな〟と等しく親しくしていた、君にしか無理なんだ』

私が、私のまま〝みんな〟の輪に入れる気がして――。

『ラブコメに満ちたこの現実を――丸ごと〝ハッピーエンド〟に導くことができるのは、君だけなんだ』

だから――。

『――さぁ、俺は道を示した！　あとは全力で〝みんなのラブコメ〟に首を突っ込んで、好き放題に引っ掻《か》き回して――』

だから私は。

『清く！　正しく！　精一杯に負けた上で、みんなを笑わせてやれ！　清里芽衣《メインヒロイン》!!』

〝みんなのメインヒロイン〟に、なったんだ。

◆

――ザワザワザワザワ。

いつも過ごしている学校とは思えないほど、賑《にぎ》やかな空間の中を、私は走る。

白虎祭《びゃっこ》の工程は2日間。今年のプログラムは、2日目の午後にステージパフォーマンス系のイベントが集中していた。

そこから後夜祭までは全員が決められたスケジュールで動くしかないから、自由行動が許される時間は1日半ということになる。

つまりそれまでに私は、できる限り多くの現場を回る必要がある、ということだ。ゆっくり歩いていられる余裕なんて、これっぽっちもない。

私は〝白虎《びゃっこ》祭公式アプリ〟の裏管理画面をちらりと見て、ＡＩの示した巡回ルート案を頭に叩《たた》き込む。

つぅ、と首元に伝った汗をクラスＴの襟《えり》で軽く拭《ぬぐ》ってから、最初の目的地である1年4組の教室へと入った。

「――穴山《あなやま》くん、お疲れさま！」

「あっ、芽衣《めい》ちゃんさん、お疲れさまっす！」

うちの企画『ドキュメンタリー動画』の展示会場である教室は、ちょっとした映画館のようになっていた。中央に自立式のスクリーンを置いて、その周りと窓とを暗幕で囲うことで、電気をつけないとちょっと危ないくらいには薄暗い。

座席には、他校のカップル、だれかの親御さんと思《おぼ》しきご夫婦、近所の人っぽいおじさんに、花の髪飾りをつけた中学生らしき女の子――うん、さすがに満席とはいかないけど、初回上映のわりには多い方だろう。出だしは好調と見てよさそうだ。

私は『受付』と立て看板の置かれた席に座る穴山くんに小声で話しかける。

「いい感じだね。やっぱり公式ページに上げた予告動画が効いたのかな？」

「そうすっねぇ。だいぶ無茶なスケジュールだったけど、頑張ってよかったと思います」

「とはいえ、人の顔映さない縛りはヤバかったけどねー」

ひょこり、と並んで座っていたナルが穴山くんの肩に手を置きながら顔を覗《のぞ》かせる。

──うん、なるほど。

聞いてた通り、この二人はなかなかいい感じみたい。

私は、長坂《ながさか》くんに見せてもらった〝人物相関図〟と〝真・友達ノート〟の情報を思い出し、直感的に次の行動を決める。

……うん、そうだ。

この二人相手なら、こう振る舞うべきだよね？

私は、にこりと柔らかく笑いながら口を開いた。

「やっぱり穴山くんはすごいよ。ＹｕｕＴｕｂｅ《ユウツーブ》の動画もそうだけどさ、熱量とか情熱みたいなのが伝わってくるんだよね」

「え、そ、そうっすか……？」

「うん！　『あぁこの人、本当に好きでやってるんだろうなぁ』っていうのをすっごく感じるから、みんな影響されちゃうんだと思うよ」

「そ、そんなこと言われたの初めてっすよ……へへ」

恥ずかしげに頭を掻《か》く穴山《あなやま》くんの横で、ぴくりと僅《わず》かに眉《まゆ》を動かしたナル。

もちろん私は、それを見逃さない。

「ナルは知ってる？　穴山くんの動画」

「えっ……その、えっと」

「すごいんだよ！　秋アニメの布教動画でね、原作小説との表現比較って考察動画がめっちゃ丁寧で！　特典SSのネタまで網羅してるのかー、ってびっくりしちゃった」

「あっ、それ気づいてくれたんすか!?　すげー、だれにも気づかれないだろうな、って思ってたのに！」

「ふ、ふーん……」

「ふふん、穴山くんに布教されてがっつり読み込んだからねー！　今度はスピンオフの方、追っかけようと思ってるんだー」

「さすがっす！　あっ、じゃあじゃあ、今度は設定資料集貸しますんで！　これがまたクオリティがエグくてですね！　特にキャラの衣装周りの設定がめっちゃ細かくて——」

「お、それいいね！　こう見えて私、服とか結構うるさいよー？　コスプレとかもちょっと興味あったりして」

「ま、ま、マジっすか!?　ヤバい、パナい似合いそう!!」

「……てか、私のが全然詳しいし」

ぼそり、と呟《つぶや》かれた言葉は穴山くんの叫びで掻き消えてしまったけど、口と顔の動きでだいたい意味は読み取れた。

ナルはあっけらかんとした性格のワリに、ちょっと周りの目を気にしすぎる傾向がある。そのせいか、最初の一歩を踏み出すのがちょっと苦手なタイプだった。

そして、いつも一緒にいるのがあゆみたちなこともあって、オタク趣味を表に出すのを恥ずかしいことだと認識してるらしい。でも実は、すごく漫画やアニメみたいなサブカル趣味に熱中してて、そんな自分を熱量で上回る穴山くんを尊敬しているような、その穴山くんと会話してる私を羨《うらや》むような、そういう目で見ているところを何度か目撃している。

その手の情報《データ》は長坂《ながさか》くんもデータベースに登録していたようで、ＡＩはきっちり二人をマッチングし、ここまで会話ができる関係に導いたようだ。

——さて。

その上で、急に〝メインヒロイン《わたし》〟が存在感をアピールしたら、どうなるか？

元々、穴山くんと交流があったのは〝メインヒロイン《わたし》〟の方。かつ、その〝登場人物《キャラクター》〟が、思っていたよりも知識や関係性の面で一歩先にいる存在だ、って気づいたとしたら？

そうした時、きっとナルは——。

「――決めた。穴山《あなやま》っちさ、ちょっと今度顔貸して」

「え？　な、なにがっすか？」

「なにがって、今度着る衣装の布選びに決まってるじゃん！」

「えっ、ええ――!?」


――うん、そうだよね。

そうすれば、今の位置からもう一歩、前に踏み出そうとするはずだよね？


「……それじゃ、二人とも当番よろしくね！　私は屋台の方見てくる！」

「えっ、あ、はい！」

「穴山くん、資料集、絶対貸してね！　待ってるから！」

「も、もちろ――」

「ちょっと穴山っち、先に――」

私は笑って踵《きびす》を返し、出口へと向かう。

よし、バッチリ。これで二人はしばらく大丈夫だろう。

元々、同じ方向を向いてる二人だもん。一緒に歩き始めちゃえば、そうそう邪魔できる人なんていないはずだよね。

私は部屋を出て、そのまま立ち去ろうとして――。
ちょっとだけ立ち止まり、ドアの陰に隠れて中の様子を窺《うかが》う。
わいわいと話す二人は、さっきよりも距離感が近くなっていて――。
そして、何より。

「……やった」

ちゃんと――。
笑って、くれてる。
私はぐっ、と小さく拳《こぶし》を握って、今度こそその場を離れた。
――のんびりしてる暇はない。
まだまだ、やることはたくさんあるんだから！

【常葉英治《ときわえいじ》】


「常葉ー！　このキャベツ持ってってー！」

「はいはーい！」

「あっ、常葉くん！　一緒に玉ねぎも持ってける!?」

「いいよー！　どっちも蓋《ふた》の上に載っけちゃってー！」

俺の持つ『五沢製麺所』と書かれたトレーの上に、どっさりとカット野菜の入ったザルが置かれた。

ずしりと重みが増したけど、このくらいなら大丈夫。ちょうどいい筋トレだ。

「じゃあ行ってくるね！」

よろしくー、という答えを聞きながら、俺は調理室を飛び出した。道行くお客さんに当たらないように気をつけながら、小走りで屋台の方へと向かう。

うちのクラスの模擬店、やきそば屋台は大盛況だった。

ちょうどお昼時だっていうのと、あんまり主食系を取り扱ってるクラスがないこと。あと、1パック150円っていう価格設定もあって、もうストックが切れちゃったらしい。

材料の下ごしらえは調理室で、調理は屋台の大きな鉄板で、っていう区分けになっていて、俺はその間を繋《つな》ぐ運搬係だ。

元々はフリーマーケットの方で店番してたんだけど……あゆみがいきなりやってきて「運動バカがこんなとこいてどーすんだ！　サボってねーで手伝え！」とかなんとか引っ張りだされて、今は完全に肉体労働要員としてコキ使われているのだった。

「追加の材料お待たせー！」

体育館と柔道場の間の広場がうちのクラスのスペースだ。俺は滑り込むようにテントの裏に入り、トレーを所定の場所にどんと置く。

中では鉄板がじゃーじゃーと音を鳴らし、沸き立つ湯気がもわもわと立ち上っている。

「――エイジ、それ！　そのままここにひっくり返して！」

と、今まさにやきそばを作っている最中のあゆみが、両手のコテを縦横無尽《じゅうおうむじん》に振るいながらそう言った。

「らじゃー！　おいしょーっ！」

俺は言われるがまま、キャベツと玉ねぎのザルを、肉が躍る鉄板の上に広げる。

ジュッ、と一瞬だけ音が弱くなり、それからすぐに湯気が立ち上り始める。

あゆみの大叔父さん《ひろつさん》のとこから借りてる設備だからか、火力はバッチリみたいだった。

にしても、めちゃくちゃ美味そうだなー……メシ食ったばかりだけど、またお腹空いてきたかも。

「ハイ、ボサッとしてねーですぐ退《ど》く！　邪魔邪魔！」

「おっとと、ごめーん！」

ずいっと体で押しのけてきたあゆみに謝って、そそくさと後ろの空きスペースまで下がる。

あゆみはクラスTに制服のスカートっていう格好で、シャツは肩口まで捲《まく》り上げ、首にはタオルをかけている。短く切り揃《そろ》えた髪は、ちょんと小さく後ろで一つにまとめられていた。

格好としてはレジャーセンターで働いてる時と似たようなもので、俺としてはわりと見慣れたものだ。

でも、なんだろう。

今はその格好が、輪をかけて似合って見える。

みんなの邪魔にならないところにまで下がった俺は、しばらく調理の様子を眺めていた。

「ひびき、水！　ぐるっと1周だけでいーから！」

「ほいさー！」

「ユカは麺！　1個ずつほぐしながら入れて！　手抜きで全部一気に突っ込むんじゃねーぞ！」

「わかってるってばー」

「んで他の連中は容器を並べる！　そっちの長机、蓋《ふた》開けた状態で一列に！」

「「らーじゃー！」」

テキパキと指示を出すあゆみと、それに迅速に答えるみんな。

あゆみを中心として、みんなが一丸となっているのが一目でわかる動きだった。

──あぁ、本当に。

あゆみは、すげーなー。

俺は遠い目で、その背中を眺める。

あゆみがちゃんと、自分の力だけで、みんなに認められて。

どれだけ不器用でも、うまくできなくても。ひたすら、自分にできることだけをやり続けた結果が、これなんだ。

ずっとずっと諦めないで、頑張ってきた結果がこれなんだ。

「っしゃ、いっちょあがりっ！」

「「「おおっ、めっちゃはえー！」」」

「こんくれーフツーだフツー！　ほら約束通り、あとはアンタらだけでどーにかして！」

「「「引き続きよろしくリーダー！」」」

「ハァ!?　ちょっ、待てコラ！　めっちゃ暑いんだよ、これっ」

笑うみんなの輪の中で、ぎゃーすか喚《わめ》くあゆみ。

その光景があまりに眩《まぶ》しく見えて、俺はつい目を細めてしまう。

……本当に、よかったと思う。

心の底から嬉しい、って、そう思う。


ただ、ちょっとだけ——。

ずっと俺の後を追いかけてきたあゆみが、すごく先へ行ってしまったみたいで。

もう俺が気にかける必要はないんだ。心配するようなことはないんだ、って思うと……。

それが、少しだけ、寂しい。


「——エイジ！　アンタもボケッとしてんじゃねーよっ！」


——そう、俺が。

気を落としかけていた時に、あゆみの声が、聞こえて。

振り返って俺に催促する、その姿を見て——。


『——エイジは、ぼんやりしすぎっ！　もう見てらんない！』

懐かしい、昔の記憶を思い出した。

ああ――。

そっか……そう、だった。

ずっと昔。

小学校にも上がる前の、ずっとずっと小さかった頃。

あゆみの家で、近くの山で、いつもの神社で――。

俺はずっと、あゆみに連れ回されるように、遊んでいたんだ。

その頃は、いつだって俺を心配してたのは、あゆみの方で。

その頃から、いつだってあゆみの方が、俺を引っ張ってくれていたんだ。

そして、そういう時――。

あゆみはいつだって決まって、こう言ったんだ。

「のんびりでもいーから！　ちゃんとアンタにやれることやれっ！」

そう――そうだ。

――本当にそれだけで、いいんだ。

ただ、俺は――。
俺にできる当たり前のことを、精一杯頑張るだけでよくって。
ダメダメでも、ゆっくりでも。
ただ、自分のペースで前に進んでいけばいいんだ、って。
そういうこと、なんだと思うから。
だから、俺は――。

「――りょーかーい！　行ってくるなー」

柔らかく、笑いながら。

のんびりと、駆け出した。


【清里芽衣《きよさとめい》】

「――よかった」


物陰から、笑顔で駆けていく常葉《ときわ》くんを見送って、ほっと胸を撫《な》で下ろす。

それとなくシフトを操作して、あゆみと関われるチャンスを増やしたのは正解だったな。

……やっぱり常葉くんは、ああやってふにゃっと笑ってる方が似合ってる。

そしてそれを一番よく知ってるのは間違いなくあゆみで、あゆみならきっとそれを思い出させてあげられるだろうって、そう思ったから。

常葉くんが、一番常葉くんらしくいられるのは、やっぱりあゆみの近くにいる時だもんね。

……私のワガママに巻き込んじゃったばっかりに、ずっと無理させて、ごめんね。

そして、ありがとう。
常葉《ときわ》くんが、あの時、私を拒絶してくれたから——。
私《わたし》は、自分に気づくことができたよ。

「——さっ、次だ！」

ぱん、と頬《ほお》を張って、私も再び、前に進み出す。

◆

——そうして、私は走り続けた。

ずっとずっと、ひたすらに。
だれにとっての〝メインヒロイン〟でもおかしくないように、振る舞いながら。
私として、私らしく、私にしかできないことを。
ただ、やり続ける。

「井出《いで》くん、演奏最高だったよー！」「おおー芽衣《めい》ちゃん！　さんきゅー！」「今度さ、私にもギター教えてくれない？　実は前からちょっと興味あって……」「えっ、マジで!?　教える教える、それなら二人で――」「――二人で、何？」「え、ば、荊沢《ばらさわ》ちゃん……？」「早速そういう態度取るんだ、ふーん……」「ま、待った！　誤解だから誤解！」

「よっ、イズミ！」「うおっ……って、なんだ芽衣か」「あはは、びっくりした？」「つーかくっつくな、暑苦しい」「えーいいじゃん、女同士だし」「そ、そんなことはないんじゃないかなー？」「そうそう、よくないよくない！」「ああもう……頭痛い」

10組を超えたあたりでご飯を食べてないことに気づいて、30組に届く時にはなんだか眩暈《めまい》がしたりもしたけど。

それでも私は、立ち止まらずに。

回って回って、回し続けた。

「――ふふ」

だって……。
みんな、笑ってる。
みんな、笑ってるんだ。

私が、私として、私らしく振る舞ってるだけなのに。
全然、これっぽっちも、遠慮なんてしてないっていうのに——。

「あははっ……！」

青春《ラブコメ》に溢《あふ》れた、この学園祭《おまつり》は。
全部が全部、最高の選択《こたえ》だけで形作られたこの世界《げんじつ》は——。

やっと、私が。私のままで。
〝みんな〟の中で、笑っていられる。

理想郷、そのものだった。

「さて――」

なんとか今日の目標を達成し、校庭の端にあるテニスコートのフェンス越しに空を見上げた。

気づけば、もうすぐ1日目の一般公開が終わる時間だ。夕焼けとまでいかないまでも、影を伸ばすくらいに日は傾いていていて、駐車場に停まる車の数もだいぶ少なくなっていた。

まだもう少し時間は残っているから、明日の分も動こうと思えば動ける余地はある。

どうしようかな――と思案してると、フェンスの向こう側、学校《こうてい》の側道を一人寂しげに肩を丸めて歩く女の子が目に入った。

制服が違うからうちの生徒じゃない。ただリンゴ飴を持っているから、うちの学祭の来場者とみて間違いないだろう。

でも、2つあるリンゴ飴は、どちらも口がつけられていないようで。加えてあの哀愁漂うしょんぼりとした背中だ。

察するに、友達や彼氏と喧嘩《けんか》したか、待ち合わせをすっぽかされたとかで、一人寂しく帰る羽目になってしまったんだろう。楽しくなるはずだったイベントだろうに、除《の》け者にされてしまったようでかわいそうだった。

――なんてことを考えていたら、ふと。

その女の子の背中に、私の〝メインヒロイン〟の対象外になっている彼女たちの姿が、重なって。

「……ああ、もしかして」

直感的に、私は。

そこにも顔を出すべきだよね、と判断した。

「ちょっと——寄り道しよう」

こくんと頷《うなず》いて、踵《きびす》を返し走り出す。

たぶん、きっと——。

私のせいで、横道に逸《そ》れたに違いない、彼女たちの物語《おはなし》も。

ちゃんと、元通りにしておかなくっちゃ。

【日野春幸《ひのはるさち》】

「おかえりなさいませ旦那様、お嬢様ー！　2年1組、執事喫茶はこちらでーす！」

ざわざわと活気に満ちた廊下。

教室の前、タキシードに身を包んだウチは、看板片手に絶賛客引き中だった。

塩崎《しおざき》君曰く、今年の白虎祭《びゃっこ》の来場者数は例年の2割増しらしい。天気に恵まれたのと、公式サイトでの集客が功を奏したみたいだ。

生徒会のみんなは今頃ヒィヒイしてるんだろうけど、アプリのおかげで目立った問題なく進行してるようで、なんと驚きのノントラブル。まったく、アプリ様々だった。

ちなみに、白虎祭実行委員を降ろされたウチはあれ以来運営にはノータッチだ。まぁ裏でアドバイスしたり、ちょこーっと政治的に圧力かけたりとかしてるけど、公式には無関係ってことになってる。

なので、当日の交通誘導みたいなメンドー――大変な仕事はスルーできて、今はクラスの方の仕事に専念していた。

「あの……もしかして『第二生徒会ちゃんねる』の人ですか？」

と、そうこうしてる間に、セーラー服姿の女の子二人に声をかけられた。見た目的に中学生かな？

「はいはーい、中の人でーす！」

「すごーい、本物だ！」「あのっ、一緒に写真いいですか!?」

「いいよー！　あ、でもその前に……中でお休みいただけますか、お嬢様？」

と、ウチは跪いて片手を取り、ニッと笑いながら言った。

「も、もちろんですっ」「やばっ、めっちゃイケメン！」

「あはは、二名様ご案内でーす！」

きゃいきゃい喜ぶ二人を中にお通しして、ウチは息を吐く。

ふぅー、疲れた疲れた。もうすぐ終了時間だっていうのに、なかなか客足が途絶えないなぁ。

ウチはすぐ横の階段スペースに移動し、防火扉の裏側に置いておいたペットボトルを手に取った。

ごくごくとお茶で喉《のど》を潤してから、人心地つく。

今の時点で予想以上にいい売り上げ《すうじ》が出てる。このまま突っ走れば、充分優勝は狙《ねら》えそうだ。

競合は3年2組のたこ焼き屋台と、1年4組のやきそば屋台だけど——。

「……ううん、でも。あんまり関わってないんだっけ、耕平君《こうへい》」

と、そんなことを思うなり、もやりと気分が暗くなった。

——伝え聞いた話だと、彼はアプリの件以外でほとんど白虎祭《びやっこ》に関わっていないらしい。模擬店でもクラス企画でも何かをすることはなくて、なんでか委員長も辞めちゃって、準備すら休みがちだったとか。

確かに、アプリのサポートのために時間を割いてもらう約束にはなっていた。でも蓋《ふた》を開ければバグもトラブルもほとんどなくて、途中で塩崎《しおざき》君から「自由にしてくれていい」って伝えていたはずだ。

それで余裕はできたはずなのに、むしろそれからの方が存在感が薄くなってしまったのは、いったいなんでなんだろう？

「……白虎祭。楽しみじゃ、なかったのかな」

壁にもたれかかり、ぽつりと呟《つぶや》く。

ウチはてっきり、バッチリ2日開催できるようになった白虎祭で、彼がとんでもなく〝楽しい〟ことをやってきてくれるんだろうと思ってた。

すごい奇策とか、めっちゃ非常識な戦法とかで優勝狙いの策を仕掛けてきて、先輩後輩関係なくチームを盛り上げて……。

そしてウチがそれを、真っ向から全力で迎え撃つつもりだったのに。

そうやって、お互いの〝楽しい〟を競わせて、もっともっと〝楽しい〟白虎祭《びやっこ》を作り上げるんだ、って。そう思ってたのに。
なんだか、ウチだけ勝手に空回りしてたみたいだ。

——結局、耕平《こうへい》君は。
もうウチのことなんて、全然眼中にない、ってことなのかな……。
そんな言葉が脳裏を過《よぎ》り、ドンと気分が落ちる。

……ウチは全力で、自分の〝楽しい〟を貫いてるのに。
彼の言う、一番魅力的なウチを、全霊で魅せ続けてるのに。
そもそも、見てすらくれないんじゃさ……。
いくらウチが頑張ったって、気づいてもらえないじゃん？
それじゃウチの〝楽しい〟に巻き込むことなんて、絶対できないじゃん……？

……つまり、もう。
ウチの、やり方じゃ。

「無理ってことじゃん……ばか」

思わず、そう。

全くウチらしくなんてない、弱々しい声で、ボヤいてしまった——。

その時。

「——幸先輩」

「…………？」

ふと近くで、名前を呼ばれて。

声のする方へ、顔を向けると——。

「お久しぶりです」

「……清里《きよさと》、ちゃん？」

そこには、額に玉の汗を浮かべ、肩で息をする清里ちゃんがいた。

……珍しい。清里ちゃんの息が上がってるとこなんて、初めて見た。

ウチが突然の来訪に驚いていると、清里ちゃんは息を整えてからにこりと笑う。

「てか、すごい似合ってますね、その格好。カッコイイのもイケちゃうんですね」

「あ、うん……ありがとう」

ぼんやりしたままお礼を返す。

外見は相変わらずパーフェクトな清里《きよさと》ちゃんだけど、若干くたびれてるように見える。よっぽどクラスの仕事が忙しいのかもしれない。

……。

……クラス、か。

「……ねぇ、清里ちゃん。耕平《こうへい》君って、今、どうしてる……？」

と、つい尋ねてしまってからハッと我に返る。

いや……何を聞いてるんだ、ウチは。

「あ、あはは、ごめんごめん。なんかほら、ここのとこ学校サボってるーとか聞いたから、なにやってんのかなー、って。ちょっとタルんでるんじゃないのー、とか……」

誤魔化すように笑いながら、ウチは目を逸《そ》らす。

嫌だな……なんか、めんどくさい感じになっちゃってる。やっぱり全然、ウチらしくない。

清里ちゃんは困ったような顔をして言った。

「実は、今日も休んでます。明日は来るって言ってましたけど」

聞いてから、やっぱり聞かなきゃよかった、と後悔した。

……当日まで、いないんだ。

「なに考えてるんだろうね、ほんと……」

ウチは俯《うつむ》いて、ぼやくようにそう繰り返す。

「白虎祭《びやっこ》以上に、峡西《きようにし》で〝楽しい〟イベントなんてないはずなのにね……なのに全然、参加しようとすらしないとか……理解、できないよ」

「……」

「せっかく……せっかく、頑張ってきたのにさ。これまでなんのために頑張ってきたのか……なんかもう、よくわからないや」

すっかり気分が滅入ってしまって、心がぐちゃぐちゃしてて。

せっかくの白虎祭なのに、すっごい〝楽しい〟はずなのに。

たったそれだけのことで、彼がいないだけのことで……。

ウチはこんなにも、ウチじゃなくなってしまう。

「なんか、もう――」

本当に……。

私は、これからどうすれば――。

「──もっと強引に貫けばいい、と思いますよ」


──なんて。

心の曇りを、吹き飛ばすように。


「……え？」

顔を上げると、そこには。

清里《きよさと》ちゃんが、笑って、佇《たたず》んでいた。

「やっぱり人間、自分にできることしかできないですから。自分のやり方で、どうにかするしかないんです」

……なんだろう。

ただいつものように笑ってるだけなのに。

でも、なんでか全然、違って見える。

「仮にそれで、うまくいかないんだとしたら──その時は幸《さち》先輩じゃなくて、現実の方が間違ってるんです」

謳《うた》い上げるように語る、清里ちゃんの──。

初めて見る、その笑顔は。
すごく力強くて、それでいて優しくて。
何より――。
心から〝楽しそう〟で。

それこそ、見てるこっちまで。
釣られて、笑顔になっちゃうような。

「みんなを幸先輩の〝楽しい〟に巻き込むんじゃなくて。だれもが幸先輩の〝楽しい〟を見たくて仕方がない――そういう現実にしちゃうのが、正解なんです」

そんな――。
全てを照らす、お日様のような笑みだから。
まるで耕平君のような、笑みだから。

だから——。

「……って、そんな無茶苦茶なことを言いそうですけどね、長坂《ながさか》くんは」

最後にいたずらっぽくそう言って、清里《きよさと》ちゃんはくすりと呆《あき》れたように笑った。

「——そっか」

だから——。

そのおかげで、ウチは。

「そういえば……そういう人、だったね。耕平《こうへい》君」

なら仕方ないか、と。

すっと気分が晴れ渡るような、そんな気分に、なったんだ。

「……ありがとね、清里ちゃん！　なんか元気出た！」

ウチがぐっ、と両拳《こぶし》を握って見せると、清里ちゃんは「よかったです」と笑った。

「それにたぶん、今回の白虎《びやっこ》祭の盛り上がりっぷりは、長坂くんのおかげなところもあると思いますよ。一応、彼の名誉のために補足しときますけど」

「……でも、サボりがよくないのは変わりないよね？」

「それはもちろん、そうですね」

だよね、とウチは頷《うなず》いて、パンと手を叩《たた》く。

「じゃあペナルティとして、明日いっぱい奢《おご》ってもらおう！　っていうか2年1組《うち》と1年4組《そっち》を無限にローテーションしてもらおう！　それで特別に許してあげる、ってことで！」

「あはは、いいですね！　じゃあ見つけたら連行してきますね！」

ウチと清里ちゃんは、一緒に声を上げて笑った。


──確かに、今。

彼の目は、こちらに向いてないのかもしれない。


でも──。

だからなんだ、って話だ。

ウチは、ただ。
ウチが〝楽しい〟と思うことを、貫いて。
だれもがみんな、ウチの〝楽しい〟を見たくって、仕方がなくなるまで。
耕平君《こうへい》が、ウチの〝楽しい〟に巻き込まれたくて、我慢できなくなっちゃうまで。
貫いて貫いて、貫き続けて——。
ついには、現実をも貫き穿つ、そんな最強のウチで居続けよう。
——だって、それだけが。
日野春幸《ひのはるさち》だけが〝主人公《ヒロイン》〟でいられる現実《せかい》の正解——なんだもんね？

【勝沼《かつぬま》あゆみ】
やっと仕事から解放されたアタシは、荷物置き場兼休憩所の空き教室まで戻ってきた。
なんだかんだで、最後までやきそばを作り続けるハメになっちまった。

ヘラを使い続けた両腕はもうガッチガチ、たんまり浴びた湯気と汗とでシャツも下着もベッタベタ。メイクも取れかかってるしで、もうサイアクだ。

アタシは手をぷらぷらとさせながら、テキトーな椅子に座る。

休憩所に人はいなくてガランとしてた。もう終わる直前だっていうのと、廊下の一番端っこの部屋ってこともあってか、人の声とか雑音みてーなのは全然聞こえなくてすげー静かだ。

アタシはだらんと放り出すように手足を伸ばして、天井をぼーっと見上げる。

たぶん……繁盛、してるんだよな。

細かい売り上げとかは数えてねーけど、予定してたよりも早いペースで材料がなくなってってるのはマジだ。下手すりゃ明日の昼を迎えるまでもなく売り切れになりそうだった。

クラス展示の方も客入り好調とかで、回を追うごとに口コミで人が増えてるらしい。こっちは客入り勝負ってもんでもねーけど、見た人の評判はいいとかで手応えはバッチリっぽい。フリマだって順調に捌《さば》けてる。

つまりは、全部が全部、うまくいってるってコト。

だからまぁ、アタシにしては、めちゃくちゃよくやったと思う。

でも――。

「……」

……なんか、気分は。

何かが欠けてるよーな、そんなスッキリしねー気分だった。

……そりゃみんな喜んでるし、アタシだってフツーに嬉しい。

ただなんつーか、なんかモヤッとするっていうか、心の底から喜べねーっつーか……そんなカンジだ。

アタシはぼんやりとスマホを手に取る。昼ぐれーからずっと見てる暇なんてなかったから、通知がたんまり溜まっていた。

えーと、天気予報、定期送付のクーポン、白虎《びゃっこ》祭公式アプリ……。

そんで——。

センパイからの、RINE《ライン》。

『悪い、やっぱ今日も行けそうにない！　明日は絶対顔出すから！』

「……んだよ、クソバカっ」

そのメッセージにイラッとして、スマホを机の上にガタンと放った。

……なんで。

なんでもう、本番だってのに。顔すら出さねーんだよ。

仕事なんて、いくらでもあるっていうのに。

今まで働かなかった分、めっちゃコキ使ってやろうって思ってたのに……。


いったいどこで、なにやってんだよ。

学祭本番よりも大事なコトなんて、あんのかよっ！


「すげームカつくっ！」

ドン、と八つ当たりのように机の脚を蹴《け》飛ばした。

——からからから。

「あっ……！」

と、衝撃でスマホが滑り落ちて、がちゃんと画面側から床に落ちる。

「あくそっ、画面割れてねーよな!?」

アタシは急いで手を伸ばし、スマホを拾い上げる。

よ、よかった、割れてはいない——けど。

見れば、ちょっとだけ、角の部分が欠けてしまっていた。

「なんなんだよ……」

なんだか無性に虚しくなって、アタシは机の上に突っ伏す。

……もしかしたら。

センパイの居場所は、もうここじゃねーってこと、なのかな……。

そもそもクラスなんて、センパイにとっちゃどーでもよくて。

他で楽しいコトを見つけて、もっと気の合う連中とツルんでよろしくやってる、ってことなのかな……。

つまり——。

アタシが、何をしようが。どんだけ頑張ろうが。

センパイにとっちゃ、全然、これっぽっちも。

興味なんてねーってこと、なんじゃないか、って。

「……くそ」

そう、思っちまったら――。
なんか、すげー悔しくって。
めちゃくちゃ、泣きたくなった。

……。

……ああ、なんだよ。

「それじゃん、絶対……」

机に突っ伏したまま、ぐっ、と頭を抱《かか》えるように縮こまる。

……アタシは、バカだ。
今日までずっと、クラスの連中と頑張ってきたコトも。
負けじと勝ち取ってきたはずのコトも。
そういうのが全部、素直に喜べねーのは――。

「センパイがいねーと、意味なんてねーってことじゃん……バカッ」

あぁ、ちくしょう……。

いまさら、ほんとにいまさら。

そんなことに、気づいて。

それが悔しくて悲しくて、どうしようもなくて。

アタシは、ほんと、いつだって。

負けることしかできねーんだなって――。

そう、思ったら。

「――もうどうすりゃいいのか、わかんねーよ……」

――がらり。

ドアが開く、音。

アタシは反射的に、顔を上げる。

「センパ――」

……でも、視線の先にいたのは。


「お疲れさま、あゆみ」

「……メイ、かよ」


入り口に立っていたのは、息を乱したメイだった。

……そーだよ、な。

センパイなわけ、ねーよな。

アタシは再び、机の上に突っ伏す。

「ごめんね、屋台の方、手伝えなくて。ちょっと色々立て込んでて」

「……別に」

たんたんと上履きの音が近づいてくる。

アタシは話す気分じゃねーって伝えるように、突っ伏したまま動かない。

「でも好調みたいでよかった。生徒会の人から聞いたけど、うちが今トップみたいだよ？」

「……あそ」

「このままいけば優勝間違いなし、って感じ。すごいよね、これも全部、あゆみが頑張ったからだよね」

「……」

「だから、これはあゆみの勝、」

「…………違うし！」

ドンッ、と机を叩《たた》く。

「アタシの、勝ちなんかじゃねーし！　結局、なんにも勝ててねーから！」

メイに言ったたって、しょーがねーのはわかってる。

こんなのはただの八つ当たりだってことも。

「いつも……いつもっ。一番、勝ちたかったもんに勝てねーのが、アタシで……っ」

「……」

「一番、欲しいもんがっ……絶対、手に入らねーのが……アタシ、なんだよっ！」

「………」

じわり。

目に熱いものが込み上げてくるのを、必死に押しとどめる。

ほんとに、ほんとに、サイアクだ。
どんなに諦めなくたって、負けなくたって。
欲しいもんが、どうやったって、手に入らねーんなら。
もう、アタシは、頑張りたくなんて――。

「でもさ――そうやって、負けてる時の方が強いのが、あゆみじゃないの？」

……え？

ふと、思い出す。
センパイに、言われた言葉。
『負け続ける限り負けない。それが勝沼《かつぬま》あゆみ、だろ？』

思わずアタシが顔を上げると、そこには。

優しい顔で笑う、メイがいた。

「あゆみはさ。なにくそ、って頑張ってる時の姿が、一番あゆみらしいんだよね」

あ、れ……？

その笑顔は、メイがよくしてる顔に見えたけど。

でも――なんでか。

いつものこえー感じが、全然しない。

「そして、そうやって。ずっと諦めないで頑張り続ける、その姿が――」

アタシは、ぼんやり耳を傾ける。

メイは、にっと歯を見せて、笑って。

「みんなに届いたから、今の居場所が手に入った。そうじゃない？」

「……あ」

それは――。
それは、確かに。
かつて、アタシが。
一番、欲しかったもの、で。

「あゆみが絶対に諦めないから、現実《みんな》の方が根負けしたんだ。
だから、すごい遠回りかもしれないけど……あゆみは、それでいいんだよ」

そう言って、自信満々に笑う、メイが――。

なんだか……。
なんだか、まるで。
センパイみてーに、見えたから。

「……そっか」


だからか不思議と、するっと言葉が、入り込んできて。

今はまだ途中なんだ、って。

全然、終わったわけじゃねーんだ、って。

そうハッキリと、思えたんだ。


「……んだよ、少しは休ませろっつの。もうやきそば作んの飽きたし」

アタシが誤魔化すようにそう言うと、メイはくすりと笑う。

「あはは、だよね。ていうかサボってるだれかさんもちょっとくらい働いてほしいよね？」

「イヤほんとそれ。つーか、アタシがこんな大変なの全部センパイのせいじゃね？」

「一応、明日は顔出すらしいし、そこでめっちゃ頑張ってもらわなきゃね！」

「じゃー、センパイのワンオペで。うん、イインチョー権限でそー決めた」

話してたらなんだかおかしくなってきて、アタシとメイは二人して笑った。


——アタシは、ずっと負け続けてる。

でも、どんだけ負けても、負け続けても、諦めねーで。
めちゃくちゃダサくても、ショボくても。
ただ諦めずに、頑張り続けることで――。

そのうちに、相手が根負けして。
向こうから「負けました」って、言わせちまうよーな。
そんな泥臭いやり方が、アタシのやり方だ。
アタシの勝ち方だ。

――だから、覚悟しとけよ？
センパイが〝主人公《アタシ》〟に負けるまで、ぜってー諦めねーからなっ！

【鳥沢《とりさわ》翔《かける》】
ラストステージを終わらせた俺は、ミネラルウォーター片手に時計台に向かって歩く。

もうあと10分もすれば、1日目の開放時間は終了になる。日はだいぶ落ちていて、既に敷地内に客の姿はまばらだった。

正門前広場に辿《たど》り着き、朝とまったく同じ場所に大月《おおつき》の姿を見つけ――。

「……あん？」

「や、鳥沢《とりさわ》くん」

「あはは……お疲れさまです！」

と、なぜか一緒に、清里《きよさと》までいやがった。

……まさかこのちんちくりん。ヘマやらかしたんじゃねーだろうな。

俺はちっ、と小さく舌打ちしてから声をかける。

「なんでお前らが一緒にいんだよ？」

「え、えーと、実は――」

「なんかさ、何度も行き合ったから、気になって話しかけてみたんだ」

じっ、と探るような目線を送ってくる清里。

「そしたら鳥沢くんの後輩だっていうじゃん？　それは奇遇だねー、ってことでちょっと雑談してたんだよ」

「ああ、そうかよ」

俺が横目で大月の顔を見ると「何も喋《しゃべ》ってません！」とばかりに首を振っている。

大月《アホ》が下手打った……っつよーり、清里のが上手だった、って感じか。まぁいい。

「そりゃ手間かけさせて悪かったな。このアホがなんか迷惑でもかけたかよ?」

「ううん、全然。ただ単純に、気になっただけだからさ」

なんかあんのはわかってるが、特に害もなさそうだし許してやる——ってとこか。まぁいまさら、清里《コイツ》の妨害もなにもねーしな。

俺が無言で肩を竦《すく》めると、用は済んだとばかりに清里は振り返る。

「それじゃ、私はまだやることあるから。じゃあね、大月ちゃん！　また明日も楽しんで！」

「あ、はい！　ありがとうございました！」

ぺこんと頭を下げる大月に手を振って返し、清里は走り出す。

「——おい清里」

俺は去りゆく背中に声をかけた。

清里は、はたと立ち止まってから、顔だけこちらに向けてくる。

「うん?　どうしたの?」

「今、どんな気分だ?」

ふと興味を覚え、そう尋ねた。

――さて。

お前が辿《たど》り着いた答えは、なんだ？

そんな俺の視線を受けて、清里《きよさと》は――。

すぐにその顔を、くしゃっと柔らかく緩《ゆる》めて。


「――最高っ！」


――と、躊躇《ちゅうちょ》なく。

笑って、返してきやがった。


「……そうかよ」

その顔が、あまりに馬鹿っぽくて、俺は思わず口を緩める。


――ったく、すっかり吹っ切れたツラしやがって。開き直るのがおせーんだよ。

最初っからそういうお前でいりゃー、もう一人の馬鹿と合わせて相当おもしれーコトになってただろうに、もったいねぇ。

俺は手に持っていたペットボトルを清里に放り投げた。

「わ、っと……！　え、これ……？」

「水ぐれー飲んどけ。この暑さでその汗だ。そのうちぶっ倒れんぞ」

きょとんと目を丸くする清里の間抜け面を見て、思わずふっと息が漏れる。


——なんにせよだ。


大馬鹿っつーのは、多けりゃ多いほどおもしれぇ。

せいぜいこれから、俺にゃ見えねー枠の外、っつーのを見せてくれよ？


そうすりゃ、俺も——。

自分《テメー》の枠を超えられるみてーだから、な。


「……そっか。そうだね、熱中症《それだけ》は気をつけなきゃ。ありがとう！」

何か思うところでもあったのか、清里は懐かしむようにそう言ってから、軽快に走り去っていく。

俺がその背を見送っていると、隣で大月《おおつき》が「はふぅー……」と間の抜けた声を漏らした。

「いやー、めっちゃ焦りました……まさか捕まっちゃうなんて」

「だから幸《さち》さん相手にするつもりでいけ、っつったろが」

「いやいや何言ってるんですか。幸先輩よりエグかったですもん」

俺はため息をついてから続ける。

「……で、首尾は?」

「あ、はい! それはバッチリです!」

ぱっと顔を上げ、貸していた機材を差し出して寄越す。

俺は頷《うなず》いて受け取り、受け渡し場所に向かうべく踵《きびす》を返す。

「でも結局これ、どうするんです? ある意味最重要、ってことは聞きましたけど」

「さぁな、細かいことは俺も知らねぇ。発案者《ながさか》に聞け」

並んで付いてくる大月《おおつき》に、ぶっきらぼうに答えた。

「だがまぁ、アイツの思考なら読める」

「思考、ですか?」

俺は不意に立ち止まって。

「ずっと働き続けた分の給料は払ってやりてぇ——とまぁ、そんなところだろうよ」

「……?」

首を傾《かし》げる大月を横目に、壁画を見上げる。
夕陽を受けて輝く桜吹雪が、行き着く先を暗示しているように見えた。

第十一章 現実で〝ハッピーエンド〟できないとだれが決めた？

Who decided that I can't do romantic comedy in reality?

トワイライトに染まった遠くの空と、茜《あかね》がかるアルプスの山並み。

闇に包まれた眼下のグラウンドでは、大きな炎が煌々《こうこう》と辺りを照らし、音楽に合わせて踊る生徒たちの姿を浮かび上がらせる。

俺はそれを、屋上からじっと眺めていた。

・

――結局俺は、白虎祭《びゃっこ》の表舞台にほとんど関わることができなかった。

ギリギリのギリギリ、それこそ昨日の夜までチャプター〝本編〟の仕上げに時間がかかってしまい、どうにかこうにか目処《めど》をつけたところで上野原《うえのはら》からデータが飛んできて。それから急いで編集作業に入ったはいいが、今度は突然パソコンが不具合を起こしてデータが飛んで、真っ青になりつつも遼太郎《りょうたろう》さんに泣きついてどうにか途中のデータまで復旧してもらって、不眠不休でなんとか形にして――。

そうこうしてる間に日付は変わり、時刻は朝を過ぎて昼。俺自身が学校にたどり着いたのは昼過ぎも昼過ぎで、みんなして「よーしクラスで一致団結して最後の追い込み頑張るぞ！」って雰囲気の真っただ中だった。

当然、そんな中へこへこやってきた俺に人権などあるはずもない。1万回の反復練習を経て身につけた究極土下座でも受け入れてもらえず、虎の子の『打ち上げ代は全部俺持ち』という赤字確定の提案によって、なんとか帰参を許された。おまけに勝沼《かつぬま》には情け容赦ないワンオペをぶん投げられるわ、幸《さち》さんには執事喫茶を無限ループさせられるわでもう散々だ。

そんなこんな、色々とダメージは大きかったけど……やらせの件含め、なんやかやでみんな最後には笑って許してくれたし。〝主人公《みんな》たち〟の奮闘の甲斐もあって、我がクラスは晴れて『総合優勝』の冠を手に入れ、第42回白虎祭の幕を下ろすことになったのだった。

――がちゃり。

鉄格子の扉の開く音が、小さく響く。

――あぁ、よかった。

2、回目は、ちゃんと応じてくれたみたいだ。

俺はふっと笑って、やってきた人影に向き直し――。

「――気分はどうだった、〝メインヒロイン〟？」

後ろで手を組み佇《たたず》む清里《きよさと》さんに、そう尋ねた。

「そうだね――」

清里さんもまた、ふっと笑って。

「……もう、めっちゃ大変だったぁ！」

そう言って、ぷはぁーっ、と大きく息を吐き出した。

俺は思わず苦笑する。

聞けばこの2日間、ずっと走りっぱなしだったって話だもんな。さもありなんだ。

にしても、確かに〝みんなのメインヒロイン〟をやれとは言ったけど、よもや100を超す現場に顔を出すとは思わなかった。さすが清里さん、下手な俺TUEEE主人公よりも強い。

「でもね――」

隣に並んだ清里さんは、ほぅと柔らかい顔で、眼下の〝みんな〟を見る。

「みんな……笑ってくれてるよ」

「……あぁ」

「私が本気で頑張ったのに。みんな、笑ってる」

「そうだな……みんな、ちゃんと笑顔だ」

優しい声で語る清里さんに、俺も同じように優しく答えた。

「――長坂《ながさか》くん」

「うん？」

「本当に、ありがとう」

清里さんは不意にこちらに向き直すと、その腰を深々と折った。

「ずっと……ずっと、理想《きみ》の邪魔ばっかりしてた私に。ここまで、してくれて」

「いやいや、邪魔だなんて大袈裟《おおげさ》な。清里さんは清里さんなりに頑張ってきただけだろうに」

「それでも――」

そして、清里さんは。

後ろ手に握っていた白い便箋を、顔の前に掲げて。

笑顔で。

「あの日にも、こうやって――私に、手紙《ラブレター》をくれて。本当に、ありがとう」

……そっか。

なら、本当によかった。

その笑みの尊さに目を細めていると、清里《きよさと》さんはニッと悪戯《いたずら》っぽく口角を吊り上げる。

「でも、ごめんね。長坂《ながさか》くんと、付き合うことはできないかな」

「ははっ……うん。それでいいんだ」

「どういう意味かな？」

「だって、断られること前提の手紙《ラブレター》だからね。まさか、たったそれだけで学校一の美少女とお付き合いできるだなんて、そんなムシのいい話はないでしょ？」

「……ふふ」

すると今度は、おかしげに笑って。

「それも知ってる。知ってた上で、ゴメンって言いたかったの」

「それは、どういう意味？」

「だって、そうすれば――」


――さっ、と。

吹いた秋風が髪を靡《なび》かせ、トレードマークの涙ぼくろをちらりと覗《のぞ》かせる。

そして清里さんは――。

くしゃり、と。

弾ける笑顔を、芽吹かせて。

「『代わりに〝友達〟になりましょう』って――そう言えるでしょ？」

――ああ、それは。

本当に、最高の答えだと思った。

――。

――……。

「――そうそう、そういえば」

俺はポケットに入れたスマホの振動を感じてから、思い出したように呟《つぶや》いた。

「その、実はさ……清里さんに一つ、謝らなくちゃいけないことがあるんだ」

「……？　何？」

不思議そうにこちらを見上げてくる清里さん。

俺はコホンと咳払《せきばら》いをしてから、その目を真剣に見つめた。

「えっと……実は、俺……」

そして、ものすごく深刻そうな顔を作って――。

「――今回、ついに法を犯してしまったかもしれないんだ……っ！」


「…………………あぁ、うん」

「いや、ちょっと。『え、いまさら？』みたいな反応しないでくれる？」

苦笑する清里《きよさと》さんを前に、俺はパンッと拝み手を作って頭を下げる。

「ごめんなさい！　どうか訴えるのだけはっ！　それだけはお願い、勘弁してください！」

「……訴えるも何も」

清里さんは戸惑いがちに頬《ほお》を掻《か》いて。

「どんな悪いことしちゃったの？」

「えっと……」

「うん？」

「なんていうか…………」

「うん」

「盗撮？」

「…………………………………うっわ」

「ああっ、ガチのドン引き!?」

まずいっ！　このままではできたばかりの〝友達〟を早々に失ってしまうっ！

俺は慌てて言葉を重ねる。

「ち、違うんですぅ！　全然えっちぃ感じのじゃなくてぇ！　肖像権の侵害的な方でぇ！」

「そういうのだったら本気で通報だよ……」

ものすごい呆《あき》れ顔でため息をつかれてしまった。いや、当然だけど。

「……まぁ冗談はともかくさ。なんで突然そんな――」

がちゃん――。

「――？」


清里さんが、音のした方を向く。

日暮れ時特有の、青紫のグラデーションに包まれた薄暗さの中、目を凝らして様子を窺《うかが》う。

そして――。

「…………………うそ、だ」

ぽつり、と。

信じられないものを見たという風に、言葉を零《こぼ》す。

「ほら……うちのクラス企画、ドキュメンタリー動画じゃん？　腐ってもクラスの一員なわけだし、俺もどうにか参加したいなぁ、ってずっと思ってて」

「……」

「だからその、俺は俺でさ――準備期間中の清里さんとか、清里さんの本音の叫びとか、メインヒロインの清里さんとか、色々撮影させてもらってたっていうか。鳥沢《とりさわ》に協力してもらって」

「…………」

「でも安心して！　流石《さすが》に本人の許可なしで一般公開はできないよな、ってちゃんと思い止《とど》まったから！　まだ関係者にしか見せてないから！」

「…………」

「たった3人だけ！　どうしても見てほしかった、特別な〝協力者〟の3人にしか公開してないから！」

そんなアホっぽい前口上《いいわけ》を垂れ流してから、俺は。

「だからさ――」

清里《きよさと》さんの視線の先に、手を向けて。

「ノンフィクションの清里さんを見た、感想を――今ここで、聞いてもいいかな？」

――チャプター〝本編〟最終工程《グランドフィナーレ》。

その〝登場人物〟たちを、招き入れた。

「――芽衣っ！」

もう耐えきれない、とばかりに駆け出して、清里さんに飛びかかる影。

長い黒髪をポニーテールでまとめた、メガネ姿の女の子。

強く抱きすくめられた清里さんは、焦点の合わない目で、現実感のない声で。

「……み、ー……ち、ちゃん……？」

もう、二度と。

呼ぶはずのなかった、名前を呟《つぶや》く。

「ごめん！　ごめん！　私がっ、私が、全部っ、間違ってたの！」

「……」

「芽衣《めい》だって……芽衣だって、ずっと辛かったのに！　辛くないわけないのにっ！　わた、私はっ……私たちは、自分のことばっかりでっ！」

清里《きよさと》さんは、茫洋とした目のまま、残る二人に視線を移す。

「——弱っちいままの、オレだけどさ」

三白眼の彼は——。

苦しそうに、辛そうに。

「なんも見ねーで突っ走るとか、逃げるとかじゃなくて……変えて、いきてーんだ」

それでも乗り越えたいと決心し、振り返り、立ち向かう。

「――俺は今でも間違ってない、って思うけどね」

ニヒルな彼は――。

拗《す》ねたように、居たたまれないように。

「ただ……間違ってないだけの自分とか、ダサくて無理だから。別の正解作んの、手伝ってよ」

その恥と後悔を拭《ぬぐ》い、見つめ直し、手を伸ばす。

「……う……」

「許してなんて、言えないけどっ……取り返しがつかないのも、いまさらどの口でっていうのも、全部わかってるけどぉ……っ！　でもっ！」

顔を上げ、正面から。

「それでも、やっぱりっ！　――芽衣には笑ってほしいからっ!!」

「――――っ!!」

「芽衣《めい》に笑ってもらうことが、一番だ、って思うからっ……」

「……ぅ、ぁ……」

「だから、だからぁ……っ！　本当に、ごめん、なさいっ……！」

——。

——……。

「…………なに…………言ってるんだよ…………」

こうして——。

やっと。

「そんなの……」

やっと、やっと。

「許す、に決まってる、よ……」

ひたむきに耐え続けた、ひたすらに抱《かか》え続けた。

「親友なんだから……」

その過去《おもみ》から、解き放たれ――。

「親友、なんだからさぁっ……許すに、決まってるんだ……っ！」

こぼれ、落ちる、涙。

「だって、だってぇ……！」

こぼれ、落ちる――。

笑顔。

「みんな、と、笑えるならさぁっ……！　ただずっと、それだけで、いいんだよぉ……っ！」

——これが。

ずっと、ずっと、頑張り続けてきた、清里《きよさと》さんへ。

俺から送る——。

〝完全無欠のハッピーエンド〟だよ。

最終章

現実でラブコメできないとだれが決めた？

Who decided that I can't do romantic comedy in reality?

──こうして、ようやく。

俺の〝白虎《びゃっこ》祭イベント〟は、全工程を終えた。


もう離れないとばかりに清里さんにがっちり腕を組まれ、連れ立って去っていった4人を見送って。一人屋上に残った俺は、クライマックスに差し掛かろうとしているフォークダンスをぼんやりと眺めている。

日はもう完全に落ちていた。今は月明かりの光だけが、ぼんやりと屋上を照らしている。

──こつん。


「──お疲れさま」


背中に、拳《こぶし》の感触。

振り返ると、風に靡《なび》く髪を手で押さえながら、無表情で佇《たたず》む慣れ親しんだ姿があった。

その顔を見たら、なんだか一気に、全身の力が抜けた気がして──。

「──んぉぁぁぁぁあああああ、めっっっっっちゃ疲れたぁぁぁぁあああああ──────!!」

ごろーん！　と。

盛大に、屋上に寝っ転がった。

ああ、コンクリートの床がまるで高級ホテルのベッドのよう。今ならこのまま、朝まで熟睡《グッスリ》できちゃう。

「んぇぁー……もう眠い……寝るわ……起こさないで……」

耳に手を当て絶叫をシャットアウトしていた上野原《うえのはら》は、やれやれ、と肩を竦《すく》める。

「まぁ四六時中〝KOHちゃん〟やってたしね。学校休んで、睡眠時間削って」

「それだけならまだいいけどさぁ……ほんとにもうっ！　〝本編〟の3人の説得で死ぬかと思ったわ！　あんな意固地だとは思わなかったっつこん！」

「春日居《かすがい》さん連れてってよかったね。最後には『どいつもこいつも重すぎクサすぎ真面目すぎ』とか言って強制連行してきたんでしょ？」

「ほんとあの子ってそういう空気読まないんだよなぁ……いや今回はマジ助かったけどさ」

「なんにせよさ──」

手を差し伸べてくる、上野原。

「大成功じゃん」

「…………あぁ、そうだな」

俺はその手をぎゅっと掴《つか》んで、体を起こす。

そして立ち上がるなり、手を拳《こぶし》の形に変えて。

「ばっちり殴ってやれたな」

「…………うん、そうだね」

お互い拳をこつん、とぶつけ合った。


――アハハハッ！　キャー！　アッハッハ！


グラウンドで続くフォークダンスは、まさにラストスパートというところ。

笑い声がここまで届くほどに白熱しているようだった。

「つーか……いいのか、後夜祭行かないで。屈指の〝ラブコメイベント〟フォークダンスだぞ」

「いまさらすぎ。そっちこそ、大好きなラブコメしに行かなくていいの？」

「まぁ……今回は流石《さすが》にちょっと、ラブコメ成分を摂取しすぎた感があってな。こう、胸焼けがね……」

「…………隕石《いんせき》でも降る兆候？」

「世界崩壊レベルかよ」

俺は苦笑して、しばらく上野原《うえのはら》とその光景を眺める。

——そこには〝普通の人《モブ》〟なんて一人もいない。

だれもがみんな、自分の〝物語《ラブコメ》〟の〝主人公〟で。

自分にしかない〝人生《ストーリー》〟と、かけがえのない〝登場人物《ともだち》〟と。

そして——。

自分にとっての〝ヒロイン〟や〝ヒーロー〟と。

たった一度の、たった一つの。

かけがえのない、高校生活を送っていた。

——……。

「なぁ……」

「ん？」

「めちゃくちゃ疲れたし、半端なく無茶したし、正直言ってもう二度とやりたくないくらい大変だったけど……」

「……」

「でも……すげー、楽しかったよな」

「…………ん」

「途中、めっちゃ焦ったけどな。清里《きよさと》さんメンタル強すぎだし、推理力も行動力も全方面で最強すぎる」

「だよね。いつ作戦に勘づかれるか、読み負けるかってずっとビクビクだった」

「でも結果的に、全部がバッチリハマったよな。まさに完全無欠に」

「今回ばかりは完勝、って言っていいと思う」

「ここまでキマったのって、やっぱ裏方に専念したからだろうなぁ……結局俺って、表に立つのは向いてない、ってことなんだろうな」

「だろうね。イレギュラー弱いし、ストーカーだし、盗撮魔だし」

「もう否定できないつらい」


——……。

「……なぁ、上野原《うえのはら》」

「ん」

「いつだったかさ……『長坂《ながさか》にとってのラブコメは何か』とか聞かれたこと、あったよな」

「……うん」

「ちょっと考えたんだけど……ラブコメって、自分が〝主人公〟として経験してきた〝ヒロイン〟との毎日、そのものが大事なんだよな」

「……」

「積み重ねてきた日々のやりとり、困難にトラブル——そういうのが全部、自分だけのラブコメにしかない〝イベント〟でさ……」

「……」

「それがたとえ、どんなに特殊なものだったとしても。全然、ラノベのラブコメっぽくない、普通じゃないものだったとしても」

「……」

「だから、俺の……俺だけの、ラブコメっていうのはさ……」

「……」

「ラブコメを作ること。〝ラブコメを作るラブコメ〟っていうのが、俺のラブコメなんだよ」

「……そ」

「……」

「……」

「だから……その」

「ん」

「俺の、俺だけのラブコメの〝メインヒロイン〟っていうのはさ……」

「……」

「俺の、ラブコメにしか登場しない〝登場人物〟っていうのはさ……」

「……」

「えっと……」

「……」

「だから……」

「……」

「……」

「…………」

「…………それはっ！」

——俺は。

覚悟を、決めて。

「俺の——俺の、ラブコメにしかいない〝登場人物〟はっ——」

今。

ここで、伝えよう。

「——〝共犯者〟だけ、なんだ！」

あの日——。

たった一度の偶然から始まった、この関係の。

——その、結論を。

「だからっ、上野原彩乃《うえのはらあやの》さんっ……！
俺のっ……俺だけの！　〝メインヒロイン〟に、なってください――――――!!」

――。

――……。

――………。

「…………………………………………………………、やだ」

「ウワ――――――――――――――――――――――――――ッ！」

俺は無様に悲鳴を上げて転がった。

上野原《うえのはら》はぐしゃぐしゃと髪を乱しながら言う。

「てか……今のはないでしょ。なんていうか、色々……うん、ないない」

「ギャオオオオオオオオオオ！」

「そもそもヒロインとかなんとか、そういうノリがキモいって何度言ったらわかるんだか。ほら見てこれ、鳥肌」

「ヒイイイイイイイイイイ！」

「ていうか、こういう時くらいラブコメ用語使うのやめた方がいいと思う。全然、嬉しくないし、かっこよくもないし、ドキドキしたりとかするわけないし」

「■■■■■■■■■■——!!」

そして俺は死んだ。長坂耕平《ながさかこうへい》の戦《ラブコメ》いはここまでだ……うふふ、あはは。

色々勘違いして暴走した主人公モドキである俺が床に転がって芋虫してると、不意に上から

やれやれって言葉が降ってくる。

「はぁ……まったく。しょうがないな、耕平は」

そして——。

その顔を。

「——ま、安心しなよ」

無表情がウリの、その表情《かお》を。

優しく、柔らかく。

可愛《かわい》らしく、美しく、尊く。

だれよりも魅力的で、なにものにも代えがたい——。

——一番の笑顔に、彩って。

「〝共犯者〟としてなら——ちゃんと、付き合って、あげるからさ」

「…………………え？」

え……。

え？

「えっと……さ。俺の言ったこと、伝わってる？」

「なにが？」

「いやだから、俺にとっての〝共犯者〟って、つまり──」

「さぁね」

イレギュラーに脳みそボンバーな俺をよそに、上野原《うえのはら》は振り返って歩いていく。

「ちょ、ちょま！　ちょっと待って！」

「待たない」

「なんでぇ!?」

「なんでって、そういう〝設定〟じゃん、私。自分で引っ付けたくせに」

「え、え、えっ？」

「自分で言ったことくらい責任持ちなよ」

「あああ、待って、お願い！　後生だから、ハッキリ言ってて……！」

――。

こうして――。

俺たちは。

いつものように、いつも通りを、積み重ねながら。

これからも、ずっと。

毎日《ラブコメ》を、積み重ねていく。

現実でも、ラブコメはできるんだって――。
決めるのは〝主人公《じぶん》〟なんだから。

EPILOGUE

エピローグ

Who decided that I can't do romantic comedy in reality?

「──久々に来たなぁ、ここ」

しみじみとそう呟《つぶや》きながら、シェイクの載ったトレーを置く。

店に入って、最奥の席。人通りが少なく、レジからの死角になっているその席に、俺はとすんと腰を下ろした。

ここは、Mのつくハンバーガーショップ──通称〝M会議室〟。

本当に久しぶりにやってきた──。

俺たちのもう一つの〝始まりの場所〟だった。

「……それで言うまでもなく、彩乃はフルラインナップ、と」

「いいじゃん別に。久々なんだし」

ズドンッ、と大量の甘味が載っかったトレーが目前に置かれる。

俺は頬《ほお》を引き攣《つ》らせながらため息をついた。

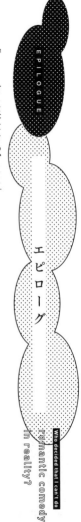

なんつーか……味覚《そこ》だけはずっと変わらないよなぁ。

「つーか、その量はそろそろキツいだろ……流石《さすが》に太るぞ。つーか、ちょっとふっくらしたんじゃないか？」

「残念。まるで変わってません」

「まぁ、確かに。まるで変わってなかったかも」

「…………」

「いったァ!?　だからぁ〝ツンデレ〟の暴力設定はイマドキ流行らない、って何度言えば!?　伝統芸能《おやくそく》を大切にするヤツめ！」

「流行《はやり》とかシンプルにどうでもいい。私は私だし」

もはや呼吸より繰り返した〝普通のやりとり《テンプレ》〟を挟んでから、俺はこほん、と喉《のど》を鳴らす。


――なにはともあれ、だ。


「今日も今日とて、会議《ラブコメ》を始めるか――〝共犯者《メインヒロイン》〟」

「はいはい、さっさと終わらせるよ――〝主犯《ヒーロー》〟」


（第六巻　了）

あとがき

ひゃっほぉおおお――――――、やりきったどおおおおおお――――――!!

みなさま、ここまで『ラブだめ』を応援いただき、本当にありがとうございました! 前巻でもお伝えしましたが『現実でラブコメを作り上げる』本シリーズはこれで完結となります! ほんともうスタート当初から「ムリムリもう書けないわたしナメクジだから」とかのたうち回りながらも、なんとか書き切ることができました。それもすべて、ここまで応援してくださった読者のみなさまのおかげです。厚く厚く御礼申し上げます!!(スライディング土下座)

今巻ですが、実は5巻が出る前から初鹿野《ナメクジ》の生命力《きゅうじつ》を全ブッパして『とにかくできること全部詰め込む』ことを目指して書いてました。あれもやらなきゃこれもやらなきゃってしてる間に、気づけばとんでもない鈍器《ページ》に……! 「重くて手が疲れるんだけどナメクジ野郎」とか「ブックカバー入らねーよナメクジ野郎」みたいな幻聴を聞いた気がしましたが、後悔はしていない。でも積み本だけは勘弁して!(空中三回転半土下座)

茶番はともかく(急に冷静になるやん)方々に多大なご迷惑をおかけしつつも、やるべきことはやりきれたかな、と思っております。

さて、シリーズは完結となりましたが、まだまだ告知することは色々あるんじゃぞ!!

そのいち！　『ラブだめ オーディオブック』発売決定!!　原作をそのまますべて声優さんが読み上げてくれる超・特盛りの「耳で聞くラノベ」だぞ！　詳しくはガガガ公式Ｗｅｂにて！

そのに！　８月に『【ネタバレ完全解禁】ラブだめ舞台裏トークスペース』をオンライン開催予定です！　「初期構想では幸《さち》先輩は存在しなかった!?」「ラブだめ『ゼロ』時代のあゆみさん」「機密指定情報・彩乃《あやの》ちゃんのスリーサイズ（※ただし聞いたら○ぬ）」などなど、担当編集氏と一緒に制作の裏側や非公開情報をたくさん話しちゃうよ！　リスナーさんには特別なプレゼントがあるカモ……!?

そのさん！　『#ラブだめ文化祭 ロングＳＳ』こと『ラブだめ・アフターストーリー』を【完全無料】でＷｅｂ公開予定！　本編後の〝登場人物〟たちのあんな顔こんな顔、見せちゃいます!!

イベントの開催時期やＳＳの公開告知など、詳細はすべて著者Twitterアカウント（@hajikano_so）上にてご案内いたします！　ラブだめはまだまだ終わらないので、ぜひフォローして追っかけてね!!

そして最後にファイナル謝辞です！

まずイラスト担当の椎名さん。今まで本当にありがとうございました！

ラブだめガールズの魅力の１００割は椎名さんのイラストあってのものです。「私服はお任せします！」「構図もお任せします！」「何なら描きたいシーン言ってください！」とかとか、無茶ぶりばっかしてほんとゴメンナサイでした！

それどころか、いつもキッチリ本編を読み込んでくださって、感想のコメントまでいただいて、さらにご指摘まで毎回めちゃ的確でマジで頭が上がらねぇ……！（究極完全体土下寝）

これからの益々のご活躍をお祈り申し上げるとともに、いちファンとしても熱狂的に推《お》し続けさせていただきます。また一緒に何かやりましょうね！

そして担当編集の大米さん。ラブだめは間違いなく、大米さんの手厚いサポートのおかげでここまで来れたと思っております。毎度毎度、ご飯食べる暇がなくなるくらいの会議（うち半分は雑談）にお付き合いいただき、ありがとうございました！

そしてもちろんこれからもサポートしていただく気満々なので、いっぱいいっぱいいっぱい会議しましょうね！　話すこといっぱいあるもんね!!（意味深）

最後にもう一度、ファンのみなさまへ。みなさまの推しパワーによって、ここまでたどり着くことができました。本当に本当にありがとうございました！

それでは名残惜しいですが、このくらいで。初鹿野の戦いはこれからだ!!

～なんかサヨナラ感出てるけどナメクジは不滅。待て、しかして希望せよ～

２０２２年７月

Afterword

『現実でラブコメできないとだれが決めた？』は、
初めて担当したライトノベルというお仕事でした。
毎回手探りで、どうしたら初鹿野先生の書かれる耕平達をより魅力的に写せるかを、
ずっと考える日々で２年間という長いようで短い期間とても楽しかった…！
一巻のカバー裏のコメントで、続きが早く読めて嬉しい的なこと書いてたんですが、
本当にその通りで、私もいちファンとしてドキドキしたり泣いたり笑ったりと、
とても楽しみながら読ませていただきました！
実際に泣きながら描いたイラストとかもあったので、
そういった気持ちがイラストを通じて読者の皆様にも伝わっていただけたなら嬉しいで
ここまで読んでいただきまして本当にありがとうございました！

初鹿野先生、編集の大米さん！
ここまでお疲れさまでした！
色々迷惑かけてすみませんでした！
コミカライズを担当してくださってるカタケイ先生、
毎回楽しく読ませていただいております！
どの子も本当に可愛らしく描いていただいて
本当に感謝しております！
そして、この作品が皆様の元に届けられるように
お力を貸してくださった関係者の皆様、
そして読者の皆様！本当にありがとうございました

ラブだめ最高！！

椎名くろ

GAGAGA

ガガガ文庫

現実でラブコメできないとだれが決めた?6

初鹿野 創

発行　2022年7月25日　初版第1刷発行

発行人　鳥光 裕

編集人　星野博規

編集　大米 稔

発行所　株式会社小学館
〒101-8001 東京都千代田区一ツ橋2-3-1
[編集]03-3230-9343 [販売]03-5281-3556

カバー印刷　株式会社美松堂

印刷・製本　図書印刷株式会社

Printed in Japan ISBN978-4-09-453077-3